O Baronato de Shoah

A Canção do Silêncio

José Roberto Vieira

1ª edição

Editora Draco

São Paulo
2011

JOSÉ ROBERTO VIEIRA

Nasceu em 1982, na capital de São Paulo. Formado em Letras pela Universidade Mackenzie, atuou como pesquisador pelo SBPC e CNPQ, atualmente é redator e revisor. Teve contos publicados na coletânea *Anno Domini – Manuscritos Medievais* (2008) e *Pacto de Monstros* (2009). BLOG www.baronatodeshoah.blogspot.com

Edição: Erick Santos Cardoso
Produção editorial: Janaina Chervezan
Preparação de texto: Eric Novello
Leitura crítica: Ana Cristina Rodrigues
Revisão: Alana Dillene e Mayara Francisco
Ilustração de capa: Ericksama

Dados Internacionais de Catalogação na Publicação (CIP)
Ana Lúcia Merege 4667/CRB7

V 667

Vieira, José Roberto, 1982 -
O Baronato de Shoah : a canção do silêncio / José Roberto Vieira. – São Paulo : Draco, 2011.

ISBN 978-85-62942-19-8

1. Ficção brasileira I. Título.

CDD-869.93

Índices para catálogo sistemático:
1. Ficção : Literatura brasileira 869.93

1ª edição, 2011

EDITORA DRACO
R. Carlos Honório, 190 - 13
Jd. Esther Yolanda - São Paulo - SP
CEP 05372-070
draco@editoradraco.com
www.editoradraco.com
www.facebook.com/editoradraco
twitter: @editoradraco

...ismus totius Cabalæ summam continens, inserendus est tom: II classi IV qæ est de cabala Hebræorum, et explicatur á fol: 289 usq; ad finem

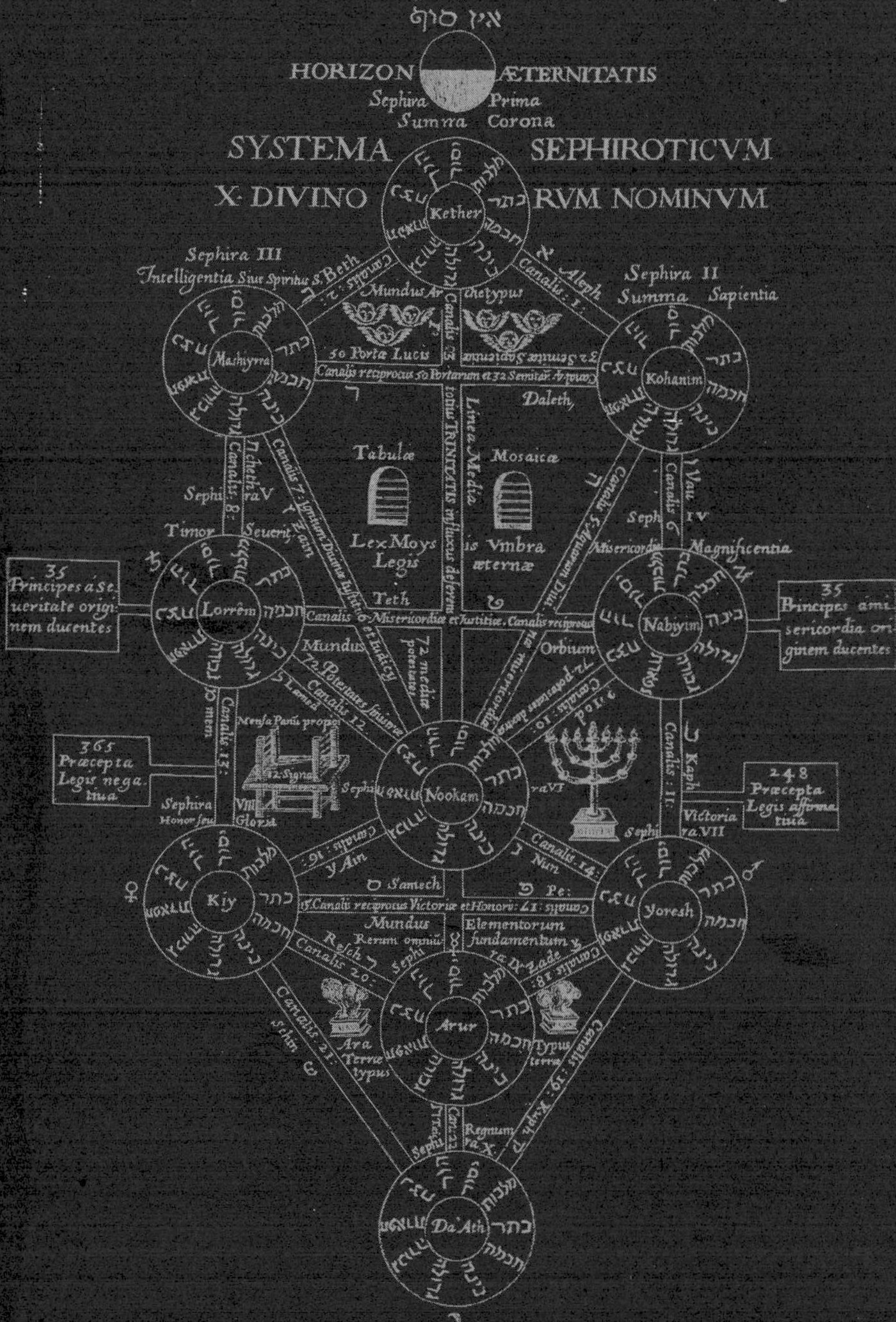

Sumário

Prefácio

Caso você esteja se perguntando – e se eu estivesse em seu lugar, com o livro em mãos pela primeira vez, é o que eu estaria me fazendo neste exato instante – aquela na capa é uma espadasserra.

Tal arma e muitas outras tecnologias que o autor criou para equipar o exército mais poderoso de seu mundo, como armaduras fantásticas e imensos aeronavios, são as características que fazem desta obra um romance steampunk. O subgênero é marcado por uma fusão de elementos de alta tecnologia com a estética do passado, mais exatamente da Era do Vapor, algo que costuma ser chamado de retrofuturismo. Já houve no Brasil o lançamento de outros romances dentro do estilo: *Bilac vê estrelas*, de Ruy Castro, e *A mão que cria*, de Octavio Aragão, são ótimos exemplos. Porém, *O Baronato de Shoah – A Canção do Silêncio* é um livro precursor por ser o primeiro em que a base da história não está fundamentada na ficção científica e muito menos em acontecimentos reais de nosso planeta. Não, nada disso, José Roberto Vieira inovou nesta área ao escrever o primeiro romance steampunk nacional inteiramente voltado para a fantasia.

Existem, é bem verdade, o carvão e o vapor comuns no continente de Nordara, onde se passa a trama a seguir, bem como uma ainda incipiente rede de produção e distribuição de eletricidade e até mesmo motores de explosão. Mas aquilo que alimenta a espadasserra e outros apetrechos retrofuturistas igualmente chamativos é *Nepl*, ou simplesmente a *Névoa*, um combustível mágico com exóticas propriedades não apenas energéticas – para não deixar ninguém curioso, ela tem a capacidade de literalmente criar monstros.

E pode acreditar que, antes de ser um mero detalhe, isso faz toda a diferença na abordagem dada pelo escritor ao subgênero da ficção fantástica que mais tem se desenvolvido em nosso país nestes últimos anos, alcançando até mesmo reconhecimento internacional. Desbravar tal território para além da FC e rumo à fantasia é uma grande, inestimável mesmo, contribuição que José Roberto e a editora Draco estão dando à cultura steamer brasileira. Que venham novas trilhas a serem abertas!

Exemplos do encontro entre fantasia e máquinas a vapor podem ser vistos em diversos trabalhos estrangeiros. Para citar alguns, fiquemos com os livros da trilogia *Fronteiras do Universo*, de Philip Pullman, ou ainda com a animação *Avatar – A lenda de Aang*, do canal Nickelodeon, ambos parcialmente transpostos para o cinema respectivamente com os filmes *A Bússola de Ouro* e *O último Mestre do Ar*. Como reconhecidamente a principal fonte de influência do autor são os jogos de interpretação, podemos lembrar ainda daqueles de mesa, como *Castelo Falkenstein* e, principalmente, dos eletrônicos, como a série *Final Fantasy* (esta última também acabou indo parar nas telas, porém os aficionados vão perceber semelhanças mesmo entre o livro e as versões mais recentes do game, de FF7 em diante). Aqui, vale um aviso a quem não gosta de ficção baseada em RPG: calma, não precisa se assustar. Mesmo influenciado por eles, o autor não joga aqueles dados multifacetados com seu universo; o assunto aqui é mesmo literatura. Esta é uma lista bem seleta e agora o Brasil passa a ter um romance para incluir nela com o livro que você está segurando.

Com justiça é este paulistano quem realizou tal feito. José Roberto começou a escrever sua obra antes da atual evidência do modo brasileiro de produzir steampunk chamar a atenção de autores como os americanos Bruce Sterling e Jeff VanderMeer. Só que logo ele passou a se integrar plenamente ao cenário e a se destacar neste meio, com sua participação em blogs, nos eventos organizados em sua cidade e pelas redes sociais. Tanto que certos personagens deste seu romance de estreia foram batizados com nomes de alguns dos mais conhecidos entusiastas da cultura steampunk da capital paulista. É o tipo de homenagem que passa desapercebida para a maioria do público, mas que deverá fazer sorrir quem conhece as pessoas por trás de Karl, Castellini e Raul. Da mesma forma, é igualmente justo que seja o selo da Draco a estampar esta publicação. Graças a seu proprietário, Erick Santos – que também assina a belíssima capa deste tomo, pode conferi-la de novo que vale a pena – a editora igualmente paulista vem se firmando como a que mais investe no trinômio da ficção fantástica nacional, com romances e coletâneas reunindo o que há de melhor em ficção científica, fantasia e horror produzidos por nossos conterrâneos e, às vezes, até mesmo por escritores portugueses. Caso evidente disso que estou mencionando é a antologia lusobrasileira *Vaporpunk – Relatos steampunk publicados sob as ordens de Suas Majestades*, aquela que foi a mais importante obra do gênero a chegar a nossas livrarias em 2010. E embalada em outra capa maravilhosa criada por Ericksama, aliás.

Todavia, se despertam o interesse da crítica e dos pesquisadores, pioneirismo e homenagens não seriam o suficiente para satisfazer o leitor comum – aquele que deve ser o principal destinatário de todo e qualquer livro – se tais elementos não forem apenas os alicerces para um bom conteúdo. Neste quesito, o que *O Baronato de Shoah* tem a oferecer é uma aventura na medida para agradar aos apreciadores de fantasia, seja ela movida ou não a vapor e a *Nepl.* Muito combate épico e sacrifício individual o esperam nos capítulos a seguir, eu garanto. É a história de Sehn Hadjakkis que você está sendo convidado a conhecer, um membro da aristocracia da mais importante nação de seu mundo, o baronato do título da obra. Como tal, o rapaz deve servir por toda a vida adulta às forças bélicas da *Kabalah*, a elite da tropa local (não se aflija, há um glossário ao final do livro com este e outros termos de inspiração hebraica espalhados pelas linhas vindouras). A divisão do exército a que o jovem deve se alistar após completar o duríssimo treinamento é a *sheyvet* criada por seus pais, por sua vez, a mesma que empresta a denominação do subtítulo deste romance. A explicação para o nome deste pelotão é poética e um dos melhores achados do livro: "O silêncio pelos amigos que se foram e a litania nos templos".

Evidentemente, as coisas não serão fáceis para nosso protagonista; se fossem, não valeria o preço do ingresso, convenhamos. Tal rito de passagem, logo no início da trama, já significa separá-lo, aos 17 anos, da amada. Apesar de ela ser de uma família rica, não faz parte da nobreza militar e social a que Sehn pertence, como integrante do renomado clã dos Hadjakkis. O impasse romântico pode até não sair de sua cabeça, mas pelos próximos anos ele será apenas uma pequena parte das preocupações do recruta. A maior dessas preocupações, obviamente, é tentar sobreviver aos rigores espartanos da vida em uma caserna do Quinto Império. Conseguindo algo assim básico, o próximo passo é descobrir qual sua inclinação nata entre os diversos, vamos simplificar a nomenclatura, regimentos da *Kabalah*. O rapaz pode vir a se descobrir como um amaldiçoado ou um escolhido, como o pai, que acumula as duas vocações; um membro da guarda palaciana; um inventor, um sacerdote, como a mãe; ou mesmo um profeta ou um espião. Que o destino o estava contemplando com todas essas possibilidades naquela intricada e rígida sociedade, disso ele já sabia. O que não poderia imaginar é como as coisas ficariam bem mais complicadas em sua vida, nem o modo dramático com que ele viria a descobrir a verdade sobre o seu passado e sobre tudo o mais que o cerca.

No meio disso tudo, combates aéreos, confrontos com robôs, com guerreiros, com monstros... Por isso não precisa disfarçar, vire logo a página, eu sei que você está mesmo é interessado em ver como o tal Sehn Hadjakkis usa aquela espadasserra nos inimigos e do quê – ou seria de quem? – são aquelas penas. Divirta-se.

Romeu Martins

Para mayara,
a verdadeira maya.
Você me pediu um poema,
eu te dou um mundo

O Baronato de Shoah
A Canção do Silêncio

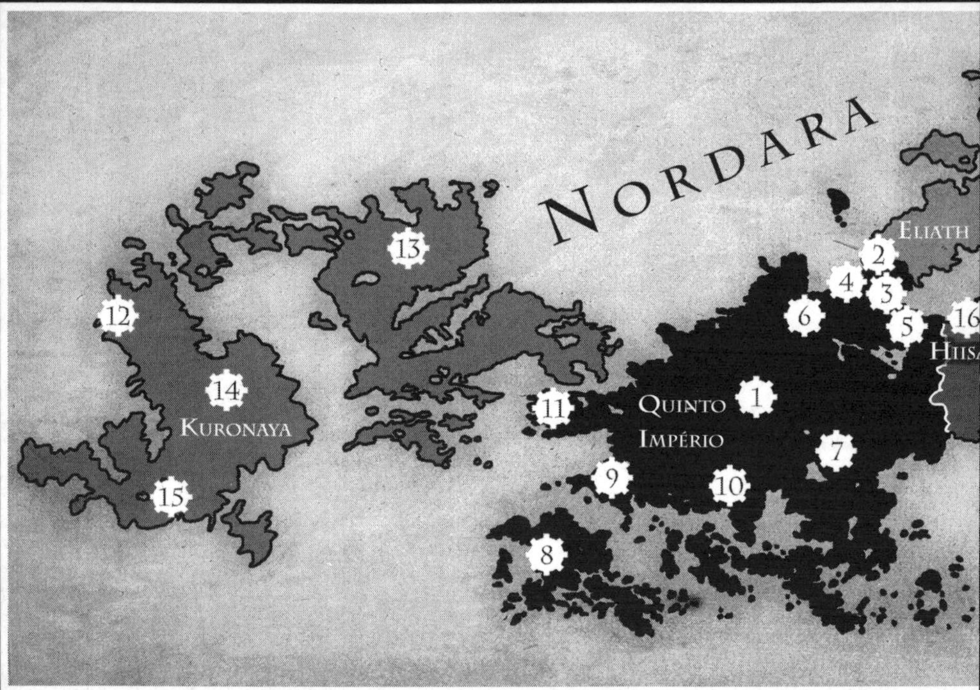

NORDARA

QUINTO IMPÉRIO

1 Farhan
2 Cenóbio de Ahator
3 Tosten
4 Latig
5 Dubliner
6 Desdalain
7 Mianeh
8 Kierkgarrd
9 Wexford
10 Velha Roldana
11 Susanowo

KURONAYA

12 Izanagi
13 Amaterasu
14 Niigata
15 Koshinetsu

HIISARLIK

16 Lakhesys
17 Íllion
18 Klotho
19 Çanakalle

LATAKIA

20 Dartmoor
21 Feldspar
22 Sienbalth
23 Verenna
24 Eth Doran
25 Medrawt

ULAN BATOR

26 Forte Condado
27 Vale dos Ecos
28 Darhan Ull
29 Portões do Sussurro
30 Shanty

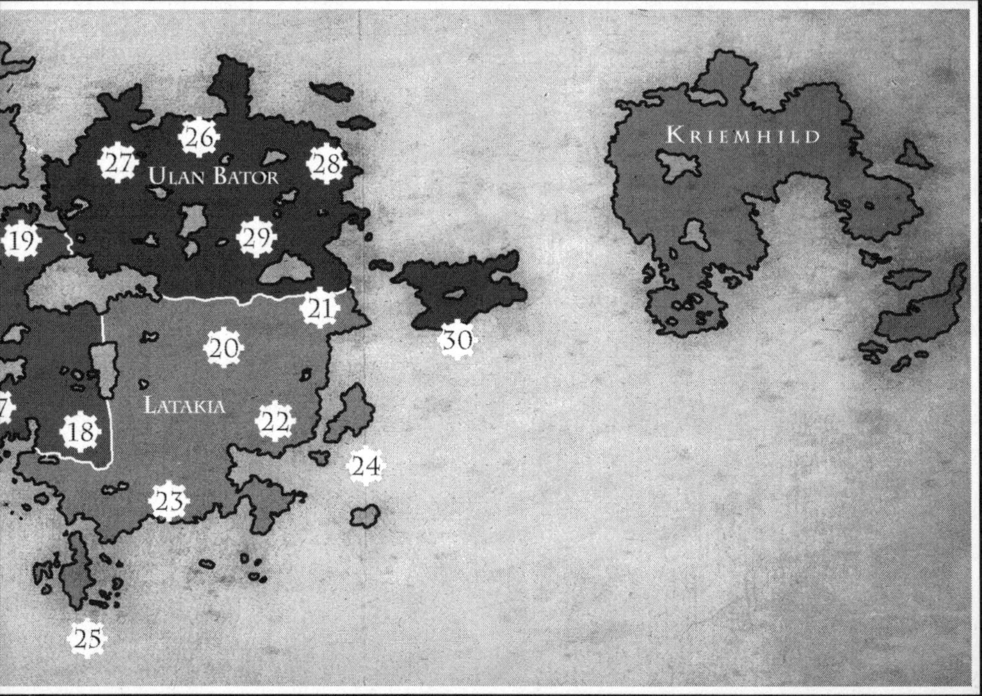

KRIEMHILD

Território não mapeado devido a acordos políticos entre Nordara e o continente Kriemhild. Constam quatro reinos em registro: Aetryan, Hildnyar, Fahner, Laos. Cada reino é governado por um herói-regente, e o poder é atribuído aos seus líderes baseado em atos de heroísmo perante a sociedade. O continente nordariano tem muita dificuldade em entender seus costumes. Uma outra peculiaridade de Kiemhild é a não adoção da tecnologia a vapor, mas de uma fonte de energia mágica denominada *Makhê*.

1 – Heraion הריון

A vida pareceu-lhe um vazio, e a existência um fardo.

Mark Twain em *As aventuras de Tom Sawyer*

NAMID

O CASTELO DE AHSVERUS era uma gigantesca construção que volitava acima do continente de Nordara. Seus muros feitos de placas de ferro arrebitadas por parafusos do tamanho do braço de um homem e o portão frontal composto por engrenagens complicadíssimas em um sistema de cabos, fios e correntes barulhentas. Quando necessário, tombava para frente e se transformava em uma rampa, de modo que os *kiy*, a Guarda Palaciana, pudessem sair com seus grifos mecânicos.

Cada membro da Guarda devia construir sua própria montaria. Os grifos eram inspirados nas criaturas lendárias, metade leão, metade águia, que haviam ajudado Shoah e seus seguidores a se livrarem dos Titãs.

Havia vinte torres no muro do castelo: dez armadas com canhões e casas de vigia, dez com imensas hélices responsáveis por seu voo.

A fortaleza acabara de chegar às montanhas de Hellyah, uma cordilheira localizada ao norte do Império que fazia a divisa entre três regiões importantes, o baronato de Shoah, o reino bárbaro de Eliath e a capital Farhan. Ao invés de continuar sua viagem em direção ao baronato, estacionou acima das montanhas por um tempo.

Uma corneta soou na mais alta das torres de vigia, o portão frontal rangeu e tremeu. Suas correntes balançaram e as rodas dentadas que o moviam giraram. Quando o portão chegava à metade de sua abertura total, um grifo entrou manobrando perigosamente entre a borda e o teto da entrada. As penas metálicas de suas asas faiscaram na parede, o cabo de bronze que formava sua cauda chicoteou no ar e ele derrapou no pátio até parar.

Quem conduzia o autômato em forma de animal era um homem pálido e alto. Por baixo do chapéu tricorne era possível ver cabelos pretos e lisos que iam até o meio das costas. Tinha o rosto emoldurado por uma barba rala e olhos cor de prata sem pupilas. Vestido em negro, uma camisa reforçada em couro, um sobretudo com ombreiras de ferro e calças escuras por dentro dos coturnos. Atrás dele e segurando sua cintura para não cair havia uma mulher de pele morena e cabelos castanhos, roupas brancas e um casaco de pele de urso.

Um soldado pegou as rédeas do grifo e os passageiros desmontaram, a mulher precisou de ajuda, pois não conseguia se equilibrar direito. Sem falar nada ambos seguiram por um corredor bem iluminado que os levou para dentro do castelo. Então o homem que conduzia o grifo finalmente disse.

– Por aqui, senhora Hawthorn. Creio que a Imperatriz Vykthoria não tenha muito tempo.

Conforme avançavam no corredor, a mulher via vários guardas andando apressadamente de um lado para o outro, como numa emergência. Sua preocupação aumentou, Mary não estava acostumada a realizar partos tão importantes.

– As contrações começaram há tempos, mas a criança não quer nascer. Parece resistir a tudo que fazemos. – continuou o homem que controlava o grifo, as pessoas lhe davam passagem enquanto andava e olhavam para a mulher com um misto de preocupação e admiração.

Mary Hawthorn ouviu em silêncio até chegarem ao quarto da Imperatriz. Não se sentia confiante para ajudar, mas ser chamada pelo Império era algo tão honrado que ela jamais poderia negar. Antes de abrir a porta, perguntou ao homem que acompanhava:

– Svann, onde está meu marido?

– Com o Imperador, amparando-o.

– Preciso dele. Karl tem experiência em partos difíceis. Foi ele quem me ajudou com minha filha.

– Vou chamá-lo então.

Svann girou nos calcanhares e voltou correndo pelo corredor. Mary Hawthorn entrou no quarto e viu um círculo de pessoas em torno da cama imperial. O quarto era lindo, mobiliado com estantes, cadeiras e mesas que deviam custar o preço da casa de Mary. As cortinas eram grossas e um tapete bordado cobria o chão. Havia dois guardas vestidos como Svann próximos à janela, a Imperatriz estava na cama amparada por uma moça com traços finos e olhos escuros. O dossel havia se partido e metade dele estava no chão. Não havia esperança no rosto das pessoas.

– Como ela está? – perguntou Mary passando pelas mulheres para ficar ao lado da cama.

– Muito mal – respondeu um homem alto de cabelos presos em *dreadlocks* – Perdeu muito sangue. A criança parece querer matá-la.

– Vou precisar de toda ajuda. Qual o seu nome?

– Dante Wadencliff. A seu dispor, senhora.

– Me chame de Mary.

Ela se aproximou mais ainda, afastando o grupo. A Imperatriz suava, os olhos abriam e fechavam cada vez mais lentamente.

– Imperatriz, por favor, aguente só mais um pouco. E que Shoah nos proteja.

A Imperatriz só conseguiu gemer em resposta. Mary sentiu pena dela. Sabia como era a dor do parto e a dor maior de perder um filho neste momento sagrado. Logo em seguida, Svann apareceu seguido por Karl e uma mulher que ela não conhecia.

– Trouxe uma *mashiyrra* – disse-lhe Karl, parando ao lado da cama. – Thyzar Hadjakkis.

A mulher se ajeitou na cama para que pudesse ajudar. Estava séria e concentrada. Retirou a espada que trazia consigo e a deixou no chão. Seus cabelos eram loiros e ondulados, os olhos verdes e brilhantes, a pele morena. Usava uma armadura de placas sobrepostas que lhe davam um aspecto mecânico. Apesar disso, suas mãos eram ágeis, já tinha afastado as cobertas e movido a Imperatriz para uma posição mais confortável.

Mary conduziu as demais pessoas para fora do quarto. Só ela, Svann, Karl, Dante e Thyzar permaneceram.

Os gritos de dor da Imperatriz Vykthoria podiam ser ouvidos por todo o castelo. Mary pediu o auxílio dos poderes de Thyzar para que a perda de sangue da Imperatriz não a matasse. O bebê se enrolara no cordão umbilical, sufocando ao ser puxado, então a parteira usara todos seus conhecimentos para não matá-lo. Depois de muito esforço eles finalmente trouxeram a criança à vida sem matar Vykthoria.

Respiraram aliviados ao ouvir o choro do infante. Mais que depressa, foram até a porta e mandaram avisar ao Imperador que seu primogênito nascera e que era um lindo e saudável menino.

Quando Mary terminou de limpar o bebê, teve uma surpresa: ele já estava com os olhos abertos.

– Nunca tinha visto isso acontecer – ela murmurou, ajeitando a criança em seus braços.

– O que houve? – perguntou Thyzar enquanto Dante, ao seu lado, tirava as toalhas, fronhas e lençóis da cama.

– Ele nasceu com os olhos abertos, são tão bonitos, de um azul profundo – Mary sorriu, encantada com o pequenino. – Qual será o nome dele?

– Namid. – responderam todos, em uníssono.

– Namid Ahsverus – repetiu Mary.

Olhou mais uma vez para a criança, depois notou o silêncio no ambiente. As demais pessoas se entreolhavam constrangidas e, só então, ela notou por que estavam todos assim.

– Como vocês sabem o nome dele?

– As estrelas nos disseram. – respondeu a Imperatriz Vykhtoria.

O Corvo e a Serpente

Era madrugada, momentos antes do nascer do sol, e os postes criavam focos de luz nas calçadas, iluminando-as sem muita força. Os cabelos pretos e curtos de Aleantrus brilhavam úmidos por causa da chuva. Usava um manto sem capuz e acabara se molhando da cabeça aos pés, mas isso não era problema, pois sua única preocupação era proteger o embrulho que trazia embaixo do braço.

Dobrando a esquina, encontrou o casarão, uma construção que destoava do restante da cidade. Desdalain era um lugar que apresentava evolução em sua arquitetura, passara a usar concreto, já o casarão era feito de tijolos alaranjados. A luz em seu interior atravessava as janelas e caía sobre o jardim da frente, onde estátuas de pedra projetavam sombras nos roseirais. Aleantrus não viu a placa que identificava o nome da rua, mas sabia que estava certo, então continuou sua caminhada até a entrada.

Ele era um *bnei shoah,* a aristocracia do Império. Como mandava a tradição, prestaria serviços militares pelo resto da vida. Seu braço esquerdo chamava a atenção das poucas pessoas corajosas o suficiente para sair na chuva àquela hora da manhã. Era um membro pouco mais longo que o normal, coberto de escamas pretas e terminado em três dedos cuneiformes. Um braço de dragão. Nascera com esta deformidade que lhe garantira o título de *arur* na *Kabalah,* ou Amaldiçoado entre as pessoas comuns.

Bateu palmas. O barulho soou esquisito por causa da mão dracônica. Fez isso quatro vezes até perceber uma campainha no muro e apertá-la. Começava a se irritar com a demora quando, vindo da porta principal do casarão, se aproximou um homem gordo, de colete marrom e calça branca. Ele abriu o portão para Aleantrus e correu de volta para dentro sem esperá-lo ou cumprimentá-lo. O *arur* o seguiu. Só conversaram quando estavam do lado de dentro.

– Chuva dos infernos – disse o homem se abraçando por causa do frio. – Disseram que não ia chover, dá pra acreditar? Profetas idiotas. – Ele era mais gordo e uma cabeça mais baixo do que Aleantrus. – Desculpe, esperávamos pelo senhor desde ontem.

Sem a chuva para atrapalhar, Aleantrus pôde ler, ao lado da porta de madeira, os dizeres na placa de ferro: Casa de Recuperação Mental. Sentiu o cheiro forte de éter misturado a um odor que desconhecia. As luzes eram amareladas, as velhas portas dos cômodos eram entalhadas com flores em baixo relevo, as cortinas mofadas estavam amarradas, deixando entrar a fraca luz da rua que morria no chão de pedras opaco.

– Nunca tinha visto um destes abrigos – comentou Aleantrus em voz alta. Deixou a capa no mancebo e começou a andar em direção ao corredor principal, que se dividia em corredores menores e subia em escadas para os demais andares.

– É coisa recente – respondeu o porteiro. – Os Médicos nunca foram confiáveis, a maioria dos cidadãos não gosta deles. Preferem os *kohanim* ou os *nabiyim*, os Profetas da *Kabalah*. Eu nunca fui com a cara de nenhum deles, nem médicos, nem desse pessoal arrogante do exército. Só por que são *bnei shoah*, se acham melhor que a gente – comentou com uma risadinha nervosa.

– Foi um *nabiyim* que me deu seu endereço. – comentou Aleantrus que começava a não gostar do homem.

Aleantrus via as salas da administração de onde estava. Pensava no amigo, Edward Lachlan, e no destino de seu filho; iria ajudá-los. Edward tinha ajudado Aleantrus na guerra e morrera por isso. Era dever de Aleantrus cumprir a promessa que tinha feito: salvar o único filho do amigo.

– Vim buscar um menino chamado Edgar Lachlan.

– Crow – corrigiu o porteiro. – O menino chegou aqui com o nome da mãe. O senhor é parente?

– Preciso ser parente? – retrucou Aleantrus.

A cada hora se irritava mais com aquele homem. Não era por causa de gente assim que ele havia sacrificado sua liberdade e a vida de seus companheiros. Tinha acabado de voltar do baronato de Shoah e de enfrentar seu próprio povo, os rebeldes autointitulados *Os Legisladores*.

– Há algum problema nisso? – continuou Aleantrus. – Tenho uma Permissão Imperial para levar o garoto.

– Eu não quero confusão, afinal, ninguém se preocupa com os retardados. Tem um monte deles aqui, uns sujeitos perigosos. Mas também tem um pessoal que o Império quer esconder, sabe? Umas crianças diferentes, com habilidades que ninguém mais tem – comentou o guia, que em seguida abaixou a voz até quase sussurrar – No corredor do teu moleque tem Tesla – sorriu – Fica inventando armas que ninguem mais consegue ver, ouvindo vozes dentro da cabeça e chamando os pacientes de Namid. O Império usou Tesla duas vezes pra conseguir armas novas, aí desistiram quando criou um canhão de luz. Você devia ver o que aquela coisa fez com uma ilha. Sério, uma ilha!

Aleantrus franziu o cenho. O maldito guia matraqueava em sua orelha coisas que já sabia. Será que o idiota não entendera que um soldado da *Kabalah* tinha acesso a essas informações?

A caminhada os levou até um corredor cheio de quartos hospitalares, onde alguns pacientes transitavam com ajuda dos enfermeiros. Aleantrus e o guia desceram por uma escada em espiral.

– Criatura dos infernos, essa criança,Tesla. Conseguiu criar uma arma usando talheres e uns archotes. Cortaram a eletricidade do quarto em que está, porque quase tacou fogo na gente.

Desta vez, Aleantrus, que era um soldado e se divertia com demonstrações de criatividade, não aguentou e deu um risinho abafado.

Naquele andar os corredores eram mais espaçosos, com cerca de seis metros de largura por três de altura. Os quartos tinham um aspecto melhor e suas portas eram pesadas, com duas aberturas: a inferior para empurrar comida e a superior para que quem estivesse de fora pudesse observar o paciente. Havia tanto ferro naquelas portas que Aleantrus poderia armar um pequeno exército se as derretessem em uma forja. Eram transpassadas por correntes, trancas e cadeados do tamanho de sua mão humana.

Os guardas no casarão também eram diferentes dos demais. Bem maiores, ficavam protegidos por um tipo de armadura encouraçada e por elmos fechados, com discretas fendas para a visão. Carregavam bastões com cabos presos a pequenas caixas em seus cintos. Aleantrus não conhecia a arma. Ficou curioso e deixou isso transparecer.

– Elas eletrocutam – comentou o guia. – São uma invenção de Tesla, pra manter os internos na linha. Doido. Doido mesmo o que ele cria. – O Amaldiçoado assentiu. O guia parou na terceira cela da direita. – Aqui está Tesla. Olha de longe, depois da linha.

A terceira cela era a única que tinha uma linha amarela de isolamento na frente. Usando um bastão com um gancho na ponta, o guia abriu a janelinha na porta. A entrada não dava diretamente para o quarto da criança. Havia uma antessala, bem menor que os quartos dos internos, forrada de espelhos de todos os tamanhos. Eles estavam arrumados de modo a se refletirem, porém, segundos depois da janelinha ser aberta, se mexeram até seus ângulos coincidirem e projetarem a cela verdadeira. Tesla estava lá, no meio do quarto adjacente, olhando para Aleantrus. Sua imagem era um borrão, difusa, não dava pra saber se era loiro ou moreno, alto ou baixo.

No chão havia tantos riscos de giz que Aleantrus teve dificuldades em discernir o que era. Havia uma réplica da árvore da vida, se o observador fosse bom o suficiente para reconhecer as *Sephiroth*. Havia também uma serpente enrolada em si mesma, prestes a abocanhar a própria cauda. O desenho era tão bem feito que Aleantrus se impressionou com o traçado feito com giz e carvão por Tesla.

A criança olhou diretamente para Aleantrus.

– Eu sei quem você é. Nossos destinos se cruzam hoje e se cruzarão no futuro, Namid.

Aleantrus se afastou, apesar de ainda estar em cima da linha amarela.

– Quem é Namid?

– Sei lá, chama todo mundo assim. Vem, o Edgar tá lá no fundo.

O guia fechou a janelinha e Aleantrus teve tempo de ver os espelhos voltando à posição inicial. Agora o guia o levava por um corredor paralelo. Estranhamente o homem trazia um dos bastões elétricos à mão.

– Só para garantir – disse.

Chegaram ao último quarto. Podiam ouvir alguém cantando nele. Aleantrus tentou reconhecer a música, mas soava estranha a seus ouvidos porque era cantada na língua dos *bnei shoah* e dos *ggoyim*.

O porteiro tremia levemente. As mãos se esforçavam para encontrar a chave certa. Ele perdera o ar ranzinza e olhava para a cela sempre que uma palavra era dita mais alta. Aleantrus sentiu um frio percorrer sua espinha, a mesma sensação que o invadira durante a guerra quando estava cercado por inimigos ou numa ação perigosa. Notou que os pelos de seu braço humano estavam eriçados e a mão dracônica se fechara instintivamente sobre o cabo da espada.

– Olha, toma cuidado com ele – o guia sussurrava. – Criança esquisita, sabe o que a gente fala antes da gente falar e sabe o que vai acontecer. Ainda bem que você veio buscá-lo.

– E a mãe? – perguntou Aleantrus, ignorando os comentários.

– Morreu, sumiu. Ninguém sabe. Ele chegou aqui machucado, gritando. Os médicos não sabiam o que fazer. Sedaram ele por uma semana até ele se controlar. Disseram que tava com "delirium tremens" ou alguma coisa assim. – respondeu. Acabou desistindo de abrir a porta e deu o molho de chaves ao *arur*. – É essa, pode entrar.

Foram necessárias três voltas na fechadura para abrir a cela, além de três trincos: um superior, um no meio e um inferior. Diversos olhos surgiram nas janelinhas das celas pelo corredor, bisbilhotando a abertura daquele quarto maldito.

– Enforca ele! – berrou a mulher ao lado – Enforca o pivete enquanto ele dorme!

– Degola e bebe o sangue dele! – gritou um homem – Se degolar ele antes da meia-noite, ele não volta. Eu vi ele voltar do inferno, eu vi!

Aleantrus abriu a porta e uma lufada fria o atingiu, provocando calafrios ao gelar a água da chuva que ainda não secara. Ele respirou fundo para controlar a tremedeira e entrou. O quarto era comum, pequeno, apenas com uma cama, um penico sujo num canto e sua única janela era a da porta. Um cheiro horrível preenchia o ambiente, havia carcaças de ratos espalhadas pelo chão.

Edgar estava na ponta oposta, olhando-o. Um menino bonito, de pele clara e olhos escuros e profundos, margeados por olheiras que lhe davam um aspecto sinistro. Edgar puxara as feições da mãe, supôs Aleantrus, porque não tinha nada de parecido com o pai. Estava coberto por um manto preto que parecia se mover. O menino avançou calmamente e só então Aleantrus entendeu o que o cobria: um par de longas asas negras.-Seriam lindas se não estivessem maltratadas pelo diminuto espaço onde se encontravam.

– Oi – Edgar cumprimentou esperançoso. A voz que cantava não era a sua, mas tinha cessado quando o *arur* entrara. – Pai?

– Não, Edgar – disse Aleantrus ao sorrir, adorava crianças. – Mas eu prometi a ele lhe dar uma vida melhor do que essa.

Abriu o embrulho que trouxera com tanto carinho sob o manto, revelando uma espada de lâmina negra. – Ela pertenceu a seu pai, agora é sua.

Aleantrus estava empolgado. Aquele menino, sua única promessa feita a um amigo, era um *arur* como ele próprio. Recebera asas. Um desejo que Aleantrus nutria secretamente. O soldado se aproximou e exibiu melhor sua mão dracônica para Edgar, esticando-a. O menino olhou para o braço do soldado e para as próprias asas.

– Você é como eu?

– Sou.

– Um louco?

– Provavelmente, mas são os loucos que mudam o mundo.

Pegou na mão do menino com a mão humana e o conduziu para fora. Os pacientes ainda gritavam quando eles saíram. Aleantrus seguiu até a escada. Edgar se soltara e estava em frente ao terceiro quarto, sem olhá-lo. O menino não alcançava a janela e ultrapassara a linha de segurança.

– Você vai embora? – perguntou Tesla. Os sentidos aguçados de Aleantrus captaram o diálogo entre os estranhos infantes.

– Vou – respondeu Edgar.

– Volta pra me buscar, Namid?

– Eu prometo que sim.

Ele acariciou a porta de ferro e a beijou, depois avançou até Aleantrus, que não esperava aquela demonstração de afeto por parte do novo aprendiz.

– Podemos ir, agora? – perguntou Edgar.

Com uma das mãos ele segurou a espada embrulhada, a outra

apertou a mão de Aleantrus com força. O menino praticamente o puxou para a saída, deixando o guia parado no meio do corredor. Os gritos de protesto dos pacientes explodiram no manicômio.

Ignorando a todos, o homem foi trancar o quarto de Edgar. A porta bateu com um ruído tão alto que silenciou as pessoas, exceto por Tesla, que cantava baixinho em sua cela. Curioso, o guia andou até a porta do quarto e moveu os espelhos mais uma vez. Todos os desenhos no chão haviam sumido. Tesla deu um grande sorriso para o guia, que não parava de olhar da criança para os espelhos, pois neles estavam refletidos uma mulher alta e loira, um homem forte e calvo e um rapaz esguio e sensual. O guia soltou a corda desesperadamente, mas antes que a porta se fechasse de novo e os espelhos voltassem à posição normal, ouviu os últimos dizeres de Tesla:

– E eu, que não sou nada, tenho aqui em minhas mãos nove partes de tudo…

A Fada e o Dragão

O *Choref* era a estação mais fria do ano e deixava a cidade com um ar triste e melancólico. Coberta pela névoa que ele trazia, Desdalain parecia o esboço de um sonho.

Iluminada aqui e ali por postes metálicos, ela se estendia no promontório com casas de tijolos cinzentos e telhados vermelhos. Suas moradas peculiares possuíam chaminés e luminárias acendidas pela *Nepl*, combustível mágico retirado das montanhas e processado nas Fábricas da Névoa. Localizadas ao redor da cidade como uma espécie de contraforte empresarial. As fábricas se estendiam por debaixo da terra em galerias imensas para que processassem a Névoa sem contato com o sol, que acelerava sua evaporação.

Desdalain era um lugar que dividia a arquitetura antiga com engenharia moderna. Um dos pontos sobreviventes era a floresta, que a margeava ao norte, usada pelos jovens enamorados para encontros secretos. Suas árvores não eram muito altas e havia estátuas em sua orla – monumentos a heróis do passado, cujos pés jaziam cobertos de oferendas.

Um cão selvagem caçava um pequeno roedor quando notou várias sombras projetadas no solo. Assustado, abandonou sua presa e correu para o mato. As sombras arremeteram e pousaram. Eram grifos metálicos montados por homens de roupas negras e chapéus tricornes, com exceção do último, um menino de roupas claras. Eles trotaram por um tempo e começaram a correr pelo campo para ganhar velocidade novamente.

– Svann, seu filho vai se atrasar! – gritou um deles, impulsionando seu animal para voar.

– Rápido, Kadriatus! – gritou o primeiro. – Você não quer perder seu *mitzvah*, quer?

Ele decolou com muito esforço. Depois de duas tentativas o menino o acompanhou.

Perto dali, Sehn e Maya subiam a vertente em direção a uma árvore, cujos galhos destacavam-se sem folhas numa terrível imitação de braços retorcidos. Sob o raiar do sol, ela era não mais que um espectro. Apesar da aparência macabra, dois pássaros cantavam alegremente uma música estridente e ressoante.

Sehn era alto para a idade e um pouco gordinho. Tinha cabelos pretos e curtos, e olhos avermelhados da cor do crepúsculo.

Maya era uma menina branca, de cabelos vermelhos e encaracolados, olhos verdes, mais baixa que o amigo. Usava um vestido longo, verde.

– Pássaro idiota, não dá nem pra comer essas coisas – disse Sehn.

Ele os reconheceu de imediato, apenas os *órix* cantavam no inverno. Graças à suas penas metálicas e ao óleo que corria em suas veias, não sentiam frio.

– Belo dia pra fazer um piquenique – completou.

Trazia nas mãos um cesto pesado, cheio de tranqueiras. Colocou-o no chão cuidadosamente e olhou para a menina de cabelos vermelhos e encaracolados que parou ao seu lado.

– Aqui está bom? Piquenique no inverno, só pode ser piada. – continuou reclamando.

– Tá sim – respondeu Maya.

Ela não percebeu, mas dois galhos formavam uma cruz exatamente onde estava. A cruz era um instrumento de tortura usado em traidores e desertores. Sehn nada disse. Viu-a enfiar as mãos no cesto e começar a tirar as guloseimas que tinham trazido de casa para aquele dia especial.

– E larga a mão de ser chato, faz tanto tempo que a gente tá marcando isso.

Maya sabia que o amigo fingia não se importar, mas aquele era o último dia que os dois passariam juntos, e estava decidida a torná-lo especial.

– Esqueci a torta – completou decepcionada – Quer alguma coisa?

– Olha – disse Sehn, apontando para a hoste de grifos que passava entre as estátuas. – São os *kiy*.

Maya olhou impressionada pelo tamanho daqueles homens e a velocidade de suas montarias. Pensou em Sehn. Era por isso que estavam ali. Em breve ele faria parte daquele exército. Entretanto, ela nunca saberia qual o título que o rapaz assumiria. Podia ser um *kohanim* – um Sacerdote – ou um *kiy*, como aquelas pessoas. Ele também poderia seguir a tradição de sua família e ser um *mashiyrra* – um Escolhido – porém Maya sabia que era difícil, pois ele não tinha a marca sagrada em seu corpo: a estrela de seis pontas. Ingressaria na *Kabalah,* a Elite do Exército, e talvez nunca mais voltasse. Isso a preocupava, já que não queria perder o amigo querido. De repente, percebeu que ele estava ao seu lado, tão próximo que seu hálito acariciou-lhe o rosto ao dizer:

– Eu te amo.

Ela pensava "Eu também, mais do que qualquer coisa, te amo." mas a boca não obedecia e tudo que fazia era balbuciar. Queria beijá-lo, mas o corpo não respondia. Não era costume das moças tomarem a iniciativa e ela era nova demais para essas coisas, segundo sua mãe.

Sehn a puxou. Beijaram-se. Eram jovens. Crianças que começavam a se tornar adultos. Ele tinha dezessete anos, Maya estava com quinze. A idade perfeita para o amor florescer. Aquela foi a primeira vez que Maya beijou um menino. O silêncio constrangedor que caiu entre os dois ao se separarem foi quebrado pela ventania e a barulheira do mastodôntico veículo que passou acima da vertente. Do chão, Maya e Sehn puderam ver apenas o casco de um aeronavio, seus mastros com grandes velas e as hélices em sua popa.

– Amanhã é seu *mitzvah* – disse Maya, ainda observando a embarcação que sumia em direção à Desdalain. – Você vai ser levado, né?

Sehn demorou a responder. Lembrou com desgosto do dia fatídico em que os jovens *bnei shoah* eram levados pelo exército e obrigados a servir pelo resto da vida ao Quinto Império. Maya não iria, nem seu irmão. Não faziam parte daquele povo.

– Sim, eu vou servir – disse ele com calma. – Como meu pai e minha mãe, vou ser um *mashiyrra* ou um *kohanim.*

O exército do Quinto Império era poderoso não por seu contingente, com a metade dos soldados de outros reinos, e sim pela *Kabalah*, a força de elite que agia conforme a fé e a crença na liberdade humana.

Os *mashiyrra* eram a força de vontade. Também conhecidos como Escolhidos, nasciam com a estrela de seis pontas, marca divina que os distinguia dos demais. Ninguém sabia como a recebiam, mas havia milhares de lendas a respeito dela. Suas habilidades se baseavam no controle de almas e espíritos, o controle sobre o próprio corpo e a capacidade de cura.

Os *kohanim* eram a fé. Conhecidos popularmente como Sacerdotes, responsáveis pelas liturgias no dia-a-dia. Suas habilidades estavam voltadas para a proteção dos aliados. Eram pessoas que aprendiam, desde a mais tenra idade, os segredos de Shoah e do sacrifício. Suas poderosas armaduras e escudos usavam a Névoa como combustível.

Sehn vinha de uma família tradicionalista, na qual todos pertenciam a uma das duas *Sephiroth* citadas acima. Exceto seu pai, que também era um *arur* – um Amaldiçoado – cujo corpo nascera com uma deformidade que lhe garantia habilidades extraordinárias. Essa era a única *Sephirah* cujos membros nasciam com o dom, sem precisar aprendê-lo. Aleantrus era um *mashiyrra* e um *arur*, servia a duas *Sephiroth* ao mesmo tempo. Havia poucos como ele, por isso era considerado especial. Um escolhido entre os Escolhidos.

Sehn queria ser como o pai. Mas não nascera com nenhuma deformidade, por isso seu destino estava irremediavelmente atrelado aos *kohanim* ou aos *mashiyrra*. Se tivesse a chance, mostraria a Maya o quão famoso e rico estaria dali a alguns anos. Mostraria para a família dela que poderia dar à sua joia um futuro maravilhoso, porém, sempre que pensava nisso, uma angústia invadia-lhe o peito. Uma sensação ruim e pesarosa de que as coisas não sairiam daquele jeito, que o futuro era um monstro prestes a devorá-los.

Ele sabia o que os dividia, pois, apesar de rica, Maya não era uma *bnei shoah*, a nobreza de Nordara da qual Sehn fazia parte. Resquício de um arcaísmo cego às revoluções, seus irmãos de sangue continuavam tratando os *ggoyim* como inferiores. Maya era uma *ggoyim* mesmo com toda sua riqueza. O termo era pejorativo e irônico: "Povo-Livre", referia-se àqueles que não lutaram ao lado de Shoah pela liberdade no passado e que, sem coragem o suficiente, só aguardaram pela queda dos Titãs. Sehn nunca entendera como as pessoas conseguiam definir quem era quem, não via diferença entre ele e a amiga.

Olhou para Maya. Ela era diferente porque seus antepassados foram covardes? Sehn era especial por seu nascimento e a história de luta? Ele era pobre, ela era rica. Ele era um nobre, de uma das famílias mais tradicionais do reino; ela possuía terras o suficiente para construir seu próprio reino. Tradição e Dinhero, inimigos digladiando-se ferozmente por espaço. Deixando este pensamento de lado, ele disse:

– Trouxe isto aqui.

Maya aceitou a caixinha de veludo que o amigo tirara do bolso. Abrindo-a, puxou as duas correntinhas de prata entre os dedos e deixou os pingentes balançando vagarosamente frente aos seus olhos. Um deles tinha uma fada prateada com asas de ouro. O outro tinha um dragão de ouro com asas de prata.

– Que lindo! Você que fez?

Estava maravilhada com os objetos cintilantes. Ele assentiu. Acariciou seu rosto com as pontas dos dedos:

– Eu prometo voltar, Maya.

Ela acariciou a fada e disse, baixinho e timidamente:

– Se você voltar, eu prometo que me caso com você.

Beijaram-se. Delicadamente, Maya colocou a corrente no pescoço de Sehn, ele fez o mesmo com ela. Passaram-se alguns segundos enquanto olhavam para os pingentes. Deram-se as mãos, e, até escurecer, não disseram mais nada. Foi um dia gostoso e tranquilo, como só os dias rápidos sabem ser. Foi o último dia do *Choref*.

Mitzvah

– Acorda, Sehn.

A voz de Phoynikes ecoou no quarto por causa do silêncio na rua. Uma nesga de luz passava pela janela, indicando que o primeiro dia da *Aviv* avançava, logo as flores nasceriam e os animais voltariam.

– Já está na hora? – O rapaz se espreguiçou. Virou-se para o lado, buscando a coberta. – Me dá mais cinco minutinhos...

– Não. Você já aproveitou sua última noite aqui. É hora de enfrentar seu *mitzvah*.

Sehn levantou e puxou as roupas para a cama, havia deixado a trouxa em cima de uma cadeira para facilitar o acesso. Enquanto se vestia, escutava o tio descrever o ritual de aceitação dos *bnei shoah*.

– Hoje é o dia mais importante de sua vida, levanta.

– Sei, sei.

O garoto procurava a corrente que servia de aliança com Maya. Achou a caixinha escondida no travesseiro. Phoynikes olhou para ele, curioso a respeito daquele objeto. Conhecia o sobrinho suficientemente bem para saber que ele aprontara alguma coisa na tarde anterior. Mesmo assim, resolveu não questioná-lo sobre aquilo, Sehn tinha o direito a alguma privacidade.

– Não brinque com essas coisas. A Busca é significativa para nosso povo. A *Kabalah* virá atrás dos jovens e os levará para o Cenóbio de *Ahator*. Provavelmente eu só o verei daqui a quatro anos, quando o treinamento acabar. Isso na melhor das hipóteses.

Sehn não deu muita atenção. Tentava arranjar um jeito de

enrolar a corrente no pulso. Estava empolgado. Passara pouco tempo com os pais desde que nascera. Os soldados da *Kabalah* só tinham três semanas de folga durante o ano, tornando as férias datas muito especiais para suas famílias. Neste período, Sehn procurava ao máximo o carinho do pai e da mãe e agora, depois do *mitzvah*, iria vê-los todos os dias.

– Na segunda parte do *mitzvah* vocês receberão um banho purificador para se desligarem de suas vidas de criança. A partir daí, serão soldados e mais nada. Terão de esquecer sua vida entre os *ggoyim*.

Phoynikes agarrou a mão de Sehn e o ajudou a enrolar a corrente. Abriu o fecho com a unha e passou o anel por ele.

– E quando isso acaba? – resmungou Sehn, levantando da cama e passando a camisa sobre a cabeça.

– Na terceira parte. Os veteranos lhes dão uma missão especial. Se forem bem sucedidos, serão aceitos. Se falharem, morrerão.

Sehn passou a mão na camisa para assentá-la melhor.

– Nós nunca falhamos no *mitzvah*, não é?

– Não – Phoynikes respondeu.

Sehn temia ser o primeiro. Não queria admitir, mas estava apavorado com a ideia de não conseguir superar os desafios vindouros. Era a mesma sensação que o invadira ontem ao beijar Maya: um lado seu ansiava por aquilo mais que tudo, o outro queria fugir.

Depois do desjejum, Sehn e Phoynikes saíram de casa e foram à praia. Os vizinhos os cumprimentaram, deram abraços e presentes. A maioria deles sorria, as senhoras de mais idade abençoavam o rapaz, os homens comentavam orgulhosos sobre os antepassados que haviam lutado, como ele faria.

Quando os dois chegaram à praia, o lugar já estava quase vazio e a maioria dos aeronavios imperiais tinha levantado voo. Boa parte dos *ggoyim* voltava para casa. Os poucos que tinham ficado apontavam para Sehn e o tio, curiosos com seu atraso.

– Eles já foram! – exclamou Phoynikes – Bom, melhor voltarmos para casa, né?

– Que será que aconteceu? – indagou Sehn. – Todo mundo já foi...

– Calma, eles me mandaram uma carta. Disseram que iam se atrasar porque tinham alguma coisa pra fazer; não entendi direito, mas parece que eles iam visitar um amigo na capital.

Sehn e o tio foram até a areia, procuraram por alguns instantes o local onde o aeronavio pousaria. Por fim, encontraram o lábaro da Canção do Silêncio: uma bandeira negra com uma garra dourada. Este era o nome da *sheyvet*, a divisão da qual Sehn faria parte daqui para frente. A *Kabalah* era composta por diversos desses grupos especiais com nomes diferentes, mas todos criados pelas famílias de *bnei shoah*.

Uma multidão os observava.Maya estava entre eles, sentada em um muro baixo de pedras. Um menino de uns doze anos fazia companhia a ela. Era Lukas, seu irmão mais novo, com quem Sehn conversara poucas vezes. Sehn não tirava os olhos dela. Viu-a acenar. Respondeu do mesmo jeito.

Mais um aeronavio pousou a alguns metros de onde eles estavam. Seus passageiros desceram e cumprimentaram as pessoas na praia. Em seguida, levaram três crianças. Sehn reconheceu o brasão da Lâmina Tríplice de imediato, era uma *sheyvet* composta apenas por trigêmeos. Pelo que sabia, isso era uma estratégia. Cada uma das crianças fazia pactos com as demais, assim a *sheyvet* buscava criar um laço de amizade e sacrifício muito maior entre os seus.

A família de Maya queria ir embora. Sehn via o pai da menina puxando-a, mas, ela se recusava a ir. Lukas reclamava também, querendo ficar com a irmã. Por fim, os pais desistiram e bufaram.

– Bom, agora eles estão atrasados – brincou Phoynikes – Devem ter se esquecido de você.

Sehn olhou para ele, magoado.

– Nem brinca com isso.

– Calma, foi só uma brincadeira, moleque. Olha.

Ele apontou para o alto. Um aeronavio vinha em baixa velocidade, não havia mais nenhum no céu. Aproximou-se fazendo uma barulheira horrível e soltando Névoa ao seu redor; parecia muito mais um monte de entulho do que um dos famosos veículos aéreos imperiais. Dava pra ver de longe a quantidade de caixas espalhadas em seu convés e os remendos em seu balão de ar. Para piorar, as hélices rangiam de modo assustador quando giravam.

– Eu vou viajar nisso aí?

Sehn pensava que o barco seria bonito. Uma caixa se soltou e caiu na areia, esmagando o lábaro da Lâmina Tríplice. O jovem ficou olhando para as pessoas próximas a ele, extremamente constrangido.

– Ainda bem que só você vai – comentou Phoynikes. – Eu não coloco os pés nessa coisa nem que me esfolem.

O pouso foi quase tão constrangedor quanto a chegada. Ao invés de descer tranquilamente, o aeronavio simplesmente despencou e levantou uma nuvem de poeira. Os lábaros mais próximos que ainda estavam presos na areia tombaram e o símbolo da Canção do Silêncio foi esmagado. Até as pessoas na orla se assustaram e recuaram. Phoynikes empurrou Sehn para trás.

– Ah, saco! – gritou alguém do convés – Dante, controla essa coisa! Desse jeito vou ter que procurar um capitão melhor!

O título de capitão era dado aos "pilotos" dos aeronavios, e não tinham qualquer validade militar. Eram pessoas contratadas entre os *ggoyim* para conduzir e cuidar dos veículos. A autoridade máxima numa *sheyvet* era o *sepher*.

Uma ponte desceu a bombordo, e o coração de Sehn acelerou. Ele conhecia aquela voz, apesar de ouvi-la pouquíssimas vezes.

– Papai – murmurou alegremente.

Duas pessoas saíram. A primeira era um homem com um braço de dragão, Aleantrus. A segunda, uma mulher de cabelos loiros e um corpo forte, protegido pela pesada armadura de *kohanim*. Ela segurava o elmo embaixo do braço e sua capa esvoaçava conforme andava. O símbolo da Canção do Silêncio estava bordado ali. Era Thyzar, a mãe de Sehn.

Abraçaram o menino e depois cumprimentaram Phoynikes. Sehn não conseguia parar de se admirar com a presença deles. Seus olhos brilharam ao pousar na armadura da mãe e no braço do pai.

– Obrigado, Phoynikes – disse Aleantrus. – Agora é hora de mais um Hadjakkis se tornar um guerreiro.

– Com certeza – respondeu Phoynikes. – Vá com Shoah, Aleantrus, abençoada seja nossa família. E você, garoto, vê se volta.

– Tudo bem tio, você ainda vai me ver de uniforme. Eu prometo!

Sehn acompanhou a mãe de volta ao aeronavio, deixando Aleantrus e Phoynikes na praia. No momento em que embarcou, Sehn se lembrou de que os pais eram responsáveis por mais jovens recrutas. Ele tinha sido o último a ser convocado. Foi tomado por uma pontinha de ciúmes, achava que ia ser o primeiro.

– Estes são seus novos irmãos, Sehn – ouviu sua mãe dizer, mas não deu muita atenção a ela. Fixava-se naquelas crianças como concorrentes.

Viu uma menina baixa e branca, de cabelos loiros e olhos escuros. Usava um vestido marrom cheio de franjas e babados, mas tinha a aparência séria demais para alguém tão nova. Sehn calculou que ela devia ser mais nova que Maya, com uns treze anos. Trazia quatro livros nas mãos e uma mochila marrom nas costas, que destoava de suas roupas por causa das fivelas e cadeados de aspecto rústico.

O capitão era um homem mais velho que Aleantrus, com longos cabelos em *dreadlocks* e óculos de aviador sobre a testa. Usava um sobretudo negro de couro, que quase arrastava no chão, não usava camisa, portava duas rapieiras em bainhas na cintura e suas calças pretas estavam por dentro de botas de cordão entrelaçado.

Um garoto mais baixo que a menina passou ao seu lado. Tinha o corpo franzino, uma cabeleira cinzenta, olhos cor de mostarda e as unhas compridas, tanto as dos pés quanto as das mãos. Estava perseguindo um rato que se escondera entre as caixas. Com precisão canina, o garoto subiu nelas e começou a arranhá-las com as garras e a farejar as frestas.

– Passa daí! – gritou o capitão, se aproximando.

O menino rosnou para ele e correu para dentro. Sehn ergueu as sobrancelhas, impressionado.

– Em nada me apetece a companhia desses selvagens. Mui generoso seria o Império de expulsá-los, não aprovas? – Sehn notou, vindo em sua direção, um rapaz alto, pálido, de cabelos pretos e longos, olhos totalmente brancos. Apesar de terem a mesma idade, o garoto parecia bem mais velho e exalava arrogância pelos poros.

– Kadriatus Drachenfels – disse. Sehn não precisava adivinhar, era um *kiy*, um Guardião. Usava uma pelerine negra, uma camisa da mesma cor, luvas reforçadas e um cinto com fecho dourado. As calças eram do mais fino corte e estavam por cima de botas de cano curto. Os *kiy* eram a mais respeitada *Sephiroth* da *Kabalah*. A Guarda Imperial. Suas habilidades se baseavam na união e no sacrifício do indivíduo em prol do coletivo. Sehn nunca entendera essas aptidões, mas sabia que todos possuíam olhos brancos como leite. – Tu serias? – olhava para Sehn com um misto de curiosidade e repugnância.

– Prazer, Sehn Hadjakkis – cumprimentou.

– Sinto-me deveras honrado em conhecer o digníssimo filho de vosso prodigioso *sepher* – respondeu Kadriatus abrindo um sorriso e fazendo uma mesura exagerada. – Agora, se permitires, careço de repouso para restabelecer as forças despendidas em meu *mitzvah,* já que fui o predecessor do ritual.

Sehn teve que fazer força para não rir do garoto, que soava ridículo a cada palavra. O significado de pedantismo e a imagem de Kadriatus se uniram em sua mente. Continuou andando pelo convés, passou ao lado das caixas soltas e achou uma corda; amarrou-as o melhor que podia. Antes de se unir aos demais, viu um garoto tão pálido quando Kadriatus escondido entre elas e a balaustrada. Tinha quase a mesma estatura de Sehn, mas não o mesmo físico. Um par de asas negras brotava-lhe das costas. Ficou curioso e resolveu ir conversar com ele.

– Oi – disse ao se aproximar. – Meu nome é Sehn, e o seu?

– Edgar Lachlan – a voz do garoto era suave, encantadora. Sehn gostou dele logo de cara, seriam bons amigos.

– Nome bonito. O que significa Lachlan? – Sehn encostou-se à balaustrada e ficou olhando o pai e o tio conversando. Procurou Maya e a viu praticamente ser arrastada pelos pais.

– Dançarino das Estrelas – Edgar respondeu prontamente.

– Legal, seus pais que disseram?

– Não – retrucou Edgar – Foi Tesla.

Phoynikes foi o primeiro a se pronunciar depois que mãe e filho subiram no barco.

– Algo de estranho no menino?

– Nada – respondeu Aleantrus. – Parece saudável, apesar de ter sofrido no manicômio. Nada que não possamos resolver.

– E as crianças? – Phoynikes começou a andar pela praia, as mãos nas costas, um gesto que fazia quando pensava seriamente em alguma coisa. – Foi por causa delas que vocês atrasaram?

– Foi – respondeu Aleantrus acompanhando o irmão. – Nós temos uma *da'ath*, Nadja Caldwell. Dois *arur* e um *kiy*.

Os *da'ath* eram a mente da *Kabalah*. Popularmente conhecidos como Inventores, eram os responsáveis por toda tecnologia a vapor que era usada pelo Império. Desde as espadasserras até os aeronavios.

Aleantrus ficou olhando para o irmão, aguardando uma resposta. Era um bom grupo, afinal, os *kiy* e os *da'ath* reforçavam a união com seu empenho e mentes excepcionais. Se Aleantrus conseguisse uma permissão para que Kadriatus continuasse com eles, seria muito melhor. Já que os *kiy*, em sua maioria, só ficavam no castelo do Imperador, dificilmente fazendo parte das *sheyvet*.

– Entendo – disse Phoynikes. – Entretanto, preciso te contar uma coisa sobre seu filho. – Ele estava sério. Aleantrus parou um pouco atrás e ficou olhando para as ondas. – Sehn não tem habilidade alguma, nada que o identifique como um *bnei shoah* – Phoynikes respirou fundo – Se eu não conhecesse Thyzar e sua honra, diria que ele não é seu filho.

– Nenhuma mesmo? Talvez ele possa ter escondido as habilidades. Não se lembra de nosso pai? Sciantus só revelou suas habilidades aos quinze anos de idade e se tornou o melhor de sua época.

– Nada, se não soubesse, eu diria que ele é um *ggoyim*. – comentou Phoynikes.

– Nós dois sabemos que isso é impossível, não é? – Aleantrus insinuava alguma coisa, mas Phoynikes não entendera. – Nenhum de nós falhou até hoje, irmão.

Phoynikes pareceu concordar, mas nada disse. Aleantrus foi em direção ao barco, dando as costas para ele. Ainda assim, a voz chegou até a praia, onde o irmão estava.

– Meu filho será o mais poderoso Hadjakkis que este mundo já viu.

A Marca

Os dias após o *mitzvah* sempre eram tristes. As escolas ficavam mais vazias, as praças mais silenciosas, as casas abandonadas. Isso não acontecia só em Desdalain, mas em todo Império. Podiam passar meses, anos, séculos; a ausência dos *bnei shoah* era um fator cultural ao qual ninguém se acostumara.

Maya vivia num bairro afastado da cidade; um lugar bonito, cheio de mansões de *ggoyim* ricos. Sua casa ficava no alto de uma montanha e se espalhava de maneira circular. Não havia cercas nem muros, mas postes indicando onde começava e terminava a propriedade. Nela havia um lago, uma caverna e uma ribanceira; além dos imóveis da família, como o estábulo, uma segunda casa e um pequeno templo para os familiares.

Àquela hora da manhã, Maya estaria dormindo. Mas foi orientada pelo pai a acordar cedo e colocar as roupas mais gastas que encontrasse. Sem saber o que esperar, obedeceu e se vestiu com calças largas e um corselete velho, que precisou ser amarrado duas vezes para se ajustar a seu corpo.

Não ligava muito para roupas bonitas e se enfeitar, preferia estudar música, teatro, dança ou ler. De vez em quando, é claro, vestia-se a rigor. Mas dava muito mais valor a comodidade e conforto do que a beleza.

Ela saíra descalça e sentara no alpendre. Dali podia ver dois cavalos mecânicos andando em frente à propriedade. Preguiçosa, vestiu a bota esquerda. Deu uma bocejada longa que faria a mãe gritar de vergonha por sua falta de modos. Sorriu. Maya gostava de provocá-la.

Não comentara com ela que havia ficado noiva de um *bnei shoah*, na verdade a única pessoa da família que sabia disso era seu irmão mais novo, Lukas, a quem os pais não dariam crédito. Lógico, os pais de Maya prefeririam mil vezes que ela se casasse com um rapaz na mesma condição social que a sua, e não com um aventureiro sem nada a oferecer.

Lentamente, colocou a bota direita e se levantou. Passou a mão no cabelo para arrumá-lo e o prendeu num rabo de cavalo. Escondeu o pingente de fada dentro da blusa e foi até os animais de ferro. Antes de chegar a eles, ouviu a porta da frente abrir e o pai sair. Para seu espanto, notou que ele trazia uma arma a tiracolo e duas caixas de munição.

– Pronta? – indagou Karl ao se deparar com a filha. Ele também vestia roupas velhas, uma calça surrada e uma camisa sem botões. De tanta ansiedade, checara a arma e as munições rapidamente, sem atentar a detalhes. Queria mesmo era ver sua Maya atirar.

– Sim – Maya respondeu de olho na arma. Era um rifle marrom, a arma tradicional do exército, mais conhecida como *baioneta*. Trazia uma lâmina curvada na borda de seu longo cano, espada de um gume que acompanhava o seu sentido e podia ser usada como lança ou espada, dependendo da empunhadura.

Ao contrário do que Maya pensava, não montaram naqueles cavalos. Encaminharam-se para o estábulo onde dois animais os aguardavam. Eram iguais àqueles que andavam em frente a casa, exceto pelas celas e alforjes em seus lombos.

– Pedi para os criados os prepararem ontem à noite – comentou Karl. – Não queria que sua mãe ou seu irmão acordassem. Vou te ensinar a atirar.

– Sério? – Os olhos de Maya brilharam.

– Muito sério. Você precisa aprender mais do que fazer comida ou dançar. Tem que aprender a se defender. Mas não conte nada para sua mãe... ela não ia gostar. Vai dizer que não é coisa de donzela, que você precisa aprender a tear e a ler. Mas isso você já sabe, então, quero que aprenda um pouco mais.

Ele ajudou a filha, montou seu animal e os dois seguiram para a floresta. Conversaram bastante no caminho, o pai sempre dando dicas e a base teórica para bons tiros ou recargas ágeis. Maya estava fascinada com aquilo, não conseguia tirar os olhos da baioneta.

Na clareira, Maya viu o pai tirar da mochila dez latas vazias. Colocou-as em cima de um tronco caído e indicou para a filha onde ela deveria ficar.

– Doze metros – calculou. – Um bom começo.

As primeiras lições foram teóricas. Karl ensinou como manter-se em posição de sentido, empunhar a arma, apoiá-la no ombro e apontar, sempre olhando para o alvo. Maya aprendeu rápido, mas tinha de fazer muita força e tomar cuidado para não se ferir. Depois de uma hora esfolou o ombro direito e torceu o pé ao tentar andar enquanto atirava. Diferente das meninas de sua idade, Maya não era muito delicada. Ela só reclamou dos machucados quando se feriu, depois os suportou.

– Podemos tentar na prática – sentenciou Karl. Ele ajudou Maya a encontrar uma posição confortável e se distanciou. – O tranco é forte, mas logo você se acostuma.

Maya atirou. Errou. Atirou mais duas vezes e errou. Estava gostando, mas achava que ia ser mais fácil.

– Ninguém acerta no primeiro dia.

– Sério? – ela perguntou.

– Não, só falei para te agradar.

Ela se concentrou. Segurou a arma com firmeza e respirou fundo antes de puxar o cão e apertar o gatilho. Errou.

– Você está fechando os olhos – disse Karl. – Fica mais difícil acertar alguém assim.

– Não consigo – reclamou Maya – eu seguro a arma com força e as mãos tremem. Sei lá, vai que ela bate no meu nariz.

– Faz assim – Karl se abaixou ao lado da filha e a fez apoiar um dos joelhos no chão. – Agora, com a arma na mesma posição, você atira. Mas tem que usar seu corpo em conjunto com a arma, para não se desequilibrar. Não é força, é jeito de segurar para não tombar.

Maya se concentrou de novo. Respirou fundo e usou toda sua força de vontade para não fechar os olhos. Atirou. Desta vez o tiro raspou na lata, tombando-a do tronco.

– Consegui! – gritou Maya.

Depois dessa, a manhã seguiu tranquila. Ainda assim os tiros mais próximos rasparam nas latas ou no tronco. Maya temia se ferir com o tranco e acabava desviando a arma no último instante. Eles já tinham usado a primeira caixa de munição quando Karl a chamou:

– Vamos, sua mãe já acordou e vai querer saber onde estamos.

– Só mais um – pediu Maya.

Karl pensou um pouco.

– Tá, mas é a última.

Maya não se ajoelhou para atirar. Apoiou a baioneta e inclinou um pouco a cabeça. Respirou fundo, mirou a lata e atirou. A bala acertou exatamente o centro da lata do meio

– Excelente – disse Karl, espantado. Ao se aproximar, viu Maya preparar-se novamente. Seu segundo tirou acertou a última lata da esquerda.

– Eu podia fazer isso o dia inteiro – brincou Maya.

– Deve ter puxado meu lado da família. Agora será a última, depois voltamos para casa. Termine essa caixa. E se lembre de tomar cuidado, às vezes uma baioneta pode ser um risco maior para o usuário do que para o alvo.

– Eu sei o que estou fazendo, pai. – respondeu, antes de apoiar a arma displicentemente no corpo. Mirou na lata como se já tivesse feito aquilo um milhão de vezes e atirou cheia de vontade. – Ai! – gritou Maya, quando o recuo jogou a baioneta contra seu rosto.

– Que aconteceu?

– Meu olho!

Karl afastou o cabelo da menina e fitou demoradamente a marca roxa que nascera por causa do impacto.

A Casa dos Caçadores

Depois de um ano no Cenóbio de *Ahator*, Sehn perdera aquele ar bonachão e rechonchudo para se tornar um homem de traços retos e firmes. Edgar, em contrapartida, continuava a ser um rapaz magro e pálido, de vasta cabeleira e olhos cheios de segredos. Sua voz melíflua logo se tornara sua principal característica.

Os outros também tinham mudado bastante neste último ano. Kadriatus deixara o cabelo crescer e ganhara um físico bem definido. Sua arrogância aumentava conforme crescia, assim como o vocabulário.

Diren ficara mais selvagem. Seu aspecto geral era o de um lobo que aprendera a ser gente. Os cabelos estavam maiores e mais bagunçados. O instinto e seus sentidos mais aguçados o deixavam sempre alerta. Ele se recusava a usar qualquer vestimenta que não fossem calças bufantes e adquirira o hábito de enfaixar os pés e as mãos. Não conseguia ler direito e tinha um problema grave de atenção nas aulas teóricas. Kadriatus fazia questão de humilhá-lo sempre que podia.

Nadja adquirira uma sagacidade assustadora e olhos sensuais, cortara os cabelos loiros, deixando-os curtos e repicados. Era difícil acompanhar seu raciocínio. Às vezes ficava olhando um ponto distante, sonhando, só para despertar repentinamente com uma ideia inovadora. Fora ela quem reestruturara o aeronavio e lhe dera um ar mais aprazível. Além de Aleantrus e Thyzar, a *sheyvet* dos pais de Sehn possuía mais um membro, Beatrix, uma *yoresh*, a esposa de

Dante. Esta *Sephirah* era a mais misteriosa da elite, seus membros eram espiões e assassinos.

Este primeiro ano no Cenóbio era marcado por teorias e provas, quase nada prático. A maioria das aulas às quais os aspirantes assistiam eram iguais as das escolas que frequentavam antes, junto com os *ggoyim*, com a diferença que conhecimentos históricos ou de linguagem eram substituídos por "Fintas e Defesas" ou "Estratégia".

Sehn e Edgar, às vezes, fugiam do olhar de Aleantrus para treinarem sozinhos. Sujos e cansados, os dois sentaram na arquibancada do *Gan* – o jardim de guerra – um campo aberto circundado por uma pista de corrida, com duas piscinas e várias arenas pequenas. Dali podiam observar os mais velhos treinarem. Geralmente se divertiam fazendo isso, mas, naquela manhã, estavam nervosos demais para qualquer alegria. Em breve seriam testados pelos veteranos e abandonariam o título de recrutas para se tornarem efetivos. Sehn passara os últimos dias tentando adivinhar o que enfrentariam. Não achava que o primeiro ano o preparara para uma prova prática.

– Teve um pessoal ano passado que foi obrigado a proteger um vilarejo duma praga de Quimeras, sabe? Aqueles bichos de três cabeças – Edgar bateu as asas, fazendo algumas das penas caírem.

– Sério? – Sehn comentou. Levou a mão direita ao olho roxo.

– Isso aí não vai sair tão cedo – disse Edgar. Estava com a cabeça virada para cima e prestava atenção nas nuvens. – Sabe que eu peguei aquela loira da Rosa Púrpura, aquela do nome engraçado... como é mesmo?

– Annik, ela é filha da *sepher* – respondeu Sehn desinteressado. A Rosa Púrpura era uma *sheyvet* formada apenas por mulheres. Era quase suicídio flertar com elas por que acreditavam na vitória dos mais fortes e na submissão dos mais fracos. No caso, os mais fracos eram todos os homens do mundo. – Eu não mexeria com ela se fosse você.

– Ah, claro, Annik – disse Edgar prestando pouca atenção ao conselho. –Você foi o único que ainda não pegou ninguém, sabia?

– Kadriatus também não. – reclamou Sehn.

– Ele não conta.

– Verdade – Sehn assentiu e apontou com um movimento da cabeça – Tá vendo aquele cara ali? Foi escolhido pela Sombra do Gelo.

– Nossa – Edgar olhou atentamente. O rapaz devia ter quase um metro e noventa, era forte como um búfalo e largo como uma porta. – Eles são os melhores.

– É – Sehn gostava da *sheyvet* de seu pai, mas ela não figurava entre as dez melhores do exército. Todo ano o Império fazia uma eleição, baseada nos feitos de seus soldados, para escolher quais eram as melhores *sheyvet.* A Sombra de Gelo fora a única que conseguiu se manter na lista durante doze anos consecutivos. – Sabe o nome dele?

– Arddhu, acho. Nome esquisito. Aposto que Kadriatus ia querer namorar com ele.

– Se o visse de uniforme, não resistiria – respondeu Sehn. Os dois gargalharam.

– Você já sabe em qual *Sephirah* vai servir? – Edgar tinha receio de fazer essa pergunta, por que todo mundo da Canção do Silêncio já estava encaminhado numa *Sephirah*, menos Sehn. – Você tem cara de *Lorrêm.*

– Não sei. Eles também caçam monstros por aí, eu queria ficar com vocês ou ser como você e meu pai, um *arur.*

Os *Lorrêm* eram a infantaria da *Kabalah,* cujas habilidades estavam ligadas ao ataque e aniquilamento do adversário. Alguns também eram caçadores de monstros.

– As mulheres gostam – Edgar deu um sorriso maroto.

Uma sombra projetou-se onde estavam. Sehn virou a cabeça e viu o pai olhando para eles.

– Você ainda não viu o que elas fazem pelos *arur,* Edgar.

– Oi, pai. Perdão. Oi, *sepher* Hadjakkis. – Ele ainda estava se acostumando a tratar os pais como soldados e às vezes errava os pronomes de tratamento, mas não era proposital. Aleantrus não deu continuidade à conversa sobre mulheres.

– Chegou a hora do teste, vamos?

Eles se levantaram e saíram rapidamente do *Gan.* Era difícil para os garotos acompanharem o passo acelerado de Aleantrus. Nervoso com isso, Edgar piscou para Sehn e alçou um voo baixo.

As pessoas admiravam Edgar quando ele passava. As belas asas negras pareciam ser feitas de sombras de tão escuras que eram. Ele sorria para as meninas e passava bem perto delas.

– Exibido – resmungou Sehn. Ele viu Edgar volitar entre as grandes colunas de sustentação e subir as escadarias num movimento rápido, quase ensaiado. Teve vontade de jogar uma pedra nele para fazê-lo se desequilibrar.

– Rápido Sehn – ele ouviu o pai dizer.

Edgar pousou a seu lado – Quer uma carona?

– Cai fora, vou andando – Sehn retrucou. Depois disso, não trocaram mais nenhuma palavra. Edgar se afastou magoado e Sehn ficou satisfeito com isso.

Quando ele finalmente emparelhou com o pai e o amigo, ouviu parte da conversa que já tinham iniciado.

– Por um milagre encontramos mais um membro da *sheyvet*. Isso é incomum, na maioria das vezes os *nabiyim* conseguem ver as crianças perfeitamente quando estamos indo buscá-las – Sehn via a empolgação no rosto do pai. Será que ele ficara assim quando fora a Desdalain buscá-lo? – Eu não queria estar na pele de vocês. Foi Thyzar quem preparou o teste e ela achou melhor já nos livrarmos dos mais fracos. Por isso quero que vocês cuidem do novato, caso algo dê errado ele será o primeiro a sofrer. Será que poderei confiar em vocês?

– Pode, claro – respondeu Sehn. Percebeu que deixaram o Cenóbio. Dirigiram-se ao porto, passando por diversos aeronavios. Não conseguiu ver Dante em lugar nenhum.

Quando chegaram ao local marcado, viram Nadja, Kadriatus e Diren conversando próximos a um muro. Estavam em terreno aberto, mas militar. Thyzar conversava com um menino gordinho, de olhos verdes e óculos na testa. Usava um colete, camisa branca e calças pretas.

– Finalmente! – Thyzar reclamou ao vê-los. – Se perderam?

– Eles estavam no campo vendo os *Lorrêm* treinarem – mentiu Aleantrus. Mesmo ele sendo líder da *sheyvet*, qualquer um dos efetivos poderia castigar os aspirantes em caso de má conduta.

Enquanto ele e Thyzar discutiam em voz baixa, Kadriatus apresentava o novato ao grupo com imensa alegria e dando uma olhada enviesada para Diren.

– Nikolas Barrow, vosso confrade. Tal como Nadja e eu, oriundo de uma família assaz honrosa e máxime, ausente de reles amálgamas consanguíneos.

– Que? – Diren coçou a cabeça, Edgar lhe fez um carinho nos cabelos.

– Ele disse que Nicolas é de uma família gente boa.

– Ahn.

– Como você conseguiu entrar para a *Kabalah* no meio do ano? – indagou Sehn.

– Fiz um teste teórico e fui aprovado com louvor. Meu pai me ensinou tudo em casa, aí não tive muita dificuldade em realizar a prova. Vim direto e com uma *Sephirah* escolhida.

– Sublime. Devo dizer – interrompeu Kadriatus. – Você já sabe sua *Sephirah* sem ter treinamento?

Sehn não conseguiu disfarçar a inveja, os amigos perceberam. Ele era o único que ainda não estava encaminhado na *Kabalah*. Demonstrava falta de perícia para quase tudo e tinha muita dificuldade em aprender as coisas. Não era como Diren, que se destacava quando o assunto envolvia natureza; ou Nadja, que era extremamente inteligente. Sehn tinha as piores notas da turma e ninguém fora capaz de encaixá-lo num treinamento que despertasse suas habilidades.

O mais comum no Cenóbio era que os recrutas se descobrissem até a metade do primeiro ano. Geralmente eles demonstravam uma tendência para certas *Sephiroth*, por exemplo: os *da'ath* eram crianças mais inteligentes que o normal, os *mashiyrra* tinham a marca em seus corpos, os *kiy* tinham os olhos brancos, os *Yoresh* eram soturnos e os *nabiyim* avoados.

Sehn não era nada disso. Nem mesmo conseguia ser belicoso como os *Lorrêm*. Sentia-se medíocre e, tirando Kadriatus, recebia muita ajuda dos demais companheiros.

– É deveras pertinente salientar que os bons paradigmas numa família estruturada e honrada são cruciais para o desenvolvimento sadio de um soldado. Todavia, alguns de vossos companheiros carecem de tais peculiaridades em seus ascendentes – Kadriatus deu um sorriso irônico para Sehn, que avançou com os punhos fechados. Os comentários que Thyzar havia traído Aleantrus se espalhavam pelo Cenóbio cada vez que Sehn falhava em mostrar sua aptidão para uma *Sephirah.*

– Deixa para lá, não vale a pena – impediu Nadja.

– Eu não entendo, ainda, como o exército pode deixar você fazer este teste agora. – comentou a loira tentando acalmar os ânimos, mudando de assunto. Nikolas ia responder, mas prestou atenção em Thyzar e Aleantrus que pareciam discutir sobre isso também, visto que o pai de Sehn olhava a todo o momento para eles. Gesticulava e reclamava, mas, no fim, pareceu convencido.

– Agora que vocês já se conhecem, podemos dar início ao teste do primeiro ano. É hora de colocarem em prática as teorias, mostrarem que são capazes de vencer nas piores adversidades – pronunciou Thyzar, de forma séria. – Seu teste será a Casa dos Caçadores.

Os recrutas mal se mexeram. Já tinham ouvido falar neste teste, era um dos piores. Naquele ano, provavelmente, seriam os únicos a passarem por ele. Kadriatus como sempre, se pronunciou:

– Vocês enviarão os assassinos hoje? – havia medo em sua voz, pela primeira vez aquela confiança excessiva estava abalada. – Achava que iríamos receber o mínimo de treinamento prático.

– Quais foram suas notas em "Fintas e Defesas", Kadriatus? – perguntou Aleantrus.

– Nove.

– Então você não precisa de treinamento. – emendou o pai de Sehn.

– Hoje vocês vão dormir sozinhos em uma casa. Durante a noite nós soltaremos um grupo de assassinos para caçá-los. Se eles conseguirem exterminá-los, receberão uma carta de liberdade e salvo conduto até a cidade – Thyzar olhou demoradamente para cada um.

Sehn não acreditava. Ele sabia que cada *sheyvet* tinha uma maneira de escolher seus recrutas depois de realizar "A Busca". Mas não imaginava que era tão cruel. Como seus pais poderiam colocar as vidas deles em risco? E ainda era uma chance para assassinos recuperarem a liberdade... Achou que era brincadeira, só podia ser. Deu até um sorriso, mas a seriedade de sua mãe o fez perceber o tamanho da encrenca.

– Algum problema, Sehn? – perguntou a *kohanim*, séria como uma estátua.

– Não, senhora – Sehn estava louco para protestar. Não se sentia preparado para proteger os amigos ou para tirar a vida de alguém.

– Se é para lutar por algo, que seja por vocês. – Para sua surpresa, Diren foi até as armas e pegou duas adagas. Nadja repetiu o gesto, agarrando uma espada curta.

– Confiarei minha vida a você, *arur* – Sehn ouviu-a murmurar a Diren. Estavam tensos, com movimentos vagarosos e hesitantes. Ele acabou cedendo e pegando uma espada para si também. Kadriatus, Edgar e Nikolas o seguiram.

Aquele devia ser um momento mágico para os recrutas, onde palavras motivadoras seriam trocadas e juras de proteção mútua seriam feitas com toda a coragem de futuros guerreiros.

Mas não era.

A simples tarefa de prender as bainhas era uma tortura por causa da tremedeira. Eles se ajudavam, quietos, por que as vozes saíam finas e ridículas, ou por que gaguejavam demais. Quando erguiam as cabeças, logo voltavam a abaixá-las, para não ver o medo alheio.

Seguiram Aleantrus pela estrada. Não foi uma caminhada longa, mas pareceu interminável.Uma hora depois chegaram à cabana. Longe de ser um lar, estava mais para um amontoado de paus. Tinha duas janelas e uma porta. Thyzar estava no alpendre.

– É aqui. Sobrevivam ao meu teste e sejam a *Kabalah*. Morram e serão esquecidos. Vocês ainda deverão enfrentar testes piores nos próximos anos, Aleantrus e Beatrix não serão tão bonzinhos.

Entraram na casa composta por um cômodo grande, seis camas, um armário e uma mesa com seis cadeiras. Um amontoado de caixas ocupava uma das paredes. Tudo rangia. O banheiro ficava do lado de fora, mas o fedor chegava ali.

Sehn viu os recrutas andando pela casa e ouviu a voz de Thyzar pronunciando novamente:

– Estaremos por perto, mas não importa quem esteja em perigo, não vamos interceder, entenderam? – ela olhou para Sehn. As esmeraldas que eram seus olhos estavam inexpressivas.

Estavam perdidos. Se continuassem apavorados morreriam rapidamente nas mãos dos assassinos. Sehn abaixou a cabeça e começou a pensar. Esfregou os olhos, tinha que colocar a mente no lugar. Respirou fundo e ordenou:

– Kadriatus, quebre uma das camas e use as tábuas para lacrar a janela direita e a porta. Nadja, vasculhe aquelas caixas, talvez haja algo que você possa usar. Diren vá lá pra fora, veja onde a mata é mais baixa, onde há trilhas e por onde seremos atacados, Nikolas, quero você de apoio.

Os garotos obedeceram sem pestanejar. Nem mesmo Kadriatus hesitou. Orgulhoso de si mesmo e aguardando aprovação dos pais, Sehn virou-se para a porta. Thyzar e Aleantrus tinham partido.

– Muito bem, acho que temos um *sepher* – cumprimentou Edgar.

– Eu não tenho nem *Sephirah*, Eddy. Quanto mais a chance de liderar alguma coisa – Sehn esfregou os olhos, sentia uma queimação anormal neles.

– Sempre soube que seria você. Apesar de o nosso amigo arrogante cacarejar por aí – Edgar apontou com o nariz para Kadriatus, que fazia Nikolas carregar toda a madeira.

– Pare, isso não é brincadeira. Temos que adivinhar os movimentos dos inimigos. Pior de tudo, não são soldados, mas bandidos, eles não têm honra e não agem de acordo com os manuais. Precisaríamos de um *nabiyim*, mas não temos nenhum.

– Acho que temos – disse Edgar, olhando para Nikolas.

– Ele? Impossível! Seu poder está na mente, não no futuro. Mesmo que fosse, não teríamos tempo para treiná-lo. – Sehn achou difícil, o tal Nikolas era um menino gordinho, de cabelos escorridos e trejeitos bobos. Parecia muito mais um *da'ath*, do que um Profeta.

– Ele vai se levantar e tropeçar – decretou Edgar. Não deu outra, Nikolas levantou da cama, enroscou o pé numa coberta, perdeu o equilíbrio e caiu de joelhos no chão. – Eu não estava falando dele, estava falando de mim.

Sehn olhou maravilhado para o amigo.

– Você é um *arur* e um *nabiyim?*

– É engraçado, as coisas acontecem para mim alguns segundos antes. É como viver duas vezes. O estranho é que não consigo ver o seu futuro. – Edgar sempre exalara um aroma sutil de chuva, que estava mais acentuado agora, ao despertar seu novo poder.

Sehn estranhou.

– Como assim?

– Sei o que cada um de nós vai se tornar, exceto você. Como se sua alma não fizesse parte de nossa realidade. Olhe para Kadriatus, ele será um *kiy*.

– Nós já sabíamos. Ele faz questão de matraquear isso para todo mundo – retrucou Sehn.

– Ele vai despertar nesta batalha, por causa da *da'ath*. Será o primeiro de nós, como sua família espera – emendou Edgar.

– Por causa do Nikolas?

– Não, porra, pela Nadja. Você não presta atenção mesmo no que eu falo, né? Olhe bem para ela, jeito rápido, pensamento afiado, cada objeto que ela põe os olhos evolui. E Diren está protegido por seu destino. Eu queria poder falar tudo, mas as consequências seriam catastróficas.

– Você não pode mesmo contar o que vai acontecer? – Nervoso, Sehn interrompeu o amigo. Entendia, mas não aceitava. – Uma dica, pelo menos? Seria uma grande vantagem.

– Não. Se eu contar, posso alterar o que está escrito e destruir minha visão ou nosso futuro. E, mesmo assim, as visões nunca são claras o suficiente.

– Pra que você serve, então? Seu dom serve para poupar mortes desnecessárias, para vencermos. Quantos morrerão? – insistiu Sehn, triste porque já sabia a resposta.

– Não posso falar – Edgar mergulhara numa tenebrosa quietude. Sehn o magoara duas vezes no mesmo dia.

– Alteraria o destino, eu sei! – gritou Sehn. Os companheiros o olharam – Desculpa.

Ele virou de costas. O fato de seus pais não se despedirem o magoara. Estava bravo por não ter uma *Sephirah* ainda e por não poder fazer nada por aquelas pessoas.

– Três – disse Edgar, abruptamente. – Três morrerão.

Diren escalou uma árvore sem usar equipamento. Acocorou-se em um galho e se fundiu à natureza de tal forma que passaria invisível ao melhor dos caçadores. Sua respiração estava controlada, os pés bem equilibrados e uma das mãos apoiada no tronco. Ele farejou o ar e, antes que o primeiro pingo tocasse o solo, sabia que a noite seria desagradável.

Um princípio de chuva confirmou suas previsões. Tudo ficou mais escuro, a floresta virou um borrão, os pássaros noturnos foram espantados, mas ele não perdeu a visão de seus amigos se escondendo na mata.

Neste cenário macabro discerniu mais seis pessoas avançando rumo ao casebre. Bandidos escolhidos na prisão e que não tinham nada a perder, exceto suas vidas miseráveis. O primeiro deles se abaixou e fez um sinal para seus companheiros. Diren saltou de um galho para o vizinho, nenhuma folha se soltou de onde estava. Ficou logo acima do grupo rival.

– A gente só tem que degolar os moleques, depois está livre. Vai ser fácil – Diren ouviu o líder dizer e os inimigos assentirem. O grupo começou a se dispersar: um garoto loiro andou para a esquerda, o líder permaneceu onde estava, o restante seguiu para a direita.

Em um relampejo, seus vultos se destacaram entre as árvores. Diren perscrutou cada um deles, discernindo seus cheiros com o olfato apurado. Tinham aromas peculiares, o suor de um era mais carregado, o outro tinha chulé, o garoto era perfumado e o líder exalava medo.

Diren procurou mais uma vez pelos amigos. Viu que Nadja estava próxima demais do sexteto. Se houvesse mais um clarão, eles a veriam. Pensou em atacar, mas isso colocaria os aliados em perigo. Não sabia o que fazer. Sentiu raiva de si mesmo, por que seu raciocínio não era tão bom quanto dos colegas. Movido pelos instintos, se preparou para atacar.

Então, um dos homens rastejou até a janela da esquerda, que estava aberta, e olhou para dentro da casa. Diren sabia que não havia ninguém lá, exceto a armadilha preparada por Nadja. Virou o rosto na direção da amiga e a viu juntando dois fios de cobre encontrados nas caixas momentos antes.

– Cuidado! – berrou o assassino na janela. A casa explodiu numa bola de fogo que incendiou a mata ao seu redor. As gotas de chuva foram iluminadas, e os recrutas saíram das posições.

Edgar caiu sobre o garoto loiro e rolou com ele para um arbusto. Suas asas torceram e os braços fraquejaram, mas ele não soltou o algoz. Recebeu um murro na boca que arrancou um filete de sangue, sua nuca se chocou contra uma pedra. Ele quase perdeu os sentidos. Tonto, devolveu os socos numa selvageria incomum.

– São eles! – gritou o líder. Na mesma hora, sentiu alguma coisa caindo das árvores em sua direção, deu um salto para o lado e um dos recrutas despencou onde estava. Diren rosnou para o homem e avançou, mas não viu que o assassino estava armado com uma faca. O homem deu um golpe a esmo, ferindo sua bochecha.

Dois dos assassinos nem tiveram tempo de sacar suas armas, já estavam mortos quando Kadriatus e Sehn saíram do esconderijo. Nikolas tentou seguir seus passos, mas foi interceptado por um golpe violento que o jogou no chão.

– Não tão rápido, gordinho! – gritou um dos homens avançando. Sehn disparou como uma flecha e o agarrou pelas costas. Kadriatus partiu em auxílio, chutando a perna do adversário e fazendo-o tombar. O homem soltou a faca e sentiu as mãos de Sehn apertando sua cabeça, tentou gritar, mas seu pescoço estalou como um graveto.

– Onde você aprendeu isso? – perguntou Nikolas, depois que Sehn largou o homem.

– Instinto, acho – respondeu Sehn, virando-se em direção à batalha.

– Vamos ver como funciona! – Nikolas se levantou e agarrou a faca do assassino. Junto com sua espada, correu até o líder e se preparou para atacá-lo. Diren estava em seu caminho, então ele deu a volta no companheiro e apontou as armas.

– Pare, Nikolas! – gritou Sehn. Diren se esticou para agarrá-lo, mas escorregou e bateu o queixo. O assassino olhou com curiosidade para seu novo desafiante, que vinha com a guarda totalmente aberta. – Nikolas, não! – repetiu Sehn. O conselho veio tarde demais, Nikolas errou o golpe e tropeçou. O assassino cravou a faca em seu peito. Nikolas tombou. O assassino riu. Os jovens formaram um círculo ao redor dele e dos que lutavam no chão.

– Edgar, mata esse desgraçado logo! – ordenou Sehn. – Esse aqui é meu! Ninguém mais morre hoje.

Sehn avançou do mesmo jeito que Nikolas. Com a guarda aberta. O assassino riu de novo, ia matar mais um deles com facilidade. No momento em que Sehn deu o golpe, o homem notou que fora enganado. Sehn gingou de tal forma que travou no meio do caminho e rodou para o lado oposto, confundindo totalmente o assassino. Acabou atingido apesar da esquiva rápida, mas conseguiu cortar a garganta do oponente com um golpe preciso.

Os recrutas ignoraram os estertores e se viraram para Edgar. A batalha dele era feia, sem técnica alguma. Trocava murros em meio aos respingos de água que explodiam em seu rosto. As pernas de ambos estavam cobertas de lama e as asas de Edgar pendiam frouxas.

O rosto do assassino permanecia oculto nas sombras mesmo quando o fogo crepitava mais forte e iluminava o lugar. Edgar nunca imaginara que poderia encontrar alguém tão forte assim, principalmente fora da *Kabalah*. Sehn e os aliados assistiam, pensando que ele encontraria dificuldades, mas conseguiria vencer. Já Edgar questionava a si mesmo se deveria pedir ajuda ou se deveria continuar sozinho.

Optou pela segunda opção e atacou mais uma vez. Viu o sorriso de Sehn e uma alegria percorreu seu corpo. Ia mostrar ao amigo o quanto a força de vontade era importante para um guerreiro. Serviria de exemplo para ele.

Para seu espanto, o garoto loiro aparou seu golpe e o atingiu com uma faca na barriga. Edgar apertou o ferimento e esqueceu que as asas estavam úmidas, ao usá-las para se afastar, despencou no chão.

– Eddy! – Sehn correu para junto dele e pressionou o ferimento. Gritou por socorro, mas ninguém apareceu. Lágrimas desceram por seu rosto. Ele finalmente tinha entendido que errara ao pedir que Edgar lhe contasse sobre o futuro.

– Eu nunca vou cumprir minha promessa – disse o *arur*, ofegante.

– É culpa minha. – replicou Sehn.

– Eu deveria ter ficado quieto. – Edgar apertou-se contra o amigo. Um relâmpago estourou, iluminando o rosto delicado do último assassino. Edgar balbuciou alguma coisa, depois perguntou enquanto fechava os olhos.

– Tesla?

– Namid... – sussurrou Tesla. – Por que você não voltou pra me buscar? Você prometeu!

– Eu... não... – Edgar sentiu o chão rodar, mesmo deitado.

– Eu... nunca... voltei... Lenora. Desculpa... – seu rosto perdeu a cor e seu corpo ficou pesado. As asas tombaram de vez.

– Edgar? Eddy? Acorda! – Sehn o chacoalhou. Cuidadosamente, apoiou o corpo do amigo no chão e se inclinou sobre ele. Chorava, perdia a única pessoa que acreditava em seu potencial, o único amigo que jamais perdera as esperanças em ajudá-lo a se tornar alguém. Apesar dos ciúmes, Sehn amava Edgar como a um irmão.

– Eddy, acorda, por favor. Mãe, pai! Por favor, alguém ajuda a gente!

Tesla recuou com as mãos cobertas de sangue.

– Metade de mim está morto.

– Você o matou! – gritou Nadja. Furiosa, esqueceu completamente seu raciocínio lógico e avançou contra Tesla, que não fez nada para impedi-la. A lâmina provocou um barulho alto quando penetrou entre suas costelas e as rachou. Tesla abraçou Nadja e deu um sorriso macabro.

– Eu vou matar todo mundo – decretou.

Nadja recuperou o controle e tentou se afastar, mas Tesla puxou uma adaga escondida no cós da calça e cravou nas costas da menina três vezes. Nadja gritou enquanto empurrava. Tesla arriscou mais um golpe, porém errou.

Desesperado em ver aquela atrocidade, Kadriatus partiu para cima deles e arrancou a amiga do abraço. Com um golpe, jogou Tesla no chão e pisou em seu braço armado. Ossos se partiram.

– Seu maldito, vou matar você e sua família! – gritou Kadriatus.

– Eu vou destruir você seu filho da puta! Eu vou caçar sua gente, destruir tudo que você tem! Sua raça nunca valeu nada, seu *ggoyim* porco! – sentou em cima de Tesla e o esmurrou.

– Sehn, faz parar! – Diren arrastou Nadja para longe. Seus olhos corriam de Kadriatus para Nadja, e dela para Nikolas. – Faz parar, Sehn!

– Volta, por favor, Eddy. – Sehn não desgrudava de Edgar. As lágrimas desciam em cascata, o barulho dos golpes de Kadriatus ecoava na escuridão. Pela primeira vez desde que abandonara Desdalain, se lembrou de Maya, mas não conseguiu focalizar seu pensamento muito tempo nela. O passado parecia uma tolice e a promessa uma brincadeira de criança.

– Volta – Apesar de saber que mais uma pessoa morreria naquela noite, Sehn não conseguiu lutar pelos amigos. Perdera Nikolas, que jurara proteger, e Edgar, a pessoa mais importante no Cenóbio para ele. Quem era o último? Kadriatus? Não, ele contou os mais feridos: Edgar, Nikolas e Nadja. Os três estavam mortos, ele tinha certeza. Queria morrer também, desistira de cumprir a promessa feita à Maya.

– Acabou, eu desisto – murmurou.

– Faz parar Sehn! – gritou Diren mais uma vez, os cabelos cinzentos grudados ao rosto – Faz parar!

De olhos fechados, chorando em cima do amigo, Sehn percebeu que alguma coisa cutucava seu peito. Afastou-se de Edgar e enfiou a mão dentro da camisa, tirou o dragão e ficou olhando para ele. Tantas promessas, tanto amor, tudo acabaria se desistisse. O desejo que tinha de ficar ao lado dos pais desapareceria, o amor por Maya não teria significado algum, toda sua vida seria vazia.

– Sehn, favor... faz parar. – Diren implorou mais uma vez.

Sehn ergueu a cabeça e soltou um grito animalesco, que mais se parecia com o rugido de um dragão. Seus olhos faiscaram uma luz azulada e um símbolo brilhou em sua testa – uma estrela de seis pontas.

– Eu ordeno que você volte! – gritou mais alto do que a chuva, o crepitar e os trovões. A luz se intensificou envolvendo ele e Edgar num feixe de energia que alcançou o céu.

Quando a luz se dissipou, a marca na testa de Sehn tinha se apagado. Edgar respirava ofegante, tragando o ar para dentro dos pulmões. A ferida em sua barriga cicatrizara e a cor voltava a seu rosto.

– Como você fez isso? – perguntou ele ao ver Sehn levantando.

– Não importa – respondeu o novo *mashiyrra*, Sehn. – Chega, Kadriatus.

– Você não manda em mim bastardo, você não é o *sepher*, não tem uma *Sephirah*, é uma vergonha para os Hadjakkis – Kadriatus apontou para Sehn. – Ninguém manda em mim, eu sou um *kiy* agora!

– Eu não vou repetir a ordem – Sehn parou ao lado dele, calmo. Conforme se mexia, era seguido por uma cópia sua, feita da mesma energia azulada que salvara Edgar. Sehn brincou com aquilo.

Ignorando o olhar de fúria de Kadriatus. Abriu e fechou as mãos em frente ao rosto, só para ver dedos azulados fazendo o mesmo movimento.

Kadriatus se ergueu, permitindo que Tesla rastejasse na lama. O garoto cuspiu tanto sangue que seu queixo virou uma máscara coagulada. Viu nas pupilas de Sehn as estrelas de seis pontas.

– Você não é nada! Não é nem um Hadjakkis, acha que as pessoas não perceberam! Você não é filho de Thyzar! Não é um *mashiyrra!* – os olhos totalmente brancos, mais intensos que neve.

– Nunca mais repita isso! – Furioso, Sehn esmurrou Kadriatus, que revidou e o acertou na barriga com um soco. Esqueceram-se de Tesla e começaram a brigar com as poucas forças que restavam. Kadriatus não resistiu à exaustão e logo tombou de joelhos perante Sehn.

– Se você repetir isso, eu te mato, entendeu? – a raiva o dominara por completo e, aliada àquele novo poder, era um combustível para a vitória. Sehn achava que não se importaria se Kadriatus morresse, mas percebeu que estava enganado ao ver Tesla partir para cima do amigo prostrado e cravar uma espada em suas costas.

– Não! – gritou.

– Você não pode me matar, Namid – disse Tesla – Ninguém pode.

Sehn tinha lutado por Edgar e Nadja, seria capaz de lutar por Kadriatus, mesmo odiando-o? Uma pontada de arrependimento o invadiu. Devia ter protegido todo mundo, não só aqueles por quem tinha mais afeição. Escutou o *kiy* sussurrar antes de tombar:

– Eu não sou Namid.

– Todos nós somos – retrucou Tesla.

Furioso, Sehn chutou Tesla e o jogou no chão. Sentou-se sobre ele como havia feito Kadriatus e segurou sua cabeça com as duas mãos. Percebeu alguém vindo ao seu lado. Edgar estava de pé, cambaleando.

– Por favor, deixa ele ir – implorou. – Deixa ele ir embora...eu errei, não ele.

– Não – Sehn estava descontrolado. – Ele vai morrer aqui e agora. Me dá uma faca – ordenou a Diren, que não obedeceu. – Me dá a droga da faca, moleque!

– Chega Sehn, a gente não precisa matar ele, é amigo do Edgar – Diren tremia.

– Amigo? *Nós* somos amigos do Edgar! Esse desgraçado quase matou a gente! – com um movimento rápido, Sehn quebrou o pescoço de Tesla.

Ele se levantou na mesma hora que Edgar caiu de joelhos.

– O teste acabou.

O Tenente

Lukas estava caminhando até o bar onde combinara de se encontrar com sua namorada, Andrea. Passou por uma ponte e percebeu os dirigíveis iluminados atravessando o céu. Possuíam o formato de um charuto, eram uma das coisas mais bonitas que ele já tinha visto. Mesmo não sabendo como funcionavam, tinha vontade de viajar em um deles. Eram mais lentos que os aeronavios, mas, diferentes destes, permitiam civis.

As ruas de paralelepípedos eram cercadas por prédios de quatro e cinco andares. Construções semelhantes aos antigos casarões, derrubados para dar lugar a coisas mais atuais. Cada prédio era iluminado por eletricidade, uma força natural gerada a partir da água. Lukas não conhecia muito bem seu funcionamento, preferia a Névoa, mas o pai já andava flertando com esta nova energia para a empresa.

Lukas percebeu que seu mundo, ao invés de integrar passado e futuro, cada vez mais os segregava. A tecnologia da Névoa ficava restrita aos *bnei shoah*, enquanto a eletricidade, o carvão e o vapor comum eram mantidos com os *ggoyim.*

Havia, é claro, o problema diplomático com Latakia, a terra dos *syrians*, capaz de criar um tipo de Névoa alternativa que não influenciava a natureza, porém, sua criação exigia um sacrifício que o Quinto Império ainda não estava pronto para aceitar: vidas humanas. Os *syrians* eram um povo avesso à luz do sol, que se alimentava de sangue e que cobrira toda luz de seu reino com a fumaça de suas fábricas. Os humanos que moravam em suas terras eram muito bem pagos, mas deviam contribuir, de tempos em tempos, com sangue para seus patronos, o que os levava à fraqueza e, em muitos casos, à morte. Lukas nunca se interessara pelo assunto, mas às vezes se pegava pensando se não seria uma boa oportunidade aprender com os *syrians*.

Dando uma baforada nas mãos a fim de aquecê-las, esfregou-as e atravessou a rua. Instintivamente enfiou a mão no bolso do jaleco e sentiu uma chave de boca. Esquecera o objeto ali e agora estava com preguiça de devolvê-lo. Tinha saído apressado do serviço, levando consigo a ferramenta. Seu pai cansara de avisá-lo para não guardá-la no bolso, e lhe daria uma advertência se perdesse mais uma. Como todos seus pensamentos estavam voltados ao bar logo em frente, não notou a aproximação do carro, que passou em uma poça de água e o lavou com sujeira.

– Desgraçado – murmurou, enquanto prestava atenção nos detalhes.

Era um veículo militar com motor exposto por não ter capô, gancho e rolo de corda na parte frontal. Os passageiros não tinham proteção, além de seus próprios casacos. O vidro da frente estava rachado e o motorista carregava uma garrafa de vinho. Os pneus do carro eram grossos e a suspensão era barulhenta. De seu escapamento saía Névoa.

Estacionaram ao lado do bar, mas seus passageiros não desceram. Pegaram mais garrafas, que estavam espalhadas pelo assoalho do veículo e entornaram-nas em suas bocas.

– Um brinde ao Império! – regozijou-se o tenente na direção. Os companheiros dele ergueram as garrafas.

– Viva!

Lukas passou por eles sob o olhar maligno do tenente. Irritado, o garoto abriu a porta do bar e entrou. Detestava soldados convencionais, eram *ggoyim* como ele, mas dotados de uma arrogância absurda. Para Lukas, as pessoas deviam providenciar sua própria proteção, sem depender do governo para isso. Não via necessidade na criação do exército convencional tendo a *Kabalah* como elite.

Teve um pressentimento ruim. Tremeu, apesar do casaco grosso e da camisa que o protegiam do frio. Procurou pela irmã, que estava sentada numa mesa afastada.

– Licença – disse ele ao passar pelas pessoas.

As pernas estavam frias, por causa do banho que o carro lhe dera. Foi em direção a Maya, mas procurava uma garçonete específica. As pessoas o olhavam com desconfiança. Aos treze anos, Lukas tinha o porte de um rapaz de dezoito. Ombros largos, braços fortes e um rosto quadrado, cercado por uma cabeleira preta e encaracolada e fiapos de barba. Mesmo assim, seus olhos traíam a idade.

– Oi – disse a Maya, sentando.

– Lugar esquisito que você arranjou. Espero que valha a pena conhecer sua namorada. – ela respondeu. Maya estava com o cabelo preso em duas tranças, logo abaixo do olho esquerdo havia uma cicatriz em forma de meia-lua que descia quase até a boca e ia se afinando até sumir. Fora ganha nas aulas de tiro com o pai, era o orgulho da moça e a vergonha de sua mãe. Uma jaqueta marrom cobria o corselete verde-escuro. As calças eram marrons e tinham detalhes em rebites ou fivelas.

– Vale cada minuto, Maya. Pode contar com isso – ele sorriu. Maya nunca vira o irmão feliz daquele jeito. Geralmente Lukas era taciturno, por causa do zelo excessivo da mãe, mas, desde que começara a namorar, mudara completamente. Com relação a si mesma, as coisas só tinham a piorar, ainda mais depois de sofrer o acidente com a *baioneta*, que lhe garantira o castigo mais longo de toda história do baronato: o resto da vida sem jamais tocar em uma arma. Claro que tanto Maya quanto o pai fingiam obedecer ao castigo.

Bares como aquele começavam a se tornar uma coqueluche em Desdalain. A maioria dos lugares tinha uma banda e um palco para entreter os frequentadores, mas os novos comportavam dois ambientes: o bar e um porão escuro, iluminado por um *flash* ritmado. Duas caixas de som nas paredes reproduziam o som do *Kooperradio*, um aparelho que captava emissões em ondas curtas e os transmitia em músicas.

Toda essa tecnologia fora crianda quando alguns *da'ath* tentavam validar sua "Arte dos Teleautômatos", uma forma de controlar máquinas em geral através de transmissões de alta e baixa frequência. Durante os experimentos as ondas de baixa frequência foram capturadas por medidores de aeronavios e transmitidas para quase metade do povo de Desdalain, por que o autômato que tangia o sino do Templo de Shoah bateu a cabeça no badalo e ficou preso dentro da estrutura, fazendo com que ela servisse de amplificador para toda a região.

Por sorte o exército interviu rapidamente e os Inventores descobriram que, com pequenas variações, podiam transmitir sons através destes aparelhos de controle. A partir desta experiência eles passaram a transmitir comunicados à distância para as bases, e, com o tempo, emissoras foram criadas, fazendo apresentações ao vivo aos seus ouvintes. Não demorou que o rádio invadisse todas as casas do Império e se tornasse o mais importante meio de comunicação e entretenimento.

– O nome dela é Andrea e ela é muito legal. O melhor de tudo é que não se importa de eu ser mais novo. E confia em mim, diferente de mamãe que só consegue ver defeitos no que faço. – explicou Lukas ajeitando-se na cadeira. Ainda não havia se acostumado ao tamanho do próprio corpo.

– Mamãe tem esse problema, Luk. Ela nos vê como crianças ainda. Sabe que ela chamou os Fletcher para jantarem lá em casa hoje à noite? Querem me apresentar ao filho deles – Maya arrumou os cabelos, disfarçadamente, tentava esconder a cicatriz.

– Eu sei, estava com ela no dia. Nossa, adoro essa música – ele fechou os olhos, concentrando-se na música que vinha da pista de dança. Era um som forte, acompanhado por guitarras, uma bateria e um teclado. O aparelho era semelhante a um piano, entretanto possuía diversos efeitos sonoros que permitiam a seus usuários criarem as mais diferentes melodias. Usando a Névoa, os músicos aprenderam que sua imaginação era o limite para novas experiências sonoras, e alguns se arriscavam até a sofrerem pequenas mutações corporais, como caudas, chifres e olhos coloridos, para angariar fãs ou se tornarem capazes de reproduzir eles mesmos novos sons. A maioria, na verdade, era uma paródia da *Kabalah*, sem as mesmas habilidades.

No momento, uma música tocada apenas com baterias ecoava na pista. Lukas teve a impressão de que estava de volta à fábrica onde trabalhava, porque o som era muito parecido com uma linha de montagem, cheia de ritmos metálicos e batidas violentas. Mas, às vezes, a bateria era substituída por um esgar agonizante, provocado por cordas vocais afetadas pela Névoa.

Uma garçonete baixa e de cabelos loiros se aproximou, não disfarçou o ciúme ao falar.

– Sua amiga, Luk?

– Sim, na verdade, éramos namorados. Nos encontramos aqui e decidimos relembrar os velhos tempos. Não é, amor? – Maya disparou. Lukas viu a namorada franzir o cenho e apertar com força o caderninho de pedidos. Para irritar, Maya segurou suas mãos.

– Ela é minha irmã! – Lukas olhou da namorada para Maya. A voz saíra mais estridente que o normal.

As duas desabaram a rir, ele ficou sem entender nada.

– Que foi?

– Conversamos antes de você chegar, bobo – disse Maya.

– Sua irmã é maravilhosa, Luk – comentou Andrea.

– Ahn – disse Lukas vermelho de raiva e vergonha.

– Vou buscar uma cerveja para vocês, aí você se acalma um pouco. – Os irmãos ficaram observando Andrea se afastar; enquanto isso Maya se pronunciou a respeito da menina.

– Ela é legal e inteligente. Como se interessou por você?

– Charme, acho – Lukas deu um sorriso.

– Mamãe vai dizer que ela não serve. A propósito, quando vai contar para a família?

– Estava aguardando uma oportunidade para irritá-la. Queria que fosse no jantar de hoje, o que acha?

– Perfeito.

– Ela vai me matar.

– Com certeza, mas aí, vai ter que me matar também. Eu prometi me casar com um *bnei shoah* falido.

Lukas fez uma boquinha com a mão esquerda e matraqueou a voz da mãe:

– Você devia se casar com um homem rico. Veja sua prima, hoje ela está viajando por Nordara, conhecendo os pontos turísticos, bláblábláblá... Mamãe me dá nos nervos. Por que as outras famílias não se importam tanto com isso quanto a nossa?

Quando Andrea voltou, ele perguntou.

– Que horas você sai hoje?

– Nove, estava pensando em dar uma volta.

– Hum. Sabe, me falaram que a praia é muito bonita à noite.

Maya fingiu que havia uma mancha muito interessante na mesa e não desgrudou os olhos dela.

– Ah é? – Andrea disfarçou curiosidade. – Pena que não tem ninguém pra me levar.

– Engraçadinha. Vou dançar um pouco, te pego as nove – Lukas sorriu.

Andrea assentiu e voltou a atender as mesas. Lukas ficou mais um tempinho sentado, aproveitando a cerveja. Ao terminá-la, se levantou em direção à pista.

– Vou dançar – avisou a irmã, que ainda disfarçava o constrangimento. Maya aquiesceu sem falar nada.

Estava quase descendo a escadaria quando o pressentimento ruim voltou. Ouviu a porta da frente se abrir e um tumulto de vozes preencher o ambiente já barulhento.

Os cinco militares tinham entrado e sentado próximos à mesa de Lukas. Deram uma boa olhada em Maya e rapidamente distribuíram cartas entre si, depois colocaram um pedaço de carvão próximo ao monte e começaram a jogar.

Lukas trocou olhares com Maya. Via pela expressão dela que o pressentimento era mútuo. Voltou para a mesa e sentou. Andrea anotou os pedidos dos soldados.

– Obrigado, gatinha – disse o Tenente quando ela chegou com as canecas de cerveja. Ele espalhou as cartas mais uma vez, o grupo mal jogava e preferia dar olhadas nas garçonetes e nas clientes. O tenente mandou um beijo para Maya, que virou o rosto.

Lukas fez um sinal para que uma atendente qualquer lhe trouxesse uma cerveja. Desceu a mão até o bolso do jaleco e acariciou a chave de boca. O tenente o encarou, Lukas não desviou o olhar.

– Que foi, moleque? Algum problema? – o soldado abaixou as cartas na mesa. Lukas ia responder, mas um dos companheiros do jogo gritou.

– Porco! Há, passa a grana e escreve! – ele recolheu o dinheiro sobre a mesa, fazendo o tenente se dispersar. Irritado, o tenente pegou o pedaço de carvão, e rabiscou na própria testa a letra "P".

– Vamos dançar? – Maya convidou, achando melhor que saíssem dali. Lukas virou a cerveja num gole só e mais uma vez se encaminhou para a pista. No momento em que seu pé tocou o primeiro degrau da escada, ouviu o som inconfundível de bandeja contra o chão e a voz do tenente reverberar.

– Já falei que não queria esse mijo quente, sua burra!

Lukas viu Andrea abaixada recolhendo os cacos de vidro. O tenente continuava esbravejando. Maya balançou a cabeça, prevendo confusão.

– Toda vez é assim, essa retardada não aprende nunca! – ele chutou um dos cacos, quase acertando a mão de Andrea. Ninguém fez nada contra o soldado, nunca faziam. Os civis *ggoyim* estavam cercados por duas potestades militares que, na maioria das vezes, ignoravam suas necessidades. A *Kabalah* estava ocupada com guerras e com a proteção da nobreza, o exército convencional estava ocupado em se satisfazer e perambular com seus uniformes.

– Será que você serve pra alguma coisa? Tem uma boquinha bem gostosa, sabia? – o militar se abaixou e segurou a mão de Andrea.

– Solta ela – ordenou Lukas, se aproximando. O homem deu uma risada, incrédulo. Maya quis impedir o irmão, mas uma curiosidade absurda dominou sua cabeça. Pensou em como seria brigar com aqueles soldados.

– Como é, pivete? – os militares se levantaram. Lukas enfiou a mão no bolso.

– Mandei soltar ela! – ele repetiu e empurrou o tenente. O ritmo da música na pista acelerou. Lukas não gostava daquela. Uma guitarra tocou sozinha, depois o berro do vocalista a superou.

– Tá ficado doido, moleque? – o Tenente puxou uma pistola da cintura e apontou para Lukas. Exceto na pista, o bar silenciou. As pessoas recuaram, deixando os soldados e o garoto isolados.

– Não sabe com quem tá mexendo, né? Explodo tua cabeça agora! – Lukas ouviu a arma engatilhar. Não tinha medo, o soldado tremia. Avançou até quase encostar a boca da pistola em seu peito. Lentamente, Maya pegou uma garrafa em cima da mesa, o coração acelerado, a adrenalina correndo em suas veias.

– Te desafio a atirar, babaca. Mas é melhor me matar – A música da pista mudou para um ritmo cadenciado e único. Mórbido.

– Vou contar até três pra você dar o fora daqui, garoto – anunciou o tenente. – Um.

– Dois – contou Lukas.

– Três! – Maya completou e deu uma garrafada no militar ao seu lado. O homem desmaiou e antes que o tenente apertasse o gatilho da pistola, Lukas já havia torcido seu braço e lhe dado uma pancada com a chave de boca.

Um dos soldados acertou Lukas, fazendo-o rolar para trás em cima da mesa. O adversário avançou, mas Maya o interceptou com um chute no meio das pernas. O homem se curvou, Andrea ergueu a bandeja num golpe rápido e arrebentou seu queixo.

– Corre! – Lukas puxou a irmã e a namorada. Os demais soldados entraram na briga. Um cliente, nervoso com tudo aquilo, saltou entre eles e começou a socar a esmo. O dono do bar gritou por socorro, mas só aumentou a baderna, já que o resto da clientela estava bêbada e ingressou no embate por pura diversão. Não demorou até que cadeiras fossem jogadas e mesas destruídas. As pessoas vieram da pista de dança, o volume do rádio subiu repentinamente, abafando os gritos.

O tenente engatinhou para debaixo de uma mesa. Procurou sua arma, mas só conseguia ver pés e garrafas quebradas. Um de seus companheiros tombou desmaiado ao seu lado. Então, para sua surpresa, a arma foi chutada a alguns metros de onde estava. Engatinhou em direção a ela e, quando ia pegá-la, uma bota esmagou sua mão.

– Nem fodendo – disse Lukas, chutando a cara do tenente mais uma vez e correndo com Andrea e Maya para fora.

– Vocês vão morrer, espera só! Eu vou pegar você, vou pegar essa vadia e arrebentar os dois! – humilhado, o tenente rastejou para longe da briga, porém escorregou numa poça de cerveja com sangue e foi pisoteado.

– Moleque filho da puta, você me paga.

Depois que atravessaram a rua, Lukas e Andrea entraram num beco e sentaram em latas de lixo. Maya veio logo atrás. O nariz dele sangrava, Maya tinha um corte na mão e a cicatriz no rosto incomodava, Andrea mancava.

– Você está bem? – perguntou à namorada enquanto tirava uma franja dos olhos. Maya estava encurvada, recuperando o fôlego.

– Estou. Você não devia ter feito isso, é normal. Eles sempre bebem demais, depois vão embora – Andrea respondeu chorosa.

– Não precisa ser assim, a *Kabalah* nunca faz essas coisas.

– Mas também não interfere.

– Alguém deveria controlar os convencionais, Andrea. Não precisa ser essa loucura – um carro passou em frente ao beco, assustando-os. Relaxaram ao verem que não eram os soldados.

– Você ainda quer sair? – ele limpava o sangue.

– Melhor não – Andrea se levantou e passou as mãos no avental. A tensão os impedia de relaxar.

– Essa foi legal – Maya interrompeu arrumando a jaqueta e abrindo o cinto.

– Foi mesmo – concordou Lukas.

– Vocês dois são malucos, sabiam? – Andrea tremia, mas um sorriso escapava por seus lábios. Os três ficaram em silêncio, até que Lukas explodiu em uma gargalhada.

Andrea virou o rosto, mas seus ombros a traíram. O corpo balançou e o riso escapou. Maya foi a última, tentava ficar nervosa com o irmão e repreendê-lo pela insanidade, mas não conseguiu. Os três riram bastante, até que Lukas e Andrea se beijaram. Maya caçou alguma coisa para olhar, mas não havia nada no beco. Ia ter uma conversa muito séria a respeito de constrangimento alheio com o casal.

– Melhor você ir embora, tá? Não quero mais confusão – disse Andrea passando as mãos no cabelo ondulado do namorado.

– Vou te levar para casa, depois volto para a minha – ele ofertou.

– Não Luk. Preciso voltar para o serviço, meu chefe vai me matar.

– Deixa disso! Se você voltar, aquele soldado acaba com você!

– Não acho que ele vá causar problemas agora, os convencionais nunca ficam depois das brigas, para não terem que dar explicações para a milícia.

– Toma cuidado, Andrea – disse Lukas.

– Pode deixar, amor – deu um beijo em Lukas e abraçou Maya.

– Bom, agora mamãe vai te matar – Maya riu assim que ficaram sozinhos.

– Se serve de consolo, papai também.

– Por que ele faria isso?

– Perdi a chave de boca. Bom, ela está certa sobre ficarmos juntos. Vou para casa daqui a pouco.

Maya pensou no assunto, era a única que não se sentia à vontade ficando sozinha. Chamou pelo irmão.

– Que foi?

– Quer uma carona? Estou de carro.

– Não precisa, vou passear um pouco.

– Tome cuidado, Luk e, por favor, não volte para o bar.

– Pode deixar, estou cansado.

Maya foi embora só depois que Lukas sumiu de vista. Apreensiva, apertou a fada em seu peito, deixando o metal quente em suas mãos. Uma onda de nervosismo percorreu seu corpo.

Voltou para o carro, um presente do pai. Deu a partida e ficou batucando no volante enquanto o motor roncava como um gato e disparava Névoa pelo escapamento. Um ponteiro no painel subia e descia, quando estabilizasse, Maya poderia avançar. Não queria chegar em casa naquele estado e ser interrogada pela mãe. Então decidiu voltar para casa pelo caminho mais comprido atravessando o centro da cidade e cruzando as pontes sobre o rio. Pensaria na loucura dessa tarde e no fato de um tenente convencional procurá-la.

Riu mais uma vez da confusão. Dirigiu por quase uma hora, sempre retardando a chegada. Se Lukas já estivesse lá, os pais o interrogariam primeiro e, talvez, se esquecessem dela. Para garantir, decidiu dar mais uma volta no centro da cidade.

Desdalain mudara demais em poucos anos. Desde que Sehn fora embora, Maya não tinha tido tempo para passear. Estudava e ajudava o pai com as finanças da empresa, apesar dos protestos da mãe de que aquilo não era serviço de mulher. Engraçado como as outras famílias *ggoyim* já tinham dado liberdade a suas filhas, mas Mary, mãe de Maya, que, entre muitas coisas, fora parteira da Imperatriz, parecia temer que a filha ganhasse o mundo e a liberdade.

Diferente de seu pai, Karl, que também trabalhara para os Imperadores, mas como assessor. Ele acreditava na independência da filha, porém Maya notava algum receio nele, como se escondesse um segredo que não ousava contar. O modo como queria que ela aprendese a lutar, as aulas particulares de tiro, esgrima e defesa pessoal. Maya não invadia sua intimidade, mas por pouco não questionava suas motivações obscuras.

Depois de meia hora, Maya finalmente chegou em casa, aguardou que o enorme portão duplo fosse aberto por um serviçal e teve uma surpresa ao chegar ao espaço onde deveria estacionar seu carro: três carros parados próximos ao jardim atrapalhavam sua passagem. Maya desceu do carro sem colocá-lo no devido lugar, mas deixou as chaves no contato para que o chofer o fizesse assim que fosse possível, deu a volta neles, percebeu que eram novos.

Um era feito para homens jovens, ela conhecia o modelo. O carro tinha a frente achatada como uma flecha e a miniatura de uma Quimera. Dois grandes escapamentos nas laterais iam da parte inferior do motor e se projetavam para trás como chifres. Tinha vidros negros e estofamento de couro de Quimera, o que deixava o veículo absurdamente caro. Era o primeiro do mundo a ter um sistema de *Kooperradio.*

Ao lado dele um furgão preto. Na verdade estava muito mais para uma imitação de tanque de guerra, com esteiras no lugar de rodas e uma lataria de placas sobrepostas. Entretanto, não era blindado e seu interior era confortável.

O último carro era uma pérola do mau gosto da engenharia.

Era uma bola de ferro cujas rodas também eram bolas. Maya sabia que aquele veículo podia virar para qualquer lado e que seu volante era parecido com uma válvula, permitindo ao motorista manobrar o carro como quisesse. Parabrisa, vidros laterais e vidro traseiro formavam uma placa só. O escapamento era um tubo que subia como uma torre em um dos lados do veículo. Para piorar, esse carro era rosa, a cor que Maya mais detestava na vida.

Como se isso não fosse o suficiente, havia um cachorrinho rosa no alpendre da mansão. Maya ergueu as sobrancelhas quando ele rosnou. Passou pelo bicho e entrou. Logo foi abordada pelo mordomo autômato que cuidava da recepção, ele lhe ofereceu o braço para que ela se apoiasse e tirasse as botas sujas. Porém, Maya ficou tão surpresa com os convivas que se esqueceu das boas maneiras.

A sala, um ambiente aconchegante e aquecido pela lareira artificial – cujo combustível era Névoa que corria em uma tubulação na parede, era preenchida por uma suave música, vinda do piano onde o pai de Maya estava sentado ao lado de um cavalheiro baixo e de bigode espesso. As cortinas estavam abertas, deixando a luz natural ajudar as luminárias, Maya notou que o armário especial, onde ficavam guardadas as melhores xícaras, estava aberto e vazio.

Proximo ao piano estava Phillip, um rapaz loiro de olhos verdes e brilhantes, metido num fraque preto. A mãe de Maya estava sentada numa cadeira, conversando com uma mulher alta e magra.

Silenciaram quando Maya parou no arco da porta. Seu estado era lastimável, havia pó em seu rosto e cabelos, a blusa estava aberta e o corselete tinha subido, revelando sua barriga bem definida, mas preta de sujeira. O aroma de cerveja que exalava contrastava com o perfume da casa, quando ela avançou, suas botas marcaram o chão. Maya notou a mãe seguindo o rastro.

– Não sabia que tínhamos visitas. Teria chegado mais cedo se me avisassem. – comentou. Tirou uma das botas ali mesmo, se apoiando no umbral. O autômato recolheu sua blusa, se fosse humano, estaria, claramente, demonstrando asco.

– Filha, estes são Jacques e Cedwardla Fletcher. Aquele moço você já conhece, não é? – Mary saltou da cadeira.

– Phillip, presumo – Maya sussurrou.

– Já conhecia Maya, filho? – perguntou Jacques.

– Sim, nós estudamos juntos, não é? Melhores notas da classe, lembra? – Maya assentiu.

– Com certeza. Desculpe os maus modos, mas preciso de um banho. Acabei de chegar de um enterro – uma das botas estava no chão. O pai de Maya olhou para ela e depois para Mary, dedilhava calmamente o piano. Sabia que a filha estava mentindo, conhecia-a o suficiente para notar o sorrisinho no canto da boca. O cachorrinho rosa entrou e ficou cheirando a bota caída.

– Oh, minha nossa. Espero que não tenha sido ninguém muito próximo. – Cedwardla exclamou. O sorriso de Maya cresceu, assim como seu cinismo.

– Não, não era. Só a namorada de meu irmão – Maya respondeu lentamente, como um gato prestes a atacar a presa. Mary deixou a xícara de chá cair, Karl acelerou as notas e desafinou.

– Que tristeza! E onde está seu irmão agora? – nem Maya acreditou na falta de tato da mulher. Phillip abaixara a cabeça de vergonha, seu pai prestava atenção excessiva à prataria.

– Dando uma volta. Precisa colocar as ideias no lugar. Ela estava grávida, sabe? De gêmeos.

– Ai, que pena! Mas o que aconteceu com ela? – exclamou

Cedwardla. Foi a gota d'água para Maya. Ela olhou por cima do ombro da mulher, viu o pai fazendo um sinal, desesperado, depois olhou para a mãe, que recolhia os cacos da xícara, mas congelara neste exato momento. Maya se sentiu o gato novamente, olhando para um rato idiota.

– Ela caiu de um dirigível e quicou no telhado de uma casa. Então mergulhou no rio e morreu afogada – assim que pronunciou as palavras, Maya se arrependeu instantaneamente. Os olhos de Cedwardla esbugalharam, ela levou a mão à boca e colocou a xícara de chá em cima da mesa.

– Mocinha! – todos pensaram que ela ia dar uma bronca em Maya pelo atrevimento ou abandonar a casa. Mas o que aconteceu foi muito mais constrangedor.

Cedwardla abraçou Maya e desabou a chorar.

– Força, minha filha. Tenha muita força e fé em Shoah, porque Nele tudo é possível. Vocês vão se recuperar dessa tragédia.

Maya abriu e fechou a boca, perplexa demais para responder. Quando a voz finalmente saiu, foi quase em um sussurro.

– Se a senhora me dá licença, preciso descansar.

– Entendo. E você, não gostaria de apresentar a casa a meu filho? – Cedwardla fez um sinal para que Phillip se aproximasse. Ele emparelhou com a mãe e ficou aguardando novas ordens.

– Não – retrucou Maya. Virou as costas e saiu. Voltou alguns segundos depois. – Esqueci a bota.

2 – Nivchar נבחר

Sim, estes, os plebeus do Império,
Heróis sem ter para quem o ser,
Chama–os aqui, ó som etéreo
Que vibra a arder!

E, se o futuro é já presente
Na visão de quem sabe ver,
Convoca aqui eternamente
Os que hão de ser!

Fernando Pessoa, *Quinto Império*

CONFLITOS

FOI A PRIMEIRA VEZ na história do Cenóbio de *Ahator* que aspirantes sobreviveram à Casa dos Caçadores. A Canção do Silêncio se tornou a principal notícia do mês, e todos queriam saber o destino daqueles jovens corajosos. Os *Yezirah*, líderes da *Kabalah*, decretaram dois dias de luto por Nikolas.

Sehn foi um dos primeiros a se recuperar da fatídica noite. Tal como Diren, sofrera poucas escoriações e suas dores eram muito mais psicológicas. A perda de Nikolas o desmotivara e a loucura em que Edgar se encontrava o fazia sofrer. O único apoio que recebera naquele período viera do pai, e o jovem não tinha forças para visitar os companheiros, que, segundo relatos, eram os mais feridos. Desde que fora trazido de volta para o Cenóbio, não vira Nadja e Kadriatus.

Sabia que Diren estava bem. O amigo já estava nas primeiras aulas do segundo ano, conhecidas como "Projeto de Guerra". Era seu momento derradeiro, quando escolheria e forjaria suas armas pessoais. Sehn também fora chamado, porém não conseguia elaborar um projeto vendo seus companheiros naquele estado lastimável.

Tinha medo do que encontraria em breve. A enfermaria estava no fim do corredor e cada passo em direção a ela o fazia querer voltar. Parou em frente à porta e deu um suspiro. Lembrou que o apoio do pai o ajudara a se recuperar, então, resolveu fazer o mesmo pelos amigos.

Assim que entrou, viu uma cama separada das demais. Coberta por um dossel branco, tinha um criado-mudo ao seu lado e um armário grande. Sehn estranhou aquela mobília, mas ao ver o dossel se abrir e Nadja aparecer, entendeu o que se passava. A amiga não o viu e foi mexer no armário.

A enfermaria era toda branca, com tons de bege em detalhes na parede e no teto. Iluminada por candelabros com lâmpadas, tinha um aspecto sonolento que transmitia paz aos doentes. Havia uma fina camada de Névoa ao redor da luz, que evaporava rápido e soltava um cheiro adocicado no ambiente. Nos corredores entre as camas passavam humanoides de prata, enfermeiros criados para ajudar nos cuidados com os enfermos.

Nadja usava o avental comum dos pacientes. Sehn notou que suas costas estavam cheias de curativos, eram os lugares onde Tesla a havia esfaqueado. Apesar disso, ela não demonstrava dor. Os cabelos loiros estavam assentados e a pele já ganhara uma cor saudável. Ela estava bem, apesar de tudo. Sehn ficou aliviado com isso.

– Como vocês estão? – ao se aproximar, Sehn viu Nadja fechar rapidamente o dossel. No armário ele notou vários objetos metálicos, inclusive um difusor. Não entendeu para que Nadja precisava daquelas tranqueiras. Havia rodas dentadas de tamanhos diversos, pistões, uma placa metálica e frascos contendo Névoa. Um pequeno motor, mais de quatro metros de cabos de prata, ouro, cobre e bronze.

– Vamos sobreviver – disparou Nadja. Havia tristeza em sua voz, ela segurou o braço do amigo e se afastou em direção aos corredores. – Não sei se é melhor você saber disso agora, mas Kadriatus está paraplégico. A quarta e a quinta vértebra foram rompidas com o golpe de Tesla.

– Ele já sabe? – Sehn ficou olhando para a cama.

– Já. Está com vergonha de falar com vocês, a família dele veio semana passada, mas ele não me contou o que conversaram. Só sei que o pai dele, Svann, saiu furioso. Kadriatus não sabe, mas ouvi uma coisa terrível no corredor. Acho que foi algum irmão dele quem disse.

– O quê?

– "Como um Drachenfels pôde se deixar ferir por um *ggoyim?*". – A mãe de Kadriatus não veio, só os irmãos. Nunca vi gente tão estranha.

– Não sabia que a família dele era tão grande – Sehn nunca conversara o suficiente com o companheiro para saber mais dele. Parando para pensar, nunca tinha conversado muito com qualquer um deles além de Edgar.

– São uns elitistas idiotas. Kadriatus está abandonado aqui e se não fosse por mim, ele teria desistido de voltar.

– Voltar? Mas você mesma disse que ele estava aleijado. Digo, impossibilitado.

Nadja andou até o armário. Sehn a viu tirar duas estranhas peças de bronze e colocá-las em cima do criado-mudo.

– Passei o mês pesquisando e acho que finalmente consegui algo para salvá-lo. Não sei se vão funcionar, mas se Kadriatus quiser tentar, posso substituir suas vértebras por esses simulacros. Vou precisar da ajuda de alguns *kohanim* e *mashiyrra* mais experientes, mas seus pais me garantiram isso. E eu quero apoio dos médicos *ggoyim*, porque desconfio que possamos aliar nossos poderes à ciência deles.

Sehn pegou um dos objetos, analisou-o demoradamente.

– São réplicas perfeitas. Quarta e quinta vértebra, você disse? Quais as chances de ele morrer no processo?

– Grandes. O corpo pode rejeitar, a mente às vezes cria barreiras intransponíveis e ele pode acreditar que não está funcionando. Para ser sincera, até eu estou com medo do que vai acontecer – Nadja deu um sorriso triste, foi a primeira vez que Sehn notou como ela era bonita, seu cheiro era almiscarado e suave. A *da'ath* continuou.

– Como está Diren?

– No *Gan*. Vai apresentar o Projeto de Guerra hoje à tarde. Eu queria ir, mas visitarei Edgar.

Nadja, visualmente desolada, voltou para dentro do dossel. Sehn foi atrás, mas parou com as mãos no pano. Não se achava no direito de invadir aquele espaço. Pareceu-lhe a mesma coisa que entrar no quarto de um casal sem permissão. Ainda assim, não podia deixar o amigo para trás sem o mínimo de consideração.

– Eu não sei se você pode me perdoar, Kadriatus. Devia ter deixado você matar Tesla naquele momento. Não era meu direito impedi-lo, eu não tenho forças para cuidar de vocês nem para protegê-los. Então, se você quiser desistir, eu entenderei.

Sehn ficou parado, aguardando uma resposta que não veio. Tomou o caminho do quarto onde Edgar estava, mas antes de sair do ambulatório, ouviu a voz de Kadriatus.

– Eu não vou abandoná-lo, *sepher* Hadjakkis.

Agora que eram efetivos, finalmente teriam acesso às armas que os acompanhariam pelo resto de suas vidas. Como o único deles que se mostrava em condições de passar pelo ritual era Diren, ele foi convocado pelo *Yezirah* para que apresentasse seu "Projeto de Guerra".

O *Yezirah* dos *arur* se chamava Rys. Tinha três metros de altura, pele cinzenta e enrugada. Sua cabeça era igual a de um elefante, com longas presas de marfim. Os olhos cansados e tristes, dono de uma voz vibrante, porém calma. Ele usava uma grande túnica marrom, adornada com penas, chifres, patas, cabeças de animais, folhas de árvores e flores muito antigas. Diren conseguia ouvir sua respiração compassada e sentia o olhar de Rys penetrando sua alma, enquanto apresentava o projeto das armas que forjaria.

Como os pais de Diren não viviam no Cenóbio, Beatrix resolveu apadrinhá-lo. Iria aconselhá-lo, fazer com que escolhesse o ferro para as lâminas, apresentá-lo ao *Yezirah* e simular um combate com as novas armas assim que estivessem prontas.

Quando Diren retirou a arma da fornalha, Beatrix o alertou.

– Agora, você deve inscrever na lâmina um símbolo pessoal, algo que o identifique perante a *sheyvet* e o mundo que te cerca, Diren.

Estavam numa forja, cercados de ferro cálido e pulsante, água fervente e cinzas. Havia ganchos nas paredes, pinceis e garras no chão, luvas grossas como couro de dragão nas mesas. O restante dos objetos eram quinquilharias irreconhecíveis.

O Salão das Forjas ficava dentro do *Gan*, num galpão grande e velho. Suas paredes eram escuras por causa das cinzas e ele tinha um cheiro horrível, que fazia os olhos lacrimejarem. O ritual das armas era aberto aos moradores do Cenóbio, principalmente aos companheiros de *sheyvet* do iniciado, entretanto a Canção do Silêncio não estava em condições de enviar seus membros.

Diren olhou para a espada. Era menor do que uma arma comum, porém mais leve e ágil. Chamava-se Machete e fora seu pai quem lhe dissera como criá-la, há muito tempo, quando ainda moravam juntos. Agora estava no segundo ano do Cenóbio e aprendia que cada arma tinha uma parcela da alma de seu criador. A lâmina ainda estava vermelha. Tal como a primeira espada que criara há uma hora, esta também deveria ter sua Marca.

Com uma espécie de pincel de ferro, riscou a machete. O símbolo lembrava a letra "D". O cabo da arma era protegido por um couro verde-escuro, presente de Beatrix, que dissera tê-lo tirado da gárgula que matara quando aprendiz. A lâmina era curvada em dois pontos, deixando-a com o aspecto de um raio, o gume frontal era liso e o traseiro serrilhado.

– Lembre-se da história das suas armas, Diren. Você levará parte de mim nelas, assim como herdará a coragem da Canção do Silêncio. Qual será o nome delas? – dizia Beatrix enquanto ele encaixava a lâmina ao cabo.

A voz troante de Rys estourou no *Gan*.

– Dê a elas o nome que invade seu coração agora, pequeno lobo. Veja dentro de si mesmo aquilo que seus inimigos devem temer.

Diren fechou os olhos e se concentrou. Lembrou-se da Casa dos Caçadores, da dor dos companheiros e da tristeza de Edgar ao ver Sehn matar seu melhor amigo, Tesla. Sentiu pena de todos. Ao mesmo tempo em que queria ser o maior *arur* da *sheyvet*, não queria destruir aqueles a quem amava para isso. Decidiu que usaria suas armas somente para proteger quem amava. Elas seriam extensões de seu corpo e seriam como as presas daquele homem-elefante – um adorno simples e subestimado, mas com o poder de mil Titãs.

– Ímpeto e Tempestade. Este serão os nomes – pronunciou, enfim.

Sehn chegou aos quartos da enfermaria minutos depois. Desde que acordara, era a primeira vez que ouvia algo que o deixava feliz. Era questão de tempo até Kadriatus se recuperar e a *sheyvet* estar pronta para voltar à ativa. O sofrimento do teste os unira de tal forma que ele finalmente se sentia parte daquele grupo.

O dragão de ouro em seu peito estava frio, Sehn não conseguia parar de pensar em Maya e no que ela fazia agora. Talvez estivesse com a mãe fazendo crochê, ou lendo com o pai na lareira de casa. Quem sabe não estaria com o irmãozinho dando um passeio no parque? Quando voltasse, Sehn ia querer saber de tudo. Apesar de não se empolgar nem um pouco com o entediante dia de um *ggoyim*.

O quarto de Edgar ficava no começo do corredor. A porta estava semiaberta, permitindo que uma lufada de ar a movesse. Sehn pôde ouvir o barulho de vidro espatifando e correu para abri-la. Seu coração disparou quando viu a cama vazia e a janela aberta. Havia ataduras desenroladas no criado-mudo, um par de calças em cima de uma cadeira e uma garrafa quebrada no chão.

– Eddy – chamou. Uma sombra passou pela janela, Sehn viu Edgar rodopiar e subir. Aproximando-se, obteve uma visão melhor: o amigo voava. Quando passava dentro das nuvens um rastro branco o seguia. Há certa altura, Edgar parou de voar e se deixou cair, depois abriu as asas e travou, dando um rasante em cima das pessoas no pátio.

Edgar girou e voou para a janela, Sehn recuou para que o amigo pudesse entrar. O *arur* diminuiu a velocidade e se empoleirou no parapeito.

Seu aspecto era diferente do que Sehn esperava. De acordo com os relatórios Edgar sofrera traumas horríveis na casa e estava sedado na cama. Os olhos não se focavam e ele não falava nada coerente. Além disso, uma de suas asas estava seriamente ferida.

O Edgar que Sehn contemplava agora estava bem melhor que todos os membros da Canção do Silêncio. Ele sorria, havia um brilho contagiante em seus olhos e as asas estavam abertas, ocupando a extensão da janela. Sua sombra preenchia o quarto e parecia querer abraçá-lo.

– Me falaram que você estava louco – disse Sehn, sorrindo. Mais uma boa notícia para alegrar seu dia, mas essa alegria durou só até Edgar falar.

– Provavelmente estou. Mas são os loucos que mudam o mundo, certo? – ele esticou o braço, Sehn o ajudou a descer de onde estava. Edgar exalava um cheiro estranho, adocicado, e seu corpo estava coberto de partículas de água. Sehn não comentou nada, mas achou ter visto uma nesga de *Nepl* evaporar do corpo do amigo.

– Onde você estava? – Sehn não aguentou de curiosidade e perguntou.

– Dando uma volta, precisava esticar as asas. Depois de quase dois meses trancado, queria sentir de novo o vento e a chuva. Ninguém se importa muito, a maioria dos enfermeiros está ocupada com casos mais graves.

– Pensei que você era um desses casos.

– Não mais. O que você quer? – Edgar sentou na cama e procurou uma toalha, enxugou-se enquanto Sehn falava.

– Estava preocupado... eu queria, sei lá, pedir desculpas. Me descontrolei e fiz besteira. Passei os últimos dias pensando nisso. Devia ter enfrentado meus pais e liberado Tesla – Sehn guardara aquelas palavras por dias, assim como fizera com Kadriatus. A culpa o esmagava e ele não conseguia redenção. Pensou em Nikolas, alguém que nunca poderia perdoá-lo.

– Você pode me perdoar, Eddy?

– Não.

Sehn engoliu em seco.

– Você me odeia?

– Não.

Sehn olhou para ele, perplexo demais para perguntar o que significava tudo aquilo. Edgar exibia um semblante entediado, de quem sabe o próximo passo do destino e não se importa nem um pouco com ele.

– Sabe como estão nos chamando pelos corredores? – disse o *arur*. Sehn meneou a cabeça.

– A Fênix e o Dragão. Eu, tal como o pássaro, ressuscitei. Mas meu título é uma brincadeira de mau-gosto, por que precisei da sua ajuda para voltar. Já você se provou corajoso o suficiente e filho de seu pai. É como o dragão que ruge no combate. Um verdadeiro Hadjakkis.

– Às vezes o pessoal força a barra – comentou Sehn. Já ouvira os comentários, mas decidira ignorá-los.

– Ou falam a verdade que não queremos ouvir – replicou Edgar.

– Se, um dia, você puder me perdoar…

– Quando esse dia chegar, estaremos todos juntos, Sehn. E o perdão virá da Canção do Silêncio, não de um único homem.

Aleantrus não conseguia disfarçar a tristeza de ter perdido um dos alunos no primeiro ano. Culpava-se por isso, mesmo com as notas das provas, Nikolas não fora preparado devidamente. As aulas iniciais serviam para ajudá-los mentalmente, de modo que aguentassem a pressão ao longo do treinamento.

Para piorar a situação, acabara de receber uma *Maatafá*, uma carta enviada pelos superiores no exército, incumbindo a *sheyvet* de uma missão. Aleantrus estava irritado por que os jovens estavam inclusos e ele não poderia recorrer das decisões. A cabeça estava a mil por hora quando ele entrou no aeronavio, onde estavam Dante, Thyzar e Beatrix, fazendo os preparativos para a viagem. Ao ver a esposa, avançou em sua direção gritando.

– Como você tem a capacidade de colocar um bando de crianças para enfrentar a Casa dos Caçadores? É um absurdo tão grande que até os *Yezirah* estão nos convocando.

– Já conversei com eles. Não quebrei nenhuma lei da *Kabalah*. Nossas crianças sobreviveram, Aleantrus. Um deles morreu por que era fraco e não ia servir. – respondeu Thyzar.

– O garoto não foi treinado! Eu fiz Sehn e Edgar jurarem protegê-lo, tem ideia de que seu filho e seu *arur* estão em choque há mais de um mês? Que Kadriatus está paraplégico? O tal Nikolas não sabia a diferença entre uma espada curta e uma adaga e você o mandou para a morte!

– Eles sobreviveram. É isso que importa. – insistiu Thyzar e em seguida buscou o apoio de Beatrix. – Nós não fomos testados também? Seu teste foi simples? Não foi você quem teve de caçar sozinha uma Gárgula à noite? – continuou, irritada com os questionamentos do esposo. Os olhos esmeralda brilhando como lâminas de facas.

– Ela está certa, Aleantrus. Os fortes sobreviveram, os fracos pereceram. Que espécie de *sheyvet* você quer formar? Você fala que Sehn está em choque, mas eu vejo mudanças nele. Tornou-se o melhor de nós, você devia estar orgulhoso. Devemos ser firmes sempre. – concordou Beatrix.

Aleantrus estava incrédulo, fitou a esposa.

– Firmes? Alguma de vocês sabia que o último assassino, Tesla, era amigo de infância de Edgar? A propósito, o ÚNICO amigo que ele teve durante anos? Vocês sabem quem é o pai do menino, não sabem?

– Sim.

Aleantrus se sentou num barril. Sentiu tanta raiva de Thyzar que não queria se aproximar dela.

– Mesmo assim você o colocou no teste? Eu rezo para que Edgar nunca descubra que você foi a responsável por Tesla estar lá. Rezo muito, Thyzar, mas, me tire uma dúvida, algo que está me corroendo por dentro.

– Diga, Aleantrus.

– Se fosse eu ou Sehn naquela noite e você fizesse o teste, teria coragem de nos matar?

– Sim.

Ele respirou fundo e saiu do aeronavio sem falar mais nada.

O cão

Desdalain estava coberta por uma noite fria e silenciosa. A lua atingia seu zênite, lançando um raio prateado sobre as formas escuras das casas e dos prédios. Os postes jogavam luzes amareladas nas pessoas e seres que ousavam caminhar àquela hora, inclusive no homem que cambaleava pelos becos.

– Vai lá, garoto – ele sentou e deu um tapinha no lombo do cachorro de bronze e olhos de pedras vermelhas, cuja carapaça metálica refletia a luz noturna. Olhando para trás, o animal quis voltar para onde estava, mas desistiu quando um carro buzinou na rua. O farol do veículo revelou seu dono, mas, quando mais um veículo surgiu, repetindo o efeito, o homem não estava mais lá.

Depois de um tempo, o cachorro chegou à área nobre da cidade, onde havia menos casas. Naquela região os jardins se pareciam com pequenas florestas e as mansões ocupavam quarteirões inteiros. Desviando dos guardas particulares, chegou a um labirinto de roseiras que tinha uma saída fácil, indicada por placas.

Na saída do labirinto, viu uma casa grande e bonita adornada com colunas e florais. Tinha janelas duplas fechadas por persianas da mais nobre madeira e uma porta perolada na frente, com uma maçaneta de ouro. A aldrava era do mesmo material.

O cachorro sentou e ficou aguardando. De repente, a porta se abriu.

Por dentro a casa jazia em silêncio. Sua tapeçaria era cara, de cores fracas, desenhos fortes e mosaicos costurados. Um vento frio escapava por debaixo da porta, nenhuma luz estava acesa, exceto de um quarto no andar superior, cujo acesso se dava por uma escadaria dupla que serpenteava nos fundos da própria sala.

O cachorro aguardou.

Quando Maya acordou no meio da noite, percebeu uma luz na gaveta da cômoda, onde guardava a fada de prata, sua aliança com Sehn. Esfregou os olhos e foi verificar, não bastasse o sonho, coisas mais estranhas começavam a acontecer na vida real.

Abriu a gaveta e tirou a fada, achou que estava enlouquecendo. Uma fraca luz azulada corria pelo objeto, prestes a apagar. Maya viu os últimos lampejos sumirem repentinamente. Provavelmente a luz fora um truque da sua imaginação. Sentou-se na cama e ficou pensando se havia alguma mensagem no sonho.

Nove sombras a caçavam pelas ruas da cidade vazia. Mas nem todas eram inimigas ou assustadoras. Na verdade apenas duas lhe davam medo, as outras a reconfortavam e protegiam.

Aos poucos, a memória foi resgatando imagens da caçada, arranhando o subconsciente, forçando uma passagem para que Maya se lembrasse dos detalhes. Identificou claramente uma mulher. Tinha a voz doce e calma, mas era como uma serpente desejosa de incutir-lhe o mal. Ignorando suas ordens, Maya fugiu. Depois viu um pássaro que a tentou a voltar, desistir e fugir com ele. O pássaro concedeu um desejo a Maya, mas ela não aceitou e correu.

Maya viu as sombras das sombras se projetarem em uma parede. Estavam próximas, amaldiçoando sua fuga. Ela teve medo, uma sombra veio e a conduziu para dentro de um Templo. Maya arfou quando entrou, o chão sumiu de seus pés e ela caiu. Foi agarrada por duas sombras.

Uma era grande e amorfa, e Maya não soube identificar de quê. A outra era menor, um homem. Suas mãos eram douradas. Aquela era a única pitada de cor no sonho. Os dois a levaram a um altar, onde a escuridão estava sentada em um trono, usando uma coroa.

Nessa hora o sonho acabou.

Maya voltou dos pensamentos ouvindo alguém bater à porta do quarto. Levantou repentinamente, o coração quase na boca.

– Quem é?

– Posso dormir aí? – a voz de Lukas soou amedrontada atrás

da porta. Seu irmão vestia um pijama azul, segurava o travesseiro e um lençol. Maya vivia esquecendo-se da pouca idade dele, apesar do tamanho.

– Pesadelo?

– É – ele respondeu, entrando. Maya teve a sensação que ele queria contar, mas esperava ser perguntado. Porém, estava cansada e nem um pouco disposta a conversar. Viu o irmão pegar o lençol e improvisar uma cama com os cobertores mais grossos.

– Vai ficar com dor na coluna desse jeito, pega o colchão no seu quarto.

– Deixa, to bem aqui.

– Eu vou – nervosa, ela foi até o quarto dele e quando ia abrir a porta escutou um barulho no jardim.

– Lukas, vem comigo, tem alguma coisa fora da casa – ele fez que não ouviu, ou já estava dormindo. A irritação de Maya cresceu mais ainda, ela desceu a escadaria e foi para a sala. Uma corrente de ar frio entrava pela porta da frente, semiaberta. Maya escutou um barulho de novo, dessa vez na cozinha. Fechou a porta e foi para o cômodo.

Parando no umbral, Maya viu o cachorrinho de bronze em cima da pia. Ele balançou o rabo ao vê-la e desceu, circulando-a alegremente.

– Oi – ela passou a mão em sua cabeça, ele ganiu e começou a latir.

– Quieto, vai acordar meus pais – repreendeu Maya. O pequenino pareceu entender, ficou quieto, mas ainda agitado, andando para frente e para trás, como se quisesse correr. Então, ele disparou pela casa e subiu as escadas. Maya foi atrás dele, o cão ficou raspando a porta do quarto de Lukas.

Maya ergueu a sobrancelha, segurou a maçaneta e levou o indicador à boca.

– Se você não ficar quieto, vou ter que te colocar para fora – o cachorro sentou e ficou olhando para ela. Maya abriu a porta e ele entrou fazendo o maior estardalhaço.

Algo dentro do quarto fez mais barulho ainda, derrubando um vaso e miniaturas de soldados que o irmão deixava sobre o armário e em prateleiras. Maya viu um pássaro negro fugindo do cachorro e grasnando em cima do guarda-roupa. Seus olhos vermelhos fitaram Maya por um instante, depois ele arremeteu contra ela, mas o cachorro o interceptou e mordeu sua cauda, arrancando as penas.

– Que diabos está acontecendo aqui? – Mary surgiu apressada no corredor, o marido atrás, segurando uma espingarda.

– Maya, de onde saiu esse bicho? – o corvo voou em sua direção, mas o cachorro atacou de novo, mordendo-lhe a asa. Ao invés de pingar sangue no chão, uma mancha de óleo se espalhou. O pássaro esperneou, mas foi silenciado por mais uma mordida do cão.

Antes que Maya pudesse responder, o cachorro mecânico atravessou o quarto e correu pelas escadas, mas como a porta da sala estava fechada, ele saltou na janela, estourando o vidro e aumentando ainda mais a confusão.

– Volta aqui! – disse Maya, vendo-o sumir. Seus pais a olhavam, aguardando uma boa explicação para aquilo. Ela deu de ombros, tão surpresa quanto eles.

O cachorrinho cruzou o jardim e refez o caminho. Passou tão rápido que mais parecia uma mancha marrom e brilhante; nem os faróis dos carros conseguiam iluminá-lo.

Ao voltar para o beco, ele sentou e ficou esperando mais uma vez. Dante saiu da escuridão e o acariciou. Enfiou a mão no bolso e tirou uma lata de óleo, que o cachorrinho sorveu com alegria, depois ficou mordendo e balançando.

– Bom garoto. – Dante tentou tirar a lata da boca dele, mas não conseguiu. Puxou duas vezes, depois bufou.

– Solta, rapaz. Ah, esquece... – virou-se, acompanhado do cão, e sumiu nas trevas.

Monstros da Névoa

A *Nepl* era refinada nas montanhas de Hellyah, a cordilheira que ocupava todo o norte do Quinto Império. Qualquer fábrica que desejasse produzir a Névoa e vendê-la devia criar suas instalações naquele local, por que ela evaporava rapidamente em contato com o sol. Muito mais barata que carvão e vapor comum, a Névoa também era mais confiável que a eletricidade, recém-descoberta.

No entanto, ela tinha um efeito colateral terrível sobre a natureza, algo com que o Império tentava conviver, sem sucesso – os monstros.

A Névoa, ou *Nepl,* se originava nas entranhas da terra. Muitos diziam que, na verdade, ela era a respiração de um Titã. Se isso fosse verdade, seus efeitos sobre as plantas e animais eram esperados.

Todos os monstros vistos em terreno selvagem eram animais que tinham acasalado depois de expostos a grande quantidade de Névoa. Geralmente a primeira geração de monstros morria cedo pela intoxicação, mas suas crias adquiriam uma resistência progressiva aos efeitos químicos do combustível e despertavam estranhas habilidades.

Era muito difícil para um humano vencê-los em combate direto. Mesmo o exército convencional e a *Kabalah* tinham dificuldades de destruir tais criaturas. Geralmente, quando eram registradas ocorrências o Império se encarregava de enviar duas *sheyvet* para a região, mas o ataque à Dubliner era um registro novo e ele não sabia como agir. Por isso, a Canção do Silêncio foi enviada para lá, já que tinham um excelente histórico.

O vilarejo despertou lentamente, esmagado pelo silêncio e o medo. Cães e gatos recolhiam-se embaixo das camas, aguardando seus donos saírem de casa para acompanhá-los.

A camada de sereno ainda cobria as ruas quando os dois homens se encaminharam para o arco de pedra na entrada. Das janelas de suas casas os moradores observavam, como se fossem eles os responsáveis por sua desgraça. O maior usava chapéu coco, colete e calças pretas com suspensórios. O menor era atarracado, apoiado numa bengala e com uma cartola.

– Raul – cumprimentou o mais baixo.

– Castellini – respondeu o mais alto. Passaram em frente ao único templo da região, cujo símbolo de Shoah, a Árvore da Vida, insistia em aparecer na rosácea, apesar da idade avançada e das intempéries.

Com olhares amedrontados para a floresta, os dois aceleraram o ritmo.

– Vai chover – Castellini arrumou a cartola.

– Tomara que não. A chuva só vai atrapalhar. A estrada e a ponte vão ficar intransitáveis.

Raul olhou para a ponte, poucos a usavam devido a seu estado precário. Ela só se sustentava por que as cordas doadas pelos moradores ainda não tinham se rompido. Mas não ia aguentar muito, os rangidos estavam cada vez maiores, e tábuas se soltavam quando o vento batia.

Dubliner era um vilarejo em expansão por estar localizado numa encruzilhada que dava acesso a três grandes cidades do baronato de Shoah: Latig, Desdalain e Tosten. Especializara-se em servir de hospedaria aos inúmeros viajantes que por ali passavam.

O lado norte do vilarejo era coberto por uma densa floresta, que começava a ser derrubada para dar lugar às novas casas. Tratores enferrujados estavam estacionados em círculo, aguardando seus motoristas. Davam a impressão de que estavam esperando há muito tempo.

– As obras estão atrasadas, Castellini. Tem certeza de que o Império virá? – continuou Raul. Ele olhava para os tratores com tristeza, queria que seu vilarejo crescesse. Era o responsável por aquele lugar e depositava nele muito amor e dedicação.

– Eles não vão nos abandonar – respondeu Castellini.

Pararam próximos aos tratores. Raul acariciou o veículo com tristeza.

– Nós temos tanto a oferecer, meu amigo. Só precisamos de uma chance.

– Eu sei – Castellini compartilhava o sentimento. Seu olhar pousava na estrada e na floresta à frente. De repente, sua expressão mudou para uma alegria indisfarçável.

– Eles chegaram! Nós conseguimos, eles chegaram!

Vindo acima da estrada e da ponte, o aeronavio aumentou a velocidade e subiu pouco além das casas, a nuvem de poeira cresceu no seu rastro. Raul forçou a vista para discernir melhor seus salvadores. Quase deixou a bengala cair quando o lábaro da Canção do Silencio foi desfraldado no mastro principal.

– Eles mandaram uma *sheyvet*?

Raul não acreditou, apesar da expansão de Dubliner, sempre achara que a cidade não teria o menor destaque no Império. Mas agora uma *sheyvet* fora enviada para ajudá-los e isso só podia significar que eles finalmente eram importantes. Sem disfarçar a felicidade, deu um tapinha nas costas do amigo.

– Estamos salvos!

O aeronavio pousou bem no meio do vilarejo. Uma voz potente gritava ordens no convés, e logo uma rampa tombou para que os passageiros saíssem. Aleantrus, Thyzar, Beatrix, Diren e Sehn desceram. Dante, Nadja, e Kadriatus, em sua cadeira de rodas, ficaram no convés. Pouco depois, os dois homens viram Edgar saltar da balaustrada e pousar com as asas abertas em todo seu esplendor ao lado dos companheiros.

– Fabuloso. Você acha que eles podem nos ajudar, Raul? – comentou Castellini.

– Se eles não puderem, ninguém mais poderá.

Enquanto os amigos se afastavam, Nadja sentiu a mão de Kadriatus acariciar a sua. Ainda não tinham decidido operá-lo. O *kiy* se mostrava desgostoso com a ideia e buscara apoio na família. Enviara uma carta aos pais, só que a resposta nunca veio.

– É sempre assim, a gente quase morre e as mulheres se apaixonam – Dante pigarreou e os dois enrubesceram.

– Pelo menos você está quase bem, né, moleque? Achei que ia ter que chutar sua bunda na cama. Quando vamos ver você de pé? Preciso de alguém para falar difícil por aí, sabe. Nunca se sabe quando vamos encontrar um bárbaro letrado.

Kadriatus ficou sem saber se aquilo era uma brincadeira mesmo. Nadja o defendeu.

– Dante, suas brincadeiras são deveras ofensivas.

– "Deveras"? É, vocês realmente nasceram um para o outro – ele riu mais uma vez, Kadriatus e Nadja o acompanharam. O capitão acariciou a *da'ath* e deu uma piscadela para o *kiy*. – Levanta daí, garoto.

Kadriatus não soube o que responder. Dante, com aqueles *dreadlocks* e roupas gastas, não passava muita confiança, ao mesmo tempo em que se mostrava um amigo leal à *sheyvet*. Já Nadja estava cada vez mais distante, seus belos olhos verdes ganhavam precisão matemática, como se cada movimento seu fosse calculado.

Com seus equipamentos completos de batalha, os membros da Canção do Silêncio impressionavam. Aleantrus usava uma armadura negra com detalhes roxos, uma espada longa e fina na cintura, que mais parecia um arco de violino. Thyzar estava com a armadura dourada e vermelha dos *kohanim* e com a espadasserra que ela mesma construíra, além do elmo de grandes olhos de vidro negro e a bocarra de grades. Beatrix usava uma roupa de seda preta, em finas camadas que se sobrepunham e davam a ela uma aparência fantasmagórica. Portava espadas curtas e um dardo.

Sehn usava um sobretudo com ombreiras de metal e proteções para o antebraço, uma camisa reforçada com uma espécie de colete de placas miúdas como escamas de peixe e um cinto grosso com a bainha pendendo da lateral esquerda, guardando sua espada. As calças marrons tinham joelheiras e estavam por cima das botas.

Edgar usava apenas calças com proteções nos joelhos e reforços nas coxas. Estava descalço e a espada pendia languidamente da lateral de seu corpo numa bainha folgada nas presilhas.

Diren era a mesma figura de sempre. Usava um colete marrom com vários bolsos, faixas envolvendo as mãos e os antebraços e calças folgadas. Os pés descalços também estavam envolvidos por faixas que iam até as canelas. As machetes estavam em bainhas na cintura. Os cabelos, por mais que tentasse ajeitar, ficavam sempre emaranhados.

Castellini esticou a mão para cumprimentar Aleantrus, mas quando notou seu braço dracônico, trocou de lado e sorriu constrangido.

– Viemos por causa de sua carta, senhor. Eu sou *sepher* Hadjakkis. – anunciou Aleantrus.

Antes que os homens pudessem responder, Thyzar cortou:

– Disseram que vocês estão com um problema sério de monstros, trouxemos os melhores caçadores para ajudá-los. Somos a Canção do Silêncio.

– Pensávamos que eles mandariam o exército convencional, nem sei como agradecer, senhora – disse Castellini.

– Pelos relatos, o monstro que os aflige é um ciclope. Mesmo o mais fraco deles não pode ser derrotado pelo exército convencional, senhor... Senhor?

– Castellini. Este é Raul, nosso burgomestre. Mas vocês não são poucos para essa coisa?

– O suficiente – replicou Beatrix, intrometendo-se na conversa. Tanto Raul quanto Castellini notaram o silêncio que se abatera sobre Aleantrus. Acreditavam que, sendo ele o líder, era seu dever conversar sobre a missão. Mas o *arur* estava quieto, quase como se não estivesse presente. A mulher continuou.

– Algo está atacando o vilarejo, diretamente da...

– Floresta! – berrou Aleantrus, pulando em cima de Castellini e Raul. Os três caíram no chão e o soldado usou o próprio corpo para protegê-los. Uma árvore passou onde estavam. Thyzar sentiu um galho batendo em seu ombro e perdeu o equilíbrio, um galho bem maior ia atingi-la, mas Sehn caiu sobre a mãe para que não sofresse mais escoriações e Edgar alçou voo com Diren. Beatrix pisou no tronco e correu por ele, saltando depois das raízes.

Ela escorregou no chão, já com o dardo em riste. Aleantrus se erguia e apontava.

– Siga-o, Edgar!

Edgar assentiu e largou Diren para ter mais velocidade. Bateu as asas com força, e antes dos amigos se recuperarem, já tinha sumido.

Ao invés de cair no chão, Diren segurou num dos galhos da árvore mais próxima e girou nele, se arremessando na direção do companheiro. Conseguiu divisar Edgar um pouco à frente, além de um imenso vulto na mata.

Avançou tanto em relação aos companheiros que pôde sentir o cheiro de óleo que exalava do monstro. Ao olhar para trás, notou que estava sozinho e numa posição de difícil escolha, não se sentia preparado para enfrentar o monstro, mas não podia abandonar Edgar. Seguindo os instintos, impulsionou o corpo para frente. O *arur* desceu em direção ao ciclope e começou a voar ao seu redor como uma mosca.

O coração de Diren quase veio à boca quando o ciclope agarrou Edgar, mas não por que o monstro o atacou e sim por sua reação. Edgar falou alguma coisa que Diren não entendeu e o monstro aquiesceu com um gesto de cabeça e o soltou. Edgar voou para um lado, o ciclope andou para frente.

Ainda em perseguição, Diren se viu numa área mais cerrada onde as árvores estavam tão próximas que os saltos não exigiam muito esforço. A floresta silenciou, como se Edgar e o inimigo fossem tragados pela terra. Diren chegou ao ponto onde o companheiro desaparecera e viu que dali a floresta ficava esparsa e um vasto campo se abria vinte metros adiante. Subiu novamente nos galhos e, furtivamente, se aproximou do terreno. Nele havia um castelo preto não muito grande, mas que se destacava por duas torres de pedra e um portão de ferro adornado pela cabeça monstruosa de um lagarto. O fosso estava vazio e coberto por uma camada de limo.

Diren parou em frente ao portão. Ouvia passos atrás de si, mas não se preocupou, o vento trazia o cheiro dos amigos até suas narinas aguçadas. Confirmando a sensação, surgiu a voz de Sehn.

– Onde está Edgar?

– Perdi – respondeu Diren, farejando o chão em busca de pistas.

– Como é que um monstro daquele tamanho desaparece assim? – estranhou Beatrix, ela também examinava o chão, não havia marcas de luta. A criatura não tinha vindo para aquele lado. Teve um pressentimento ruim, queria que Dante estivesse ali.

– Fiquem quietos – ordenou Aleantrus. O grupo obedeceu. Sehn notou que o pai, Beatrix e Diren notavam algo que ele e a mãe não conseguiam. Em seguida, Thyzar fechou os olhos e Sehn viu uma nesga de luz azulada escapando entre as pálpebras. Provavelmente usava um poder que ele não tinha aprendido.

– Mãe? – chamou. Ela ia responder alguma coisa, mas o chão tremeu e Edgar surgiu entre as árvores com o ciclope em seu encalço.

A primeira coisa que apareceu foi um longo e musculoso braço terminado numa garra de ferro, que levava um pedaço de árvore. Depois veio o corpo, igualmente forte e musculoso, coberto por uma armadura tosca feita de pedaços de trator e com uma ventoinha do lado esquerdo do peito. Do lado direito, havia uma escotilha. A mão direita do bicho era comum, forte e peluda, com dedos longos e sujos. Ele tinha uma espécie de motor no ombro direito, com um respirador de carro cuspindo fumaça para o alto. No ombro esquerdo havia um pedaço de guincho, provavelmente arrancado de um veículo dos humanos. A cabeça era protegida por um escafandro quebrado, exibindo o único olho.

Edgar vacilou por um instante e o ciclope o agarrou como se fosse um brinquedo, Sehn avançou gritando pelo amigo. O monstro jogou o tronco, mas errou por pouco.

– Eddy! – Diren ultrapassou Sehn. Estava confuso. Afinal, Edgar controlava ou não aquele ser?

O ciclope desceu o braço com tanta velocidade que Diren foi obrigado a parar e se jogar contra uma árvore. O impacto contra o chão foi tão forte que levantou uma nuvem de poeira. Usando sua agilidade sobrehumana, Diren se apoiou no tronco e saltou no ar, puxou Ímpeto e Tempestade e as cravou nos ombros do algoz. Mas as armas ficaram presas nas partes metálicas e Diren teve de soltá-las para não ser atingido.

Beatrix surgiu com seu dardo e atingiu o braço do monstro, que acabou soltando Edgar. Sehn correu e pegou o amigo no ar, pois suas asas não estavam recuperadas totalmente. A cada golpe o adversário ficava mais descontrolado.

A ventoinha no peito acelerou e o respirador soltou uma nuvem de fumaça. O ciclope avançou em direção à Beatrix, mas Aleantrus e Thyzar o atacaram com suas espadas. As lâminas bateram contra a pele da criatura e foram repelidas. Com o braço-gancho, o ciclope jogou os três para longe. Aleantrus sentiu uma costela se partir quando uma árvore impediu-o de continuar voando.

O aeronavio apareceu para ajudar. Nadja estava na balaustrada, mas não tinha como atacar, já que os canhões não podiam ser virados para baixo. Ela não tinha trazido armas, por acreditar que só cuidaria de Kadriatus e da embarcação.

Irritado com o invasor, o ciclope agarrou uma árvore com o gancho e a arremessou, acertando o casco do aeronavio. Dante soltou um palavrão tão alto que os companheiros conseguiram ouvir do chão.

– Precisamos deter essa coisa – ralhou Sehn. Edgar se apoiou nele e respondeu.

– Nós não temos chance, não devíamos estar aqui.

– Você tinha a escolha de ficar no Cenóbio, Eddy.

– Nós vamos morrer – completou o *arur*.

– Você viu isso?

–Vi.

– Então vamos mudar o destino mais uma vez – Sehn puxou a espada das costas e ela rugiu.

Até aquele momento, Diren não conhecia as armas de seus companheiros. Então, quando Sehn ligou sua espadasserra, foi uma surpresa para ele. A arma era muito parecida com a de Thyzar, porém menor e mais larga. Já Edgar trazia a espada de lâmina negra, herdada do pai.

Os dois avançaram em direção ao ciclope, que preparou mais um ataque com o braço-gancho. Diren correu também e pegou um punhado de terra no chão.

– Aqui desgraçado! – gritou. O ciclope rosnou para ele. Aproveitando, Diren jogou a terra no escafandro, tapando sua visão. Rapidamente, o *arur* saiu do caminho ao notar Edgar e Sehn.

A espadasserra tilintou quando bateu no braço-garra. Já a espada de lâmina negra provocou um corte profundo na carne do ciclope. A criatura não se deixou levar pela dor e continuou o ataque, fazendo Sehn voar tão alto que Diren precisou interceptá-lo no ar para evitar um acidente.

Edgar, por pouco, não foi atingido. Beatrix, Aleantrus e Thyzar jaziam na relva ao seu redor. Sehn e Diren estavam afastados demais e o aeronavio sobrevoava a floresta.

Edgar se colocou em posição de combate mais uma vez. O

ciclope limpava o escafandro com as costas da mão. Assim que terminou, a criatura rugiu, exalando uma camada de Névoa pelo olho.

O *arur* soltou a espada e encarou o adversário. Não teria chance alguma contra aquele ser, não sozinho e ferido como estava. Era impossível combatê-lo.

Percebendo isso, o ciclope avançou mais uma vez e juntou as mãos para esmagá-lo. A criatura ergueu os braços; estava quase tão alto quanto a floresta, sua sombra se projetou longa e assustadora.

– Não – Edgar ordenou.

O ciclope soltou as mãos e grunhiu obedientemente.

Mais rápido que o pensamento, Diren escalou as costas do ciclope e puxou as espadas. Elas resistiram no começo, e geraram um leque de sangue quando saíram. O *arur* estranhou a inércia da criatura, mas continuou seu ataque. Usou o ombro-gancho como apoio e deu um salto mortal para frente. Quando ficou cara a cara com o escafandro, cruzou as espadas num golpe rápido e forte.

O ciclope tombou e o escafandro se soltou, rolando até os pés de Thyzar, que se recuperava. Os veteranos olharam assombrados para a cabeça do inimigo. Era um membro desproporcional, peludo, com um olho amarelo e a boca preta. Lembrava a cabeça de um macaco. Fizeram silêncio em respeito ao inimigo. Um choro os surpreendeu, mas não era nenhum dos jovens.

Algo veio da floresta, causando uma barulheira atípica. Sehn chacoalhou a cabeça e viu um filhote de ciclope parado ao seu lado. Da posição em que estava não tinha como se defender nem atacar, caso a criatura o percebesse. A única maneira de escapar dali era com um movimento preciso. Para seu espanto, Edgar ordenou mais uma vez.

– Vá embora.

O filhote recuou e sumiu, a tensão do grupo foi transferida dele para Edgar.

– Como você fez isso? – interpelou Beatrix, apoiando Thyzar, que havia quebrado o braço na pancada. Aleantrus verificava as próprias costelas.

– Como? Eu simplesmente posso fazer o que quiser, *Yoresh*. – Edgar virou as costas para o grupo e saiu caminhando em direção ao castelo.

– Volte já aqui! Eu não lhe dei permissão de se afastar, Crow – ordenou Thyzar.

Edgar parou, olhou por cima do ombro com desprezo.

– Quem é você para me dar permissões? – continuou andando.

Thyzar sentou próxima ao marido e impediu que Beatrix fosse atrás de Edgar.

– Não, deixe-o. Ele ainda está se recuperando depois do último teste. Sua condição física e mental é frágil.

– Mas ele não pode sair sem explicar como parou o ciclope – reclamou Beatrix.

– Deixe que eu vá atrás dele, mãe. Edgar vai me ouvir – falou Sehn.

Quando Thyzar assentiu, Sehn levantou e agarrou a espada. Pensando na melhor forma de abordar Edgar, guardou a arma na bainha e começou a andar mais vagarosamente. Edgar não mudou o passo e bateu as asas para espantar a sujeira.

– Você enlouqueceu de vez? O que está acontecendo, Eddy? – esticou a mão para tocar a asa esquerda do amigo.

– Tire as mãos de mim – Edgar parou. Estava tenso, a mão tremendo involuntariamente, em direção à espada. Sehn acabou fazendo o mesmo.

– Você acredita que podemos trazer os mortos de volta, Sehn? – Edgar perguntou sem se virar.

– Esta é uma afronta ao *Sheol*, Eddy, você sabe disso. A Eternidade absorve nossas almas quando morremos.

– Mas se pudéssemos trazer um ente querido de volta. Seria um crime muito grave contra a natureza e o destino? Mesmo sabendo que essa pessoa morreu de forma injusta e que merecia estar entre nós?

– Tesla não vai voltar – replicou Sehn tristemente.

O portão do castelo se moveu e bateu contra a terra violentamente. Sehn imaginou se o barulho tinha chegado à Dubliner. Queria olhar para trás, mas teve medo de um ataque repentino. Sem saber se Edgar era ainda seu amigo, não confiava em seus movimentos. Torceu para que um dos mais velhos viesse repreendê-lo.

– Eu vou trazê-lo de volta. Se você quiser, posso trazer Nikolas também.

Sehn titubeou. Começara a se esquecer de Nikolas, mas a proposta de Edgar parecia boa o suficiente para aliviar do resto de culpa. Por algum motivo pensou em Maya, o dragão em seu pescoço pesou como a consciência.

– Não vou deixar você fazer isso, Eddy. Mesmo por Nikolas.

– O mais engraçado é ver você se culpando por aquele moleque que mal conhecia, enquanto me deixava enlouquecer amarrado na enfermaria – Edgar deu de ombros e entrou no castelo.

Sehn finalmente teve coragem de olhar para trás. Thyzar emanava a luz azulada dos *mashiyrra*, curava a si mesma e a Aleantrus. Beatrix conversava com Diren e o aeronavio flutuava acima deles.

Não reparavam em Sehn e Edgar. Provavelmente achavam que o *arur* passava por uma crise e precisava ficar sozinho. Era comum que os jovens, após os testes, sofressem dessa maneira. E apenas Sehn tinha intimidade com ele para conversar sobre isso.

Sehn resolveu seguir o amigo, muito mais para protegê-lo do que impedi-lo de realizar seus planos. Fossem quais fossem.

Tehom

POR DENTRO, o castelo era mais feio. Tinha o teto esburacado como o chão e havia brasões carcomidos e teias de aranha nas paredes. Atrás dos móveis, cadáveres de pequenos animais. Um cheiro acre exalava discretamente da tapeçaria.

– Posso saber o que você vai fazer? – gritou. A voz não ecoou, mas saiu alta demais. Sentiu-se mal por quebrar o silêncio tumular que imperava.

– Três vidas deviam ter acabado naquela noite, *mashiyrra*. Mas com meu dom eu impedi que isso acontecesse. Então quebrei o destino de muitas pessoas, inclusive o de Tesla.

– Você vai se vingar? Pretende nos trair? Ou me matar? – Sehn puxou a espada. A terceira frase veio temperada de receio, apesar das anteriores serem mais importantes.

– Não. O sacrifício tem de vir dos responsáveis por estarmos aqui. Você, assim como eu, é uma vítima.

Sehn gelou. Provavelmente os companheiros viriam chamá-los, estranhando o sumiço. Edgar não parecia o mesmo, quando conversaram na enfermaria ele estava diferente, mas bem. Agora, uma estranha sensação invadia Sehn, uma urgência, um frio esquisito que ele não sabia explicar. Queria correr para chamar os companheiros, mas teve medo novamente. Aquele ser não era Edgar, mas uma entidade maligna e pronta para destruí-lo.

– É assim que termina, Eddy?

– Não, é assim que começa. Eu ainda não vi como acaba. – Edgar respondeu friamente.

Reunindo toda coragem que lhe restava, Sehn virou-se para correr, mas sentiu um forte golpe nas costas e caiu.

– Você não vai a lugar algum, Hadjakkis.

Sehn perdeu o fôlego quando Edgar pisou em seu peito. Estava muito mais forte, apesar do corpo franzino. Seus olhos estavam vermelhos, não de lágrimas, mas de fogo. O coração de Sehn disparou. Edgar estava quente como o inferno e ele podia sentir o calor dali.

– Eddy, por favor, não faz isso!

Edgar sacou a espada e murmurou algo em um dialeto que Sehn desconhecia. As palavras tomaram forma, ondularam em energia cinzenta e penetraram o chão. O castelo começou a chacoalhar.

Sehn ouviu a *sheyvet* entrando. Tentou falar, mas a voz não saiu. A mãe era a primeira. Arregalou os olhos ao fitar Edgar, largou o elmo e sacou a espada.

– Filho, sai daí! – Sehn a ouviu gritar. Tentou se mexer mais uma vez, uma dor lancinante correu seus membros e ele abriu a boca para gritar, mas o som não veio de novo. Insistiu, o corpo reclamou. A voz de Edgar assaltou sua mente.

– Você não vai morrer hoje, Namid. Por que eu preciso de nós – Sehn tremeu quando a espada negra atravessou seu ombro, não foi só a dor, mas um choque terrível se espalhando nas entranhas. Fraquejou, era seu melhor braço para luta. Sentiu toda a força esvaindo e o sangue escorrendo. A mão abriu involuntariamente, o jovem percebeu os movimentos diminuindo aos poucos. Sehn gritou quando a espada foi retirada, dessa vez o som se propagou. Rastejou na sujeira. O tremor aumentou tanto nele quanto no castelo.

– Acorde, *Tehom*. Eu lhe dou seu sangue novamente – clamou Edgar.

Thyzar atacou Edgar, ignorando o filho. Sehn não conseguiu ver a luta, mas percebeu uma estranha claridade onde ela acontecia. Sua visão ficou turva e ele ouviu apenas sons de espadas chocando-se. Sentiu o corpo ser levantado, Aleantrus o puxava. Beatrix partiu para cima de Edgar.

– O que aconteceu? – perguntou Aleantrus.

– Ele quer trazer Tesla de volta – respondeu Sehn, percebendo o medo no rosto do pai. Virou a cabeça e se embasbacou com a luta.

Thyzar era um espectro azulado, a *mashiyrra* usava todas suas habilidades para vencer o *arur*. Beatrix era uma sombra, de tão ágil que se movia. Sehn mal acompanhava seus golpes. Mesmo assim, elas não eram páreo para seu inimigo.

As asas de Edgar queimavam como grandes tochas. As penas se desfizeram em cinzas, e o fogo se espalhou ao seu redor como uma serpente. Os olhos alaranjados faiscavam, sua espada ficara mais escura, com ranhuras avermelhadas na lâmina.

– Saiam daqui vocês dois! – Aleantrus ergueu o filho.

– Não importa o que aconteça, fujam para o aeronavio e avisem Dante que Edgar despertou! Vão! – enquanto Aleantrus falava, Sehn passou o braço pelo ombro de Diren e se apoiou.

– Por que não podemos ficar? Nós somos soldados agora – questionou. Um trovão ribombou fora do castelo, o tremor cresceu, fazendo os escudos se desprenderem da parede.

– Sehn, eu nunca te pedi para fugir ou desistir, mas o que está acontecendo é maior do que eu e você – disse Aleantrus.

Um grito eclodiu de onde Edgar estava. Thyzar acertara seu ombro. Irritado, o rapaz ergueu as mãos aos céus e berrou.

– *Tehom!*

Na mesma hora grandes nuvens pretas cobriram o firmamento, relâmpagos estouraram na floresta e árvores queimaram, mas não choveu.

– *Tehom*! Me ajude! – Edgar gritou.

Sehn fez que ia avançar, mas Aleantrus o impediu.

– É uma ordem, vá embora.

– Não! – gritou Sehn. Depois, se desvencilhando de Diren, tentou chegar até a luta. A onda de energia emanando de Edgar era tão forte que Sehn tinha de ficar a metros de distância.

– Eddy, pare, por favor! Chega, você não pode trazer seu amigo de volta. Fique com a gente!

Edgar acertou Beatrix com as asas. Ela recuou tentando apagar o fogo das roupas. Thyzar foi ajudá-la, esquecendo completamente o embate.

– Nós não somos nada, Sehn. Apenas brinquedos nas mãos de nossos pais...

– Não precisa ser assim... – implorou Sehn.

– Nada é mais necessário do que essas mortes.

Diren puxou Sehn. Uma fenda se abriu no meio do salão, separando-os dos veteranos. Aleantrus desviou das asas flamejantes e fez um corte no peito de Edgar, o rapaz gritou o mais alto que pôde.

– *Tehom*!

Apoiado no umbral do portão, Sehn viu o aeronavio circulando o castelo, os relâmpagos caíam na terra e penetravam como raízes de árvores. Era possível notar o desespero de Dante para controlar o veículo, que soçobrava. Eles ainda não tinham cruzado o fosso, mas deveriam fazê-lo o mais rápido possível.

– Agora, Sehn! – Diren retomou o controle e guiou o amigo.

Em uma corrida alucinada, passaram por cima do fosso. O portão rachou e a terra se abriu, jorrando um líquido quente e borbulhante. Sehn viu gotas caírem ao seu redor, aquilo não era água, mas ferro derretido.

Uma gigantesca pata cinzenta eclodiu da terra, tentando sair da abertura. Suas unhas eram feitas de um ferro escuro e trincado. Outra pata surgiu logo em seguida, abrindo mais espaço. Placas metálicas se desprenderam das paredes e flutuaram ao redor da criatura, vibrando como se tivessem colidido entre si até descerem para cobrir o dragão que despertava.

Um rugido, infinitas vezes mais intenso que o portão se abrindo ou os gritos de Edgar, ecoou pelo ar. Ajudado por Nadja, Kadriatus se segurou na cadeira de rodas. Sehn permaneceu quieto, chocado com o poder que emanava do chão.

A fenda no castelo jorrou uma energia verde-escura. O aeronavio sobrevoou a área e, apesar da tempestade, eles conseguiam ver a luz de Thyzar e o fogo de Edgar. Mas sua atenção se voltou para o castelo se desfazendo. Projetava-se uma cabeça reptiliana, de escamas verdes e enferrujadas. Seu olho esquerdo era azul-escuro. O direito, igual a um farol, iluminou o casco do aeronavio. Ele perscrutou Sehn. O rapaz podia sentir a criatura invadindo sua mente e tocando sua alma.

O aeronavio não conseguia pousar. Nadja jogara uma escada de cordas da balaustrada e os aguardava. Usava a cadeira de rodas de Kadriatus para manter a escada firme, mas não ia conseguir aguentar por muito tempo. Um vento forte soprou, fazendo o veículo inverter de lado. Os canhões estavam virados na direção da fenda.

– Vai – Diren correu até a escada e ajudou Sehn. O ferimento em seu braço doía, ele só usava uma das mãos para segurar. Diren foi obrigado a abraçá-lo para subirem; não deixaria o amigo cair.

O aeronavio deu um tranco quando eles alcançaram a balaustrada. Num gesto impulsivo, Diren empurrou Sehn para Nadja. A corda esquerda se rompeu e ele despencou em alta velocidade, sumindo de vista. Dante manobrou para recuperar o controle, mas a escada chicoteava. A chuva ficou mais intensa e raios atingiram o dragão, sem abalá-lo.

– Vamos ajudá-los! Desça capitão! – assim que chegou ao convés, Sehn correu para o timão e tentou arrancar Dante do comando, mas o pirata lhe deu um empurrão.

– Não. Precisamos sair daqui agora.

– Eu sou o *sepher*, ordeno que desça, *ggoyim*. Nadja, vá pegar Diren!

Dante olhou firmemente para ele, fez um sinal para Nadja, mandando-a voltar.

– Eu, *Yoresh* Dante Wadencliff assumo a liderança da Canção do Silêncio a partir deste momento.

Sehn não respondeu. Sabia que os *Yoresh* eram espiões e batedores, alguns passavam anos disfarçados para colher informações para suas *sheyvet*, ou se mantinham tão escondidos que mesmo o Império tinha dificuldade em achá-los.

– Vocês mentiram pra gente?

– Eu juro, Sehn, vou explicar tudo quando estivermos a salvo. Mas vamos sair daqui antes que o Titã se levante – Sehn não precisou perguntar. Sabia que era um Titã o monstro que se levantava da terra.

Tehom aspirou. As nuvens desceram para suas narinas e o céu ficou tranquilo repentinamente.

– Cuidado! – gritou Dante.

Era tarde demais, o dragão cuspiu uma enorme baforada azulada que atingiu o veículo em cheio. O fogo se espalhou, Dante perdeu o controle da embarcação e girou o leme, numa tentativa desesperada de pousá-la.

As árvores ficaram mais próximas, não houve tempo de fugir. Quando eles bateram, Sehn viu Nadja ser jogada para frente e se chocar num tronco. Kadriatus travou no mastro principal e não conseguiu se soltar. A cadeira rangeu e uma das rodas quebrou.

Sehn tentou se agarrar à balaustrada, mas o aeronavio se partiu em dois e virou uma gigantesca bola de fogo. Jogado violentamente contra a cadeira, Kadriatus sentiu as costas ardendo. O amigo segurou sua mão para que ele não voasse.

Tudo aconteceu rápido demais. O mastro principal rangeu e se dobrou em sua direção. Kadriatus gastou o resto de forças que tinha para abraçar Sehn e rolar com ele, mas se desprenderam, tendo como único elo as mãos do *kiy*.

– Eu não vou te abandonar, *sepher* Hadjakkis – sentenciou Kadriatus mais uma vez. Olhos crepusculares e cândidos se encontraram, depositando um no outro toda a confiança que lhes restava na amizade.

A âncora do aeronavio, que se prendera a uma árvore por sua corrente e fora jogada para o alto, estava caindo. Eles não tiveram tempo de se encolher, a peça metálica caiu entre os dois, esmagando os punhos de Kadriatus. Sehn colidiu com as árvores. O mastro principal voou por cima dele como uma gigantesca lança flamejante. Não conseguia ver os amigos, mesmo com as labaredas iluminando a mata. Lágrimas desceram por seu rosto e ele desistiu de lutar. Antes de desmaiar, ouviu passos. Tesla estava lá, olhando para ele, como se jamais tivesse morrido. O rapaz se abaixou e acariciou seu rosto.

– Finalmente eu te encontrei, Namid.

Hawthorn

– Eu não sei onde você estava com a cabeça quando ensinou essa menina a atirar. – Disse Mary Hawthorn. – Olhe para sua filha, Karl. Está vendo a cicatriz? Como minha filha vai entrar em um templo para se casar com isso no rosto, hã? De todas as ideias idiotas que o senhor já teve, essa foi a maior. – Mary conseguia estar de mau humor antes do desejejum, mas naquele dia parecia que acordara com os dois pés esquerdos.

A família estava à mesa, almoçando. Os criados deixaram a sala quando Mary começou a reclamar. Lukas desceu na cadeira, entediado. Desde a invasão do cachorro de bronze, tudo era motivo para a mãe implicar com a filha.

– Uma dama como Maya devia aprender a ler o básico, tear e se portar. Olhe para ela: come com os cotovelos sobre a mesa! Semana passada um ladrão tentou assaltá-la e fugiu com os dentes quebrados.

Maya se ajeitou, desconfortável. Lukas e Karl sorriram. Ela estava passeando naquela ocasião, quando o bandido a abordou. O homem pedira a fada em seu pescoço, ela fingiu que ia tirar e lhe deu um murro. Chegou em casa com a mão coberta de sangue, acompanhada de um soldado convencional, que não conseguia parar de rir. Mary ficou tão brava que expulsou o soldado sem ouvir o restante da história.

– Por que nós não a casamos com Phillip mesmo?

– Ela não queria. Não vou obrigar minha filha a se casar com qualquer um – respondeu Karl.

– Meu pai me obrigou a me casar com você – retrucou Mary.

– Eu não sou qualquer um.

– Vendo você falar assim, percebe-se a quem ela puxou, não é?

– Com certeza uma excelente família.

Mary e Karl duelaram olhares. Os filhos pararam, aguardando uma resolução para se mexerem. O menor movimento soaria como uma afronta a dois pontos de vista prestes a explodir.

– Precisamos sair, temos aula de música agora – interrompeu Lukas, vendo que não demoraria a serem acuados. Levantou-se e puxou a irmã. Da porta conseguiam ouvir a mãe reclamando.

– Você vai dar que tipo de futuro a esses dois? – Mary indagou, mas eles não ouviram a resposta do pai. Foram para a garagem, onde o carro de Maya estava parado.

– Você acha que mamãe vai insistir naquele tal de Phillip? – perguntou Lukas.

– Vai. E papai não dará a mínima – Ela abriu a porta e arrumou a bagunça no veículo. No banco do motorista havia um jornal, que ela entregou a Lukas.

– Que foi?

Virando as páginas, notou o motivo do semblante da irmã.

– É verdade isso?

Dobrando o jornal sobre o painel, deixou a notícia à mostra: "Canção do Silêncio é destruída por traidor". A foto de Edgar dividia espaço com a foto de todos os membros da *sheyvet*. Engoliu em seco, sabia o quanto a irmã ansiava pelo retorno de Sehn e ele também queria conhecer seu futuro cunhado.

– Ele prometeu que ia voltar – disse Maya, apoiando a cabeça no volante. Esforçava-se para não chorar, mas era impossível. As lágrimas surgiram como um riacho, ela tremia. Lukas a abraçou.

– Dois anos, Lukas. Ele nem terminou o Cenóbio! Dois anos e alguém que ele conhecia o matou... – Maya fungava, tentando recuperar o ar. O rosto tão vermelho quanto os cabelos.

– Você tem certeza de que eles morreram? – Lukas procurava frases que indicavam a morte dos *bnei shoah*. Não encontrou nenhuma que pudesse afastar a dúvida, mas também não achou alguma que afirmasse. O jornal dizia apenas que a traição ocasionara a queda do aeronavio e que Edgar Crow era procurado pelas autoridades. Não dava maiores informações sobre os demais membros da *sheyvet*.

– Aqui diz claramente "destruição", ao invés de morte. Nós não sabemos se eles usam a mesma palavra para ambas, não é? Vamos lá, Maya, você foi tão forte esperando por ele. Vai desistir agora?

Lukas acariciou seus cabelos, afastou-a de si. Maya continuava se esforçando para controlar o sofrimento, inutilmente.

– Andrea não vai querer te ver assim. Ela gosta muito de você.

– Não vou conseguir ensiná-la a atirar nesse estado, Lukas. É melhor ir sozinho – Maya saiu do carro, deixando-o ligado para o irmão.

– Preciso te contar algo – disse ele, de dentro do veículo. Não queria deixar a irmã ir embora e achou que aquele era o melhor momento para contar-lhe um segredo. Viu Maya retornar e sentar no banco do motorista. Ela ainda limpava as lágrimas. Ele ficou batucando no painel, reunindo coragem para terminar o que começara.

– Então? – Maya indagou.

– Desde aquela noite do cachorro, eu estou sonhando com um sujeito esquisito, que fica me perseguindo na cidade e me matando. Sabe? É um daqueles sonhos idiotas, onde você acorda e descobre que continua sonhando?

– Sei... – ela se inclinou para perto do irmão e ele notou que não era o único a esconder alguma coisa.

– Estava em casa quando um homem entrou e matou nossos pais. Aí eu e você fugimos para o carro, mas, quando chegamos aqui, ele era você e me matava. Nisso, eu acordava e ia para o seu quarto, mas ele estava lá de novo e ficava me matando.

– Foi um sonho meio estúpido, perto do meu – Maya respondeu, com um sorriso. Lukas demonstrou a irritação pelo comentário, mas sorriu também. Pelo menos o sofrimento diminuíra.

– Só que agora o sonho faz sentido.

– Por quê?

– O homem do meu sonho... era esse aqui – disse, apontando para Edgar.

Kherlakain

Sehn acordou por causa da dor. Fora uma noite difícil, onde sonhos se mesclavam a seu último minuto de consciência e a mente trazia de volta cheiros e barulhos da queda na floresta. Havia uma fileira de vinte camas ao lado da sua. Exceto por uma, todas estavam desocupadas.

O braço esquerdo estava imobilizado. O corpo cheio de ferimentos deixava mais do que claro seu estado lamentável. Os olhos ardiam, a boca estava seca, uma das pernas tinha um curativo enorme, e o peito guinchava quando respirava. O simples movimento de se arrumar na cama para ver melhor o ambulatório quase o matou. Uma *mashiyrra* cuidava do paciente a três camas de distância. Era Diren.

O amigo não estava tão machucado. Provavelmente utilizara sua agilidade superior para não ser arrebentado pelas árvores. Havia uma queimadura em seu braço direito e a perna esquerda estava enfaixada. Nenhum dos dois notou que Sehn acordara.

– Alguém morreu? – perguntou Sehn. Eles não ouviram. Presumiu que havia falando baixo demais e repetiu a frase. Sua garganta ardeu.

– Finalmente você acordou – comentou Diren. A *mashiyrra* se espantou, colocou os instrumentos médicos em cima da cama e saiu em disparado, Sehn mal a ouviu dizer.

– Já volto, vou chamar os *kohanim.*

– Quantos dias eu dormi? – Sehn perguntou. Mexeu o braço direito, não parecia haver nada de errado. O esquerdo incomodava. Não sentia a mão.

– Não foram dias, foram meses. Três, para ser mais exato. Você ficou em coma, como Kadriatus e Nadja. Eu tenho que ficar vindo para cá toda hora, eles não param de me examinar – respondeu Diren, cansado.

– E a *sheyvet*? – Espantado com o longo tempo que dormira, resolveu se informar de tudo. Parecia que havia piscado. As informações voltavam aos poucos, o cérebro ainda não havia despertado por completo, o que tornava os movimentos difíceis. Flashes da luta toldavam-lhe os pensamentos.

– Depois que o aeronavio foi derrubado, o Titã ajudou Edgar a fugir. Beatrix tentou impedi-lo, mas foi queimada viva. Seus pais sobreviveram, mas...

– Mas o quê? O que aconteceu com eles, Diren? O que aconteceu? Como assim Beatrix morreu? – colocou um pé para fora da cama, apoiou-se e levantou.

Os *kohanim* entraram nesta hora. A *mashiyrra* junto.

– Quero ver meus pais! – gritou Sehn. – Me soltem! – os Sacerdotes o agarraram e o obrigaram a deitar. Ele tentou lutar, mas com uma só mão era impossível.

– Calma, Sehn. – Diren pediu, os olhos mostarda começando a umedecer.

Demorou um bom tempo para Sehn se acalmar. Ele gritava e se debatia, a faixa de sua mão esquerda ficou encharcada de sangue. Quando finalmente desistiu de lutar, foi solto pelos *kohanim* e colocado numa cadeira de rodas.

– Para onde vocês vão me levar? – perguntou.

– Não se preocupe – respondeu Diren – Dante faz questão de falar com cada um de nós assim que acordamos. Há algo que você precisa saber. Ele passou os últimos meses empenhado em nos manter a salvo.

– O que é que ele tem para falar? Mais mentiras? Eles nos enganaram, Diren. Todos eles! Acreditamos neles e nos enganaram.

Sehn não ouviu se Diren respondeu, foi levado para o corredor, onde mais um *kohanim* desconhecido tomou o controle de sua cadeira e o levou para fora. Percebeu que não estava no Cenóbio, mas numa base militar próxima às montanhas. Já estivera ali no primeiro ano de treinamento. Era formada por seis prédios, que, do alto, tinham o aspecto de uma estrela de seis pontas.

Dante apareceu vindo de um galpão. Sem falar nada, ele tomou o controle da cadeira e guiou o rapaz para fora da base.

– Oi garoto.

Dante estava com uma cara horrível. Só falou quando saíram do complexo. Sehn queria falar sobre ele ter escondido que era um *Yoresh* e sobre Beatrix, mas não tinha coragem. Uma cicatriz atravessava seu peito e ele mancava. Imaginou as provações pelas quais os amigos deviam ter passado nestes três meses.

– Dante... eu lamento – começou Sehn. – A gente queria ajudar.

– Tudo bem – respondeu Dante.

– Kadriatus e Nadja estão bem?

– Estão vivos. Precisamos conversar com minha *Yezirah*. Depois você conversa com eles.

– Mãe-Lú? – disse Sehn.

– Este é o nome que os *ggoyim* dão. Seu nome verdadeiro é Kherlakain.

Sehn conhecia a misteriosa figura que liderava os *Yoresh*. Havia tantas lendas a seu respeito que ficava difícil saber o que era verdade e o que era mentira sobre ela. Kherlakain nunca ficava no Cenóbio, não participava dos rituais da *Kabalah* e não podia ser encontrada nem por seus semelhantes. Por mais estranho que fosse, era comum ouvir histórias sobre ela ajudando os *ggoyim* com problemas comuns, como doenças ou pestes.

Dante chegou ao ponto onde combinara de se encontrar com Kherlakain. Estavam em terreno aberto, próximos a uma floresta. Sehn quase se levantou ao ver a mancha enorme se aproximando. Era a *Nepl* em seu estado mais puro. Uma grande nuvem branca que fluiu pela floresta e os envolveu, depois serpenteou entre eles, invadindo partes de seus corpos. Por instinto Sehn prendeu a respiração, achando que seria uma ofensa inalar aquela coisa. Mas a Névoa parou e ele acabou engolindo-a. Sentiu o corpo revigorado, mas não curado.

– Então essa é Kherlakain? – murmurou Sehn.

– Não tenha medo. Mas saiba que as revelações feitas hoje vão alterar sua vida para sempre – respondeu Dante.

– Isso é ruim? – Sehn perguntou.

Era noite e manchas vermelhas riscavam o céu. Tudo lhe pareceu confuso. Sehn conhecia aquele lugar, era a mesma floresta que há muitos anos testemunhara suas juras de amor. Levou a mão ao dragão em seu peito e o apertou. Engraçado, por que ainda o usava? Será que os *kohanim* haviam se esquecido de tirar o adorno ou simplesmente deixaram que ficasse com ele? Queria ver Maya e abraçá-la. Precisava dela, se sentia sozinho.

– Tudo bem? – indagou Dante.

– Só um pouco de frio. Ela não vem? – Sehn se mexeu na cadeira, incomodado com aquela situação.

– Kherlakain... Me curvo ao seu poder e sabedoria, *Yezirah Yoresh* – o homem de *dreads* fez uma mesura. Por um instante nada aconteceu, depois o vento aumentou e um frio terrível caiu sobre eles. A Névoa espiralou de volta para a floresta.

– Somos escravos de nossos destinos ou seus executores? – a voz se projetava da mata. – Toda *Neshamah* é importante, criança – a voz saiu de uma árvore. – Todo *Ruach* é parte da Eternidade.

– Alma e Espírito – ecoou Sehn. Os principais conceitos de sua fé. Onde escutara aquela voz antes? Conhecia-a de algum lugar. Uma voz familiar que lembrava a mãe e Beatrix, mas não era nenhuma das duas. – Por que estou aqui, Kherlakain? – perguntou num tom de reverência e medo.

– Cada *Ruach* e *Neshamah* são importantes, Hadjakkis – a voz saía da grama – Por isso você está aqui, por que sua missão não está cumprida e seu destino foi rompido pela Fênix Morta.

– Edgar?

– Exatamente. Aquele que morreu e continua vivo. O menino cuja alma se despedaçou – a voz saiu de uma folha que se desprendera e voara até os dois.

Kherlakain apareceu ao lado deles. Era uma figura envolta na Névoa e coberta por um pesado manto negro. Não trazia armas, mas Sehn tremeu só de pensar em atacá-la. Pareceu-lhe uma coisa assustadora, muito acima dos homens e mulheres de sua família, cheia de histórias e honras. Não estava coberta por armadura e parecia a mais protegida. Mesmo sem falar, parecia capaz de incentivar uma legião.

Ela tirou o capuz.

Não eram olhos malévolos que fitavam Sehn. Muito menos um nariz adunco de bruxa. Nem uma pele cadavérica cobria seu corpo, ou orelhas pontudas de diabos pendiam-lhe da cabeça. Não havia cabelo flamejante ou dentes de gelo.

Não havia nada, simplesmente.

A cabeça de Kherlakain era lisa. Uma bola de carne sem cabelo, olhos, nariz, boca, orelhas. Uma coisa vazia, sem lágrimas para chorar, sem cheiros para sentir, sem boca para amaldiçoar. E, no entanto, era ligada por todos estes sentidos ao Espírito da Névoa, a essência de Nordara.

A coisa se abaixou e fez um círculo no chão com a ponta do dedo. Um dedo comum e não muito mais velho que o dedo de Sehn. Imagens rodopiaram na terra e sumiram.

– Nordara está mudando – a voz era do vento.

Ela se ergueu e, enfiando a mão na túnica, puxou uma bolsinha de couro. Pegou uma adaga e fez um risco simples na parte inferior do não-rosto. Um fio de sangue escorreu e uma boca surgiu.

– Nordara vai cair novamente – disse – O Rei-Imortal morrerá...

Em seguida, tirou da bolsa duas moedas de ouro e as colocou pouco acima da boca. As moedas afundaram até expelir cílios e olhos. Sehn apertou a roda da cadeira, sentindo o frio do aço. Queria sair dali, apesar de Kherlakain ser uma aliada.

– Os Filhos da Carne enfrentarão os Filhos do Aço.

Então, quando nada mais podia apavorar Sehn, ela pegou uma pedra no chão e colocou entre os olhos, fazendo um nariz. Por fim, agarrou duas folhas soltas ao vento e as colocou na lateral da cabeça, formando orelhas. O rosto era bonito, de uma jovem branca e de traços finos.

– Posso dar a você a verdade ou a mentira.

Ela retirou o manto, revelando o corpo escultural de uma jovem de vinte anos. Dante ficou constrangido, Sehn não conseguiu disfarçar a excitação.

– Qual é o nome pelo qual os *ggoyim* me chamam?

– Mãe-Lú – comentou Sehn. – A Benfazeja.

Kherlakain começou a andar sem esperar por eles.

– O que ela quer? – perguntou Sehn.

A confusão aumentava. Não queria saber daqueles dois, mas dos amigos que eram realmente importantes e estavam internados. Kadriatus salvara sua vida e jurara fidelidade nos momentos mais improváveis. Nadja lutara com todas as forças. Queria voltar para dentro e abraçar os pais. Por que Diren não terminara de falar deles?

– Kherlakain é a Líder *Yoresh*, ela não precisa da gente – disparou, irritado. Dante acompanhava a mulher.

Sehn levantou da cadeira de rodas. Tentava se lembrar onde, exatamente, havia pedido Maya em casamento. Tinha sido ali? Por um minuto deixou de se importar com isso e a promessa pareceu uma brincadeira de criança. Os amigos e os pais eram muito mais importantes. O braço esquerdo voltou a doer e ele se virou para a base.

– Vamos – o chamado de Dante o fez desistir. Queria o mais fácil agora, e isso significava seguir os dois mais velhos.

Eles atravessaram a mata e deram numa região descampada, com casas espalhadas aqui e ali. Sehn andava devagar, a perna não estava completamente recuperada.

– Que lugar é esse? – perguntou, e logo descobriu onde estavam. Pôde ver a casa do tio.

– Kherlakain disse que há algo guardado para você aqui. Algo que você herdou.

– Ela não podia ter trazido?

– Acho que não – não havia convicção na frase de Dante – Os *Yoresh* são misteriosos em suas ações, faz parte de nossa natureza. Guardamos segredos.

– E disseminam mentiras – sussurrou Sehn.

– Hadjakkis – disse Kherlakain. A voz saiu dos pinheiros perto deles – Chegamos ao seu destino.

Sehn passou pela cerca branca e parou no alpendre da casa. Dali observou os dois pinheiros que adornavam sua morada, como guardiões eternos de sua família. As árvores tinham sido plantadas não se sabia há quantos anos e cresceram vendo gerações de Hadjakkis saírem pela porta de madeira entre elas, direto para a guerra. Uma fina camada de neve cobria a relva e o aroma gostoso de bolos e tortas fugia das casas.

– Então, o que você queria me mostrar? – Sehn perguntou impaciente.

– Acima das chamas de inverno – Kherlakain apontou para a porta da casa.

Cansado de todo aquele mistério, Sehn empurrou a porta. Ela se abriu rangendo de modo terrível e a Névoa escapou pela abertura, como se estivesse confinada há anos ali dentro. Sehn deu alguns passos para dentro e ouviu a voz de Mãe-lú das paredes.

– *Aion* – a Névoa o abraçou.

Sehn estava de novo no alpendre. Havia um carro estacionado em frente ao portão. Ele prestou muita atenção no veículo, era um artefato caro demais para sua família. Voltou sua atenção para a casa. A grama do jardim estava bem cuidada e um aroma gostoso de chá vinha da cozinha. Seu coração disparou e ele bateu a aldrava. Sem resposta, forçou a porta, que abriu com um estalo.

Os sofás ainda estavam posicionados num dos cantos, estantes jaziam nas paredes e uma mesa redonda com três cadeiras ficava posicionada próxima à cozinha.

– Tio? – Sehn parou em frente à lareira. Acima dela estava a espada-arco de seu pai. Era aquela sua herança?

Esticou a mão esquerda e pegou a arma. Nada de maravilhoso aconteceu. Ficou com ela na mão e foi para a cozinha. O café da manhã ainda estava sobre a mesa, quentinho e fumegante. Pegou um pedaço de pão e saiu para o jardim.

Em meio às flores, um jazigo de pedra com a inscrição "Ela nos deixou em vida, mas nunca na eternidade". Sehn repetiu a frase bem baixinho. Sua mãe estava enterrada ali. Sabia disso do fundo de seu coração. Sentiu tristeza, mas também sentiu alegria por saber que vivia uma ilusão e não precisava se preocupar com aquilo. Só queria entender o que Kherlakain estava fazendo. Passos à suas costas chamaram a sua atenção. Ele se virou e se deparou com Aleantrus.

– Oi, filho.

Naquela hora Sehn se deixou levar pela emoção e chorou e abraçou o pai com toda força que podia. Suas mãos se encontraram nas costas do homem e o apertaram com força, temendo que ele pudesse fugir de algum jeito. Sehn não queria deixar aquele momento acabar, mesmo que fosse apenas uma ilusão criada pela *Yoresh*. Precisava aproveitá-lo o máximo possível, ainda mais por que não encontrara o pai desde que tinha despertado. Trocaram palavras afetuosas, passaram as mãos no rosto um do outro, sorriram, choraram.

– É mentira, não é? – perguntou o jovem *mashiyrra*, fechando os olhos. – Você não está aqui, esta casa não existe, esta alegria é falsa.

– Nós não podemos deixar de ser o que somos. Desculpe, Sehn – continuou seu pai, com uma voz diferente de tudo aquilo que estava acostumado. – Não, não é verdade. Nada disso. Somos possibilidades, mundos que poderiam ter sido.

– Mostre-me a verdade, Kherlakain – ordenou Sehn. Ele apertou o cabo da espada com força. Não ia deixá-la para trás.

– *Aion* – a voz da mulher veio de lugar nenhum.

Sehn estava de volta. A vertente ainda coberta de cinzas. Sentiu saudades de casa e até desejou aquela realidade para si. Era seu maior desejo agora, nunca ter entrado para o exército, matado ou questionado suas ações. Queria ter se casado com Maya, ter Edgar como padrinho e uma grande festa no Templo de Desdalain. Queria tudo isso e queria esquecer quem era.

A espada-arco estava em suas mãos, lembrando que não podia ter nada além da vingança. Fizera uma promessa e nunca cumprira. Maya podia estar em perigo por sua causa. Ela nem sabia quem era Edgar e do que ele era capaz. Sehn voltou a atenção para Kherlakain e Dante, à frente deles estava fincada a espadasserra de sua mãe. A voz de Kherlakain soou alta, projetada da arma:

– Há vinte anos uma criança nasceu nas montanhas de Hellyah, herdeira do reino que juramos proteger – Sehn caminhou até eles e fincou a espada do pai ao lado da espada da mãe. – O maldito, aquele que viria para exterminar a *Kabalah* foi chamado de Namid, o Dançarino das Estrelas.

– Namid? – indagou Sehn. Ouvira aquele nome várias vezes nas alucinações de Edgar e da boca de Tesla.

– Edgar é Namid?

– Sim e não. Quando ele nasceu, os *nabiyim* viram que seu futuro seria a morte dos *bnei shoah* e dos *ggoyim*. Assim, decidimos arremessá-lo nas montanhas, para que seu corpo jamais fosse encontrado. Seus pais lideraram o ritual de sacrifício, acompanhados de Vykhtoria Ahsverus, Elizabeth Crow, Beatrix e Dante Wadencliff, Ashcar Grey, Aghata Drachenfels, Jezebelly Caldwell, Mary Hawthorn – ela apontou para Dante. – Mas a alma de Namid não morreu. Pensávamos que era uma alma comum, algo que podia ser morto pelos homens. Estávamos enganados. Namid partiu a própria alma em oito pedaços e os guardou nos corpos das mulheres mais próximas a ele, esperando que engravidassem e o trouxessem à vida.

Sehn tentava digerir a informação. Parecia irreal demais que uma alma fizesse aquilo. No entanto, sempre teve afinidade demais com os membros de sua *sheyvet*, uma empatia sobrenatural que não era explicada pelo treinamento comum do Cenóbio. Só eles conseguiam sentir as emoções uns dos outros ou saber a quantos passos de distância se encontravam.

– Namid se escondeu durante anos nos corpos daqueles que o mataram. Hadjakkis, Drachenfels, Caldwell, Grey, Crow, Hawthorn, Wadencliff. Ele podia esperar, era imortal, era o novo senhor de nosso mundo. A profecia dos Titãs dizia isso. Ele era o Messias Sombrio

– Você está me dizendo que toda minha *sheyvet* é composta por pessoas cuja alma é Namid?

– Eu estou te dizendo, Hadjakkis, que seus pais enfrentaram esta criatura e pagaram o preço. Eles sabiam que Namid era o escolhido dos Titãs e que seu poder era imenso. Eles decidiram matá-lo por que o temiam. Agora Namid despertou e está fazendo de tudo para reunir sua alma. Ele vai matá-los para voltar a ser um.

Sehn recuou e olhou firmemente para Dante.

– Você sabia disso?

– Sabia. Seu pai e o pai de Edgar também. Então eles me incumbiram de vigiar vocês até descobrirmos quem ia despertar primeiro. Nosso plano era matar esta criança. Meu filho, Tesla, acabou enlouquecendo por tentar conter Namid, então o trancamos no manicômio. Por ironia do destino, o filho de Edward acabou indo para lá quando a mãe, Elizabeth, morreu. Foi nessa hora que entendemos que Namid estava reunindo as almas. Ele tentou deixar Edgar por perto. Edward previu este movimento e mandou que Aleantrus tirasse seu filho de lá.

– E minha mãe? Ela também sabia? Ela mentiu para mim também?

– Sempre soube. Foi ela quem ajudou Mary Hawthorn com o parto da criança. Uma semana antes da Casa dos Caçadores, ela e Beatrix foram até o manicômio e pegaram Tesla, esperavam que vocês o matassem. Ela descobriu que a única maneira de exterminar Namid era matando todos os portadores de sua alma ao mesmo tempo. Então fez o possível para não ser ela o carrasco, mas um agente.

– Aí ela participou da morte de Namid, mas não sabia que seu filho era parte dele? Vocês mentiram para ela também, Dante. Suas mentiras nos trouxeram até aqui. – os olhos de Sehn ficaram mais vermelhos, mas não se sabia se por raiva ou tristeza.

– Seu pai nunca se perdoou por isso, garoto.

– O que os meus amigos acharam disso? Nadja, Kadriatus, Diren. Vocês contaram aos Hawthorn o que os filhos deles carregam?

Sehn começou a perguntar a si mesmo se o que sentia por Maya era real ou manipulação de Namid. A promessa, mais uma vez, lhe soou estranha e boba. Fizera a vontade dos Titãs, unindo-se a Maya por um juramento afetuoso que ele achava ser sincero e duradouro. Mas não era. Como disse Edgar, "Somos brinquedos nas mãos de nossos pais".

– Estão decidindo com suas famílias. Os pais de todos sabiam, por isso fizeram questão de reuni-los. O que foi?

– Eu pedi Maya em casamento quando éramos crianças – murmurou Sehn – Será que fiz isso por que a amo ou por que Namid assim deseja?

– Você sabe que ama esta menina – retrucou Dante.

– Sei mesmo? Nem sei quem são meus pais agora. Nem sei qual é minha *sheyvet*. É tudo mentira desde que nasci, Dante. É ridículo, nós nem temos a mesma idade. Diren é um ano mais novo que eu, Kadriatus é dois anos mais velho, só Nadja tem a minha idade. Maya é mais nova, assim como seu irmão, Lukas. Como eu posso acreditar em vocês?

– Almas são imortais, *mashiyrra* – Kherlakain retirou das vestes um torque de ouro em forma de dragão. Colocou-o no pescoço de Sehn e esperou uma reação. Como ele não falou nada ela se pronunciou. – Tesla acredita que ele e Edgar podem fazer o Messias Sombrio retornar, eles têm parte de seu poder e vão usá-lo para destruir o Império. Enquanto Edgar possui diversas habilidades da *Kabalah*, Tesla é extremamente inteligente e possui a capacidade de mudar de forma, resgatando memórias de suas outras vidas e assumindo a aparência que teve nelas.

– Por que você me deu isso? – Sehn tocou o enfeite em seu pescoço.

O dragão se enrolara perfeitamente e se parecia muito com o dragão dos Titãs. Um presente que ele não queria.

– O Dragão também é o símbolo dos Ahsverus, tal como a Árvore da Vida. Foi ele quem disse a Shoah onde deveriam se reunir os Seguidores. Todo descendente da família real possui um adorno destes. Você não é diferente. Lembre-se dos nomes que citei: Ahsverus, Hadjakkis, Crow, Drachenfels, Grey, Caldwell, Hawthorn. Se vocês compartilham a mesma alma, fazem parte da mesma família.

– Como vocês puderam mentir para nós todos esses anos? Minha vida é uma mentira. Como posso acreditar em vocês? Têm ideia do que me fizeram passar? Eu perdi tudo! – Sehn olhava para o chão e andava, inquieto.

– Nós escondemos sua origem, por que não sabíamos quais forças os perseguiriam. Não podíamos arriscar que a própria *Kabalah* quisesse matá-los. Você entende? Os *kohanim* e os *nabiyim* haviam previsto que vocês destruiriam Nordara, mas seus pais ainda tinham esperanças. Vocês não são o mal, são uma nova vida – Kherlakain perdera a face, e falava pela Névoa.

– Eu sacrifiquei meu espírito para torná-los invisíveis durante todos esses anos, garantindo sua vinda até aqui. É hora de decidir, *mashiyrra*: libertar nosso povo ou deixá-lo sucumbir?

Ele não respondeu a Kherlakain de imediato. Confuso e com medo, tentava entender o que motivara seus pais a mentirem. Não havia respostas. Na verdade, a única que encontrava era aquela dita pela *Yoresh*. Ele era parte de Namid Ahsverus, o príncipe e o Messias Sombrio da *Kabalah*. Era tudo isso e ainda era Sehn Hadjakkis, o menino que fizera uma promessa à sua amada.

– Me dá uma carona pra base? – perguntou, olhando para Dante e Kherlakain.

Lorrêm

Maya acordou com uma vontade incontrolável de bater em alguém. Não era apenas o desejo de liberar sua raiva em um adversário, mas o sentimento igual ao de um guerreiro a poucos instantes da batalha final; uma tremedeira nas mãos e inquietação nos pés que a fazia tamborilar com as pontas dos dedos na parede ou agitar as pernas. O coração batia acelerado, implorando por ação, os sentidos aguçados, a mente não parava de funcionar.

Há tempos sua fada não se manifestava como naquela noite do corvo e do cachorro. Sentiu saudades daquele evento, ultimamente qualquer coisa serviria para tirá-la da tristeza. Lembrava-se de Sehn a todo instante, e as promessas pareceram tão vazias agora que estava crescida. Talvez fosse a hora de esquecê-las, seguir em frente e abandonar o *bnei shoah*, mas algo dentro dela insistia em continuar.

Levantou-se, fez algumas flexões e abdominais. Nada aplacava a ansiedade. Treinou alguns socos no ar e se espantou com a firmeza do punho. Fez algumas inversões de pernas, como um lutador, e começou a se empolgar. Esquivou de um golpe invisível, chutou um adversário que estava à suas costas e girou o corpo para escapar de uma facada imaginária.

Lembrando-se da briga do bar, Maya começou a se mexer pelo quarto, cada vez mais rápido, mais intensamente. Estancou, aproveitando o silêncio repentino. Bufou, era tarde da noite, a família estava dormindo, até os criados repousavam, inclusive o autômato que servia de mordomo. Não tinha nada pra fazer. Exceto uma loucura.

Foi até o quarto do irmão e pegou uma calça larga e um cinto. Voltou para seus aposentos e vestiu ambos, jogando uma camisa larga sobre o corpo e uma jaqueta por cima de tudo. Calçou as botas e saiu sem avisar ninguém.

Maya não usou o carro, ao invés disso desceu a estrada da colina a pé e saiu por um portão lateral para pedestres. Não havia ninguém na rua, exceto um vento frio. Primeiro ela caminhou, pensando em onde queria chegar, depois, quando traçou um objetivo, começou a correr.

Estava esbaforida quando chegou à cidade. Deviam ser mais de três da manhã, porém a vida agitada de Desdalain nunca cessava. Maya não teve de procurar muito para encontrar um bar movimentado.

Apesar de saber que seu destino não era aquele local, Maya entrou. Como previsto, jovens de variadas idades bebiam e conversavam animadamente, trocando olhares e paqueras. Irritada, Maya saiu e continuou seguindo pela calçada. As ruas ficaram mais escuras e perigosas, os becos mais sujos, o número de mendigos aumentando conforme ela se aproximava de seu verdadeiro destino.

Ela sorria. Poucos metros à sua frente estava o bar. Era um lugar sujo, fedorento, onde bandidos espreitavam na entrada e nem a milícia ousava entrar. Maya sabia que aquele era o lugar que preencheria sua noite. Pensou na mãe e o sermão que ela faria só por Maya comentar sobre este lugar.

Por dentro o bar era mais feio ainda, a única entrada era uma porta dupla de madeira, do tipo que rangia alto quando alguém a empurava. O assoalho esburacado, as luzes piscavam e o único radio tocava uma melodia triste. Havia homens mal encarados próximos no balcão e o atendente do estabelecimento se preocupava em não deixar os ébrios vomitarem nele.

Maya tirou a blusa enquanto se encaminhava para lá. Amarrou-a na cintura e, com todo o atrevimento, pediu:

– Quem é o palhaço que tenho que arrebentar para conseguir essa água quente chamada “cerveja”?

As pessoas riram, o dono do bar foi até Maya retrucando:

– Por aqui as pessoas costumam ser mais educadas quando querem alguma coisa.

– Bom saber, não sou daqui e não dou a mínima – replicou Maya. Sentiu tensão no ar, a eletricidade que se formava quando egos eram feridos e homens queriam provar sua masculinidade através da força.

– A mocinha se perdeu? Papai vai ficar muito triste quando a menininha voltar para casa machucada, né? – Maya sentiu uma mão em cada ombro, dois brutamontes a cercavam. O menor deles era, no mínimo, o dobro de Lukas.

– Obrigado, senhor – disse Maya.

– Pelo quê? – o dono do bar exibia curiosidade sincera.

– Por isso – Maya deu uma cotovelada no homem da esquerda, fazendo-o perder todo ar. Assim que ele se inclinou, ela agarrou sua cabeça e bateu contra o balcão. O homem da direita avançou, porém Maya chutou a própria cadeira para tombar e usou a barra de apoio no chão para dar uma cambalhota e passar por baixo do golpe.

Mais um adversário apareceu, acertando Maya com uma cadeira. Empurrada para frente, ela recebeu uma pancada de outro dos homenzarrões. Aquilo doeu, Maya viu luzes piscando em frente aos olhos e o som abafado de risadas. Antes que pudesse reagir, um caneco de cerveja estourou em sua nuca, o cheiro azedo se espalhou pelos cabelos e o gosto amargo da bebida escorreu em sua boca. Mas ela não caiu.

– Vou cuidar bem de você – falou um deles, avançando com os braços abertos. Maya aplicou um gancho no queixo dele, fazendo-o voar para trás e arrebentar uma mesa.

O próximo atacou enfurecido, Maya gingou, deixando-o passar e lhe aplicou uma cotovelada na nuca. O homem tombou, não estava morto, apenas desacordado.

Maya usou o corpo deste homem como rampa e deu um salto, enfiando o cotovelo na boca do terceiro adversário com tamanha força que um *creck* pôde ser ouvido no bar todo, apesar da barulheira. Quando ela se recompôs, escutou o engatilhar de uma arma.

– Saia ou te estouro – dizia o dono do bar, apontando-lhe uma carabina. Maya fez um movimento brusco e o homem atirou, a bala passou de raspão no ombro da garota e ela avançou como um tigre, ainda que o ombro ardesse muito.

– Desc... – o homem ia falar, porém levou um soco no nariz e tombou para trás, derrubando a estante de garrafas.

A música triste do rádio dava lugar a outra, igualmente ruim, mas não tão parada. Maya enfiou a mão no bolso da calça e tirou algumas notas que deixou sobre o balcão.

– Obrigado – agradeceu e saiu. Começava a amanhecer, os primeiros raios de sol riscavam o céu azul, deixando-o alaranjado. Maya se espreguiçou e levou um susto ao ouvir a estranha voz ordenando:

– *Proteja-o, Namid.*

Virando-se na direção da própria casa, Maya começou a correr.

Lukas vasculhou a casa em busca de companhia. O pai fora trabalhar e o carro da mãe não estava na garagem. Provavelmente Maya fora arrastada por ela a um encontro com os Fletcher, onde citaria cada defeito da filha com o maior prazer e enfatizaria como um bom marido a colocaria em seu devido lugar. Ele até podia imaginar a cara de tédio de Maya e o constrangimento de Phillip, que, nos últimos dois anos, tinha se tornado um joguete nas mãos dos pais.

Resolveu ir ao bar encontrar Andrea e pegou o carro da irmã emprestado. Deixou um bilhete em cima da mesa e apanhou uma jaqueta marrom para se proteger do frio. Penteou os cabelos, de modo que parecessem bagunçados, pois todos os garotos de sua idade faziam isso ultimamente.

No caminho viu um carro militar na esquina oposta ao bar, mas não se importou. Já havia passado dois anos da briga com aquele soldado e Lukas mal se lembrava de seu rosto. Estacionou, colocou a jaqueta de novo e saiu.

O bar estava cheio. Além dos clientes habituais, vinte soldados conversavam animadamente no balcão e a música alta fazia tremer os copos. Ouviu cochichos, mas não os entendeu.

Sentou-se. Andrea estava ocupada demais para atendê-lo e uma colega dela trouxe-lhe cerveja e um salgado. Enquanto comia, sentiu um esbarrão no ombro. Virou-se e engasgou.

– Opa, moleque, cuidado! – Era o homem com quem tinha

brigado. Lukas finalmente descobriu seu nome, escrito no uniforme. Albert Barrow. Tenente. – Faz tempo, né? Aquela sua irmãzinha gostosa, como está? – Ele se aproximou, Lukas sentiu o hálito forte de cerveja e permaneceu imóvel, não queria demonstrar medo àquele homem.

– Bem, obrigado. O noivo dela mandou lembranças lá do Cenóbio.

Lukas viu o homem titubear, estava alterado demais para perceber a mentira. Colocando uma das mãos na mesa, quase o beijou.

– Te cuida, não vira as costas para mim – saiu, batendo no caneco de Lukas propositalmente e derrubando a cerveja. Os comparsas riram, mas não mexeram mais com o rapaz. Logo os soldados entretinham-se com jogos de cartas.

Esgueirando-se na multidão, Andrea se aproximou claramente preocupada. Antes mesmo que o namorado falasse, ela se abaixou e arrumou a bagunça.

– Também te amo – brincou Lukas. Ela só respondeu quando o chão ficou apresentável. Mesmo assim, sua voz demonstrava nervosismo.

– Vai embora, Luk. Ele já apareceu aqui antes e não fez nada. Mas não quero dar motivo. – Um bêbado passou onde ela acabara de limpar, marcando o caminho com suas botas úmidas.

– Não. Ele está de olho na gente, tenho certeza. Com tanto bar em Desdalain, por que só vem aqui? Você devia ter aprendido a atirar, Andy.

– Para brigar com militares treinados? Não, obrigada. Deixo isso para heróis.

– Só quero que aprenda a se defender. Não precisa falar assim – virou o rosto para os soldados. Algumas mulheres de moral duvidosa juntavam-se a eles. Magoado com a estupidez de Andrea, levantou-se para sair.

– Desculpa, estou cansada e descontando em todo mundo. Volta amanhã para a gente se ver, tá? – ouviu Andrea dizer.

– Não sei. Amanhã, o herói pode estar salvando o mundo... – Lukas saiu sem olhar para trás. Uma garoa fina caía na cidade, mas ele conhecia o clima o suficiente para saber que logo viria uma tempestade. Acionou o limpador de para-brisa, mas a palheta estava gasta e arranhou o vidro.

– Droga, Maya – sem o que fazer, desceu o banco para trás e ligou o rádio numa estação de músicas calmas e instrumentais.

Acordou muito tempo depois, a chuva tinha começado. O carro militar tinha partido e o dono do bar estava na porta, conversando com duas garçonetes. Lukas abaixou o vidro e acenou.

– Oi garoto. Esperando a Andrea?

– É. Acho que sim. Ela está se trocando?

– Não. Saiu faz uns dez minutos. Você não viu? Se correr pode encontrá-la no caminho – Lukas engatou a ré e foi em direção à casa de Andrea. Sabia que ela sempre ia por baixo das pontes da cidade, para chegar mais rápido. Seria uma boa opção, já que poderia se esconder da chuva caso ela aumentasse.

Andrea usava uma grossa blusa de couro, presente de Lukas, e botas longas de fivelas. Não tirara a camiseta que usara no serviço, nem o avental. Qualquer coisa servia para protegê-la.

Para seu azar, logo que chegou à primeira ponte, a tempestade começou. Andrea escorregou nos paralelepípedos úmidos e bateu o joelho; reclamando, levantou e se apoiou na viga da ponte. Pensou em Lukas, não o vira na saída do expediente e ficou irritada. Ainda que ralhasse com ele, acreditava que estaria ali para esperá-la no fim do dia. Talvez hoje ela perdesse o medo de conhecer os pais dele e fosse visitar sua casa. Afinal, toda vez que ele dava a ideia, ela recuava.

Um carro apareceu na esquina. Os faróis altos, o motor roncando baixinho. Andrea pensou que era Lukas, mas o sorriso desapareceu ao ver o símbolo do exército em seu capô. O veículo parou e o rosto abominável de Albert surgiu.

– Quer carona?

– Não. Meu namorado já está chegando.

Albert se projetou do veículo e analisou a rua. Ele, seus amigos e a garota eram as únicas pessoas. O restante tinha fugido da tempestade.

– Ele está bem atrasado, né? Entra – a porta traseira abriu. Andrea viu que eram duas pessoas, além de Albert.

– Vai logo, gata, tá frio.

– Eu disse não – ela saiu andando, Albert buzinou.

– Volta.

Ela não deu atenção, mas escutou as portas do veículo se abrindo e acelerou o passo. Suas únicas testemunhas eram um cachorro de rua e um rato, que fugiu assustado quando mais um barulho de carro surgiu. Lukas atravessou a rua acelerando e bateu na lateral do jipe militar, estourando-o contra a ponte. Deu a ré, mas o eixo soltara e o volante não obedecia mais.

Saiu do carro e esmurrou o primeiro soldado. Não era um guerreiro nato capaz de derrubar multidões, como os membros da *Kabalah*. Levou um soco de um dos militares e foi empurrado por Albert. Assim que caiu, uma chave de braço o impediu de se mexer. O soldado estava sobre ele e virara sua cabeça em direção à Andrea, imóvel contra a coluna da ponte.

– Qual dos dois eu mato primeiro? – perguntou Albert. Em seguida bateu com a chave de boca em Lukas. – Você esqueceu isso no bar, garoto. Vim devolver. – o hálito do tenente fedia a cerveja a metros de distância. Lukas sentiu vontade de vomitar, mas começou a rir. – Tá doido moleque? – perguntou Albert.

– Minha irmã vai acabar com você – grunhiu Lukas esforçando-se para sair da armadilha, mas era impossível, se continuasse forçando, o soldado quebraria seu braço.

– Como é? – Albert riu desdenhoso. Fez um sinal para que o comparsa soltasse um pouco o prisioneiro.

– Minha irmã vai acabar com você. – Lukas repetiu apontando para um dos carros.

Albert acompanhou o dedo de Lukas. No teto de um dos carros estava Maya.

– *Solte-o* – ela ordenou, os olhos esmeralda fixos nos adversários. Albert achou que tinha escutado mais de uma voz. Chacoalhou a cabeça, havia bebido demais, só podia ser isso.

– Me obriga – respondeu o tenente.

Lukas viu a irmã saltar do carro e se aproximar sem medo. Parecia consciente do que estava fazendo e pronta para atacar. A mão esquerda trazia a *baioneta*, a direita abria e fechava estalando os dedos. O fato de seu cabelo ruivo estar solto e caindo ao redor de seu rosto a deixava com uma aparência selvagem.

– É impressão minha ou todo mundo nessa família é louco? –

Albert tentou puxar a pistola do coldre, mas foi interceptado por um tiro da garota que acertou o soldado sobre Lukas. Quando o segundo comparsa se mexeu, ela o enfrentou de mãos nuas.

– *Eu não tenho estratégias, faço do direito de proteger vidas minha estratégia.* – falou a ruiva, esquivando o golpe do soldado e chutando seu estômago.

Lukas, aproveitando a distração, forçou os braços e ficou de pé. Albert o acertou com uma coronhada, fazendo-o deitar. Ambos ouviam a recém-chegada recitar:

– *Eu não tenho leis, faço da autodefesa minhas leis.* – ela agarrou o braço do soldado com tanta força que ele largou a adaga.

– *Eu não tenho armas, faço da perseverança minhas armas.* – Maya socou o adversário, fazendo-o tombar no chão. Depois o virou e pisou em seu rosto. O soldado que estava ferido pelo tiro se jogou contra ela, mas seus golpes não surtiram efeito.

Só então Albert percebeu. Aquela mulher recitava trechos do "Códice", o conjunto de leis dos *Lorrêm,* a infantaria da elite. Poucos tinham a capacidade de levar a sério o que era pregado pela infantaria. Muitos dos soldados convencionais tratavam seu posto como um serviço, e não como uma escolha sagrada pela qual morreriam e viveriam. Alberth se encaixava entre os segundos.

– Você é meu! – reunindo uma força e velocidade que não imaginava possuir, Lukas acertou o algoz no estômago fazendo-o se curvar. Albert, surpreso, deu um soco a esmo, na vã esperança de atingir o garoto.

Mesmo no meio daquela confusão, ouviram a voz estranha ordenando:

– *Mate-os, Namid.*

Obediente, Maya fez pressão sobre o pescoço do soldado caído até quebrá-lo. Tirou a faca dele e arremessou contra o de ombro ferido, causando-lhe mais dor ainda, mas sem matá-lo.

– Quem diabos é você, afinal? – Albert perguntou. Nunca tinha visto um *ggoyim* lutar daquele jeito. Num atino de desespero sacou a pistola e apontou para Maya. Estava para apertar o gatilho quando Lukas bateu em sua mão, desviando o cano.

– Alguém muito melhor do que você jamais será – respondeu Lukas.

BLAM!

Foi tudo rápido demais. Num momento Albert estava apontando para Maya, no outro, Andrea soltava um grito.

– Não! Andrea! – gritou Lukas, agora com a voz normal. – Albert saiu correndo de volta para o jipe, ignorou Maya e os comparsas. Pensando só na própria vida.

– Andrea! – Lukas abraçou a namorada e ficou ajoelhado com ela. Maya tentou tocá-lo, mas ele gritou enfurecido.

– Vai embora!

– Eu só quis ajudar! – respondeu Maya sem acreditar no que o irmão estava fazendo.

–Não! Some daqui!

– Do que você está falando? Eu vim ajudar! – Maya replicou. Mas o irmão nada disse, continuou abraçado com a namorada, ninando-a como se estivesse colocando Andrea para dormir.

– Vai dar tudo certo, você vai ver, Andrea. Eu vou ajeitar as coisas.

Magoada com o desprezo repentino, Maya fugiu por uma ruela, já que a principal começava a ser iluminada pelas luzes da milícia. Não se importou com o irmão, se ele queria resolver as coisas assim, que aguentasse as consequências daqui para frente.

Lukas viu o grave ferimento da namorada e se desesperou. Quis chamar por Maya, arrependido de tê-la tratado tão injustamente. Seus próprios ferimentos não importavam mais, nem seus inimigos, mortos a poucos metros de onde estava. As luzes dos carros da milícia ficaram mais intensas. Pensou em desculpas para dar às autoridades, sabendo que a melhor das histórias até poderia convencê-los, mas nunca aos seus pais.

Andrea morreu segundos antes das viaturas chegarem. Foram necessários dez soldados para tirar Lukas de cima dela.

Netzach

Sehn voltou para o Cenóbio de *Ahator* quatro dias depois. Era lá que seus pais estavam, sob os cuidados dos mais poderosos *kohanim* e *mashiyrra* do exército.

Faria um sacrifício em nome da honra de sua família e da vontade de seus pais. Dante vinha atrás acompanhado de Diren. Os membros restantes da Canção do Silêncio, Nadja e Kadriatus, não tinham forças para acompanhá-los. Sehn ainda não fora visitá-los, tinha medo do que ia encontrar. Pelo que sabia, os *kohanim* estavam perdendo as esperanças de salvá-los.

Na cintura, Sehn trazia a espada-arco que pertencera a Aleantrus. Embaixo do braço direito, o único com movimentos, o elmo de sua mãe. De suas costas pendia o manto roxo dos *sepher*. Fazia parte do ritual trazer aos mortos seus pertences mais valiosos. Ainda que Aleantrus e Thyzar não tivessem abandonado aquele mundo seu destino estava selado.

Ele parou em frente a uma porta dupla.

– A partir daqui eu vou sozinho.

– Você não precisa passar por isso sozinho, eles podem chamar os Executores. – Diren tentava impor ao amigo sua vontade. – Talvez seja melhor.

– Não. É hora de cumprimos nossas obrigações. São meus pais e vou dar a eles um enterro decente – virou as costas e entrou sem esperar uma resposta. A luz exterior foi substituída pelas lâmpadas amareladas. Dois *kohanim* aguardavam no salão principal. Não usavam a armadura de batalha da *Sephirah*, mas túnicas negras e longas sem adorno algum.

– Nós o levaremos, senhor – disse o primeiro, o mais alto. Devido à fina camada de névoa a seus pés, dava a impressão que flutuava.

O trio parou em frente a uma cela cuja porta de bronze trazia um "H" estilizado. Aquela era a *Netzach,* a casa funerária: o templo sagrado dos Escolhidos, onde repousavam os mortos. Um lugar cheio de mitos, histórias, honras e destinos. Ali estavam os corpos dos Hadjakkis e todo o seu legado. Suas armas, armaduras, livros, diários e outros objetos. Ali estavam os pais de Sehn.

– Eles pediram por você – disse o *kohanim* mais alto. Abriu a porta com um leve toque, Sehn entrou e os dois aguardaram do lado de fora. – Você pode nos chamar se não conseguir, senhor.

Sem nenhuma presença de espírito e passos trôpegos, Sehn mergulhou nas trevas da *Netzach.* Só um archote ardia, sem conseguir iluminar a sala inteira. A sombra do Escolhido dançava nas paredes.

Do fundo da cela veio uma mulher pálida, loira, olhos verdes e baços. Balbuciava palavras sonsas. Seu rosto estava protegido por um véu cinza. Uma *mashiyrra* que havia perdido a razão.

– Mãe – a voz embargada de Sehn ecoou pelo calabouço e se perdeu. Abraçou a mulher pela primeira e última vez. O corpo frágil aceitou o carinho que o rapaz fez com a mão direita, mas não retribuiu. A raiva que sentia dela passou na mesma hora. Começou a entender os sacrifícios que ela fizera para lhe dar uma vida digna.

– Thyzar. Escolhida de Shoah, por favor. Por favor, mãe – Ia ficar pior, ele sabia. Estava aguardando o desfecho para lutar contra a loucura.

– Estou tentando desde que chegamos – disse a voz rouca no fundo da cela. Sehn virou-se abruptamente e viu o pai jogado na cama. Um boneco raquítico, depredado por uma maldição similar à que se abatera sobre a esposa. O coração de Sehn acelerou.

– Pai... – O mundo ruiu para Sehn. Nada mais restava naqueles dois, além de um pretérito pesaroso.

– Ele partiu meu espírito e a alma de sua mãe – sentenciou Alentrus. – Edgar é a mais poderosa criatura viva neste mundo, filho. Unindo-se a Tesla, ele despertou o primeiro Titã, *Tehom,* e agora pretende derrubar o Império. Edgar nos traiu. Sabia que destruindo nosso espírito e alma nunca teríamos descanso na Eternidade. Nos foi negada a Paz de Shoah. Obrigado por poder nos ajudar a ter uma morte digna.

O frio perpassou o corpo de Sehn. Destruir um espírito ou uma alma era privar o ser da Eternidade. A mãe começou a entoar uma litania. "Na hora de nossa morte, amém". Ela nunca teria o encontro com Shoah, onde todos os Sacerdotes e Escolhidos eram recompensados por sua luta.

Sehn matutava um plano, talvez funcionasse.

Começou a pensar em Namid e no truque que usara para enganá-los. Queria tentar algo parecido. Ele queria morrer também, sacrificar a alma e salvar os pais. Passava por um desespero que muitos adultos nunca teriam de enfrentar. A ideia de salvar os pais começou a se formar em sua cabeça. Havia uma esperança ínfima.

– Se eu sacrificar a alma de Namid, posso enviá-los para a Eternidade – comentou.

– Perigoso demais. Você não recebeu todo o treinamento dos *mashiyrra*. Nem mesmo seu avô podia fazer isso. Podemos quebrar sua alma.

– Não. Eu sei como fazer – ele se aproximou do pai e o abraçou. – Eu posso dar a vocês uma vida na Eternidade ao lado de nossos antepassados.

Sehn guiou a mãe até a cama e levantou Aleantrus. Fez com que os dois se abraçassem e começou a rezar. A energia azulada cobriu seu corpo e lágrimas desceram por seu rosto. Ele sentiu a mão esquerda arder e os curativos rasgarem.

– Eu posso fazer isso, posso dar a felicidade a vocês – murmurou.

– Não haverá maior honra para ela, filho – Aleantrus confirmou o que devia ser feito e se concentrou. A luz ficou mais intensa, escapando pela fresta da porta.

– Eu não posso partir minha alma, mas posso usar Namid para isso – falou Sehn. Thyzar fechou os olhos vagarosamente. Foi colocada ao lado do marido e pareceu dormir tranquilamente. Aleantrus beijou sua testa e abraçou seu corpo. Depois ordenou:

– Me dê sua mão.

Sehn deixou a espada cair. No princípio, recusou. O olhar paternal obrigou-o a ceder. Ajoelhou-se e esticou a mão esquerda. Despedaçada, jamais levantaria uma arma. Exatamente como Edgar queria.

– Eu prometo que vou me vingar, pai – a voz rouca de Sehn quase não pôde ser ouvida.

– Saiba que seu pai te ama. Tenho muito orgulho do homem que você é… e do que vai se tornar.

A mão esquerda do pai apertou a mão esquerda do filho, ligando os corações por um instante. O sangue ferveu. Chamas das velas vacilaram e se apagaram. A névoa e a luz projetaram-se sobre os dois, tampando as mãos com uma parede branca e gélida.

Longe dali, *Tehom* rugiu.

A Canção do Silêncio

Quando a notícia da morte dos Hadjakkis se espalhou, a revolta inflamou o coração de Nordara. Foi a primeira vez na história do reino que os *Nookam* – os Juízes da *Kabalah* – foram convocados para apurar as ações de um traidor e decidir, por unanimidade, caçá-lo até a morte.

Inicialmente a *Kabalah* achou que o próprio Sehn deveria ir atrás de seu inimigo e trazer seu corpo à presença dos *Yezirah*. Entretanto, o jovem se mostrava incapaz de cumprir a tarefa; não por falta de vontade ou medo, mas por que mergulhara na inconsciência desde que ajudara os pais a morrerem. Os demais membros da Canção do Silêncio estavam mortos ou quase no mesmo estado, não havia ninguém que por eles interferisse.

Os dias que seguiram à derrota da Canção foram difíceis para todos. Crow iniciou uma onda de ataques a Nordara e às *sheyvet*, tornando-se rapidamente o Inimigo Público Número 1. Mais tarde, quando já havia matado três *sheyvet* e exterminado quase cinquenta soldados convencionais, invadira um manicômio e libertara todos os doentes mentais.

De acordo com as Leis da *Kabalah*, se os membros de uma *sheyvet* não pudessem mais lutar ou desistissem de sua posição, ela teria sua bandeira queimada, as armas enterradas e o nome esquecido. Por três gerações não se pronunciariam seus feitos e outros membros que quisessem recriá-la não poderiam fazê-lo.

Dois meses se passaram nesta indecisão. Os *Yezirah* adiando o máximo possível o fim da Canção do Silêncio, os *Nookams* caçando

Edgar e os demais membros da *Kabalah* aguardando uma solução. O Parlamento se exaltava de novo, exigindo do Império uma solução. Por fim, foi decretado pelo próprio rei, Noah Ahsverus, que se desse por encerrada a "Questão Crow". A morte da Canção do Silêncio foi marcada e a *Kabalah* se reuniu para enterrar as armas e queimar o brasão.

Foi clamado, então, o *Kavod* – o Dia sem Glória. As chamas da pira foram acesas e atingiram alturas inimagináveis. Os *kohanim*, os *mashiyrra* e os *Nookam* entoaram as litanias e os líderes de cada *Sephirah* se posicionaram no círculo ao redor das chamas para lamentar as mortes de seus iguais. Os parentes dos mortos foram chamados de várias partes do reino e muitas lágrimas de revolta desceram por seus rostos.

O *Esh* – o Fogo Sagrado – ardia intensamente.

Noah sentia o calor no rosto, mas seu coração estava frio. O imperador sabia que estava fazendo a coisa certa ao apagar aquele sofrimento da memória de seu povo. Mas achava que enterrar a Canção do Silêncio daquela forma não era digno de sua história. Porém, não havia alternativa nestes casos, as normas eram simples e claras.

Quando ele finalmente se aproximou do *Esh*, a multidão vaiou. Os guardas gritaram para que as pessoas ficassem quietas e respeitassem seu imperador, mas de nada adiantou. Os gritos ficaram mais fortes, reverberando no pátio.

Pela primeira vez na vida Noah desejou não ser o imperador. Chorava interiormente de desgosto, mas estava abaixo das leis. Era sua obrigação fazê-lo, antes que mais gente morresse naquela busca. Acima da responsabilidade para com uma *sheyvet*, estava a responsabilidade para com o povo.

Na terceira vez que Ahsverus marchou até o *Esh*, uma grande sombra cobriu a multidão e afastou as nuvens com hélices gigantescas, que faziam uma barulheira infernal. O casco de um aeronavio apareceu, depois seu mastro com as velas imensas e as duas pás giratórias em sua popa. Ele pousou no meio do pátio, causando um estrondo e apagando o *Esh*.

As hélices diminuíram de velocidade aos poucos, até pararem completamente. As velas, antes estufadas, murcharam quando o vento foi interrompido. Houve silêncio, que logo foi quebrado pela escada na balaustrada, chutada por alguém.

Dante surgiu exibindo seu melhor sorriso. Assoviava. A Guarda Palaciana cercou o Imperador, por instinto. A voz do *yoresh* se projetava da turba, reclamando.

– Dá licença, cambada? – Ele não trazia armas nem parecia ameaçador. Na verdade, era até engraçado com aquele sobretudo aberto e cintos cruzados na cintura, carregando somente bainhas. Olhou para o rei e pronunciou exatamente estas palavras.

– Firmezinha, moleque?

– Achei que vocês não chegariam nunca – Noah sorriu para Dante.

– Foi mal, errei o caminho – respondeu Dante, ainda cercado pela Guarda. – Dá licença? – pediu aos guardas antes de tentar avançar para perto do rei.

Como eles não cederam, pediu mais educadamente.

– Tira esses moleques daqui antes que eu os arrebente.

Noah acenou, os *kiy* baixaram as armas. Svann e os irmãos de Kadriatus foram os últimos a obedecer, era visível o ódio que sentiam por Dante. Por fim, retrocederam.

Do aeronavio surgiu um lábaro. Era completamente negro, fosco, mas possuía desenhos pretos metalizados: uma espada-arco e uma espadasserra cruzados sobre uma lança. Quatro figuras desceram da embarcação.

O primeiro a descer foi Kadriatus. Ele não usava as roupas da Guarda Imperial, nem trazia consigo um grifo metálico, como lhe seria de direito. Ao invés disso, usava um chapéu preto, de onde fugia seu cabelo escuro quase até os ombros, um sobretudo vermelho e uma camisa preta com a gola larga que deixava à mostra duas engrenagens de prata. As mãos estavam cobertas por pesadas luvas de couro preto, as calças eram cheias de fivelas, que se confundiam à bainha da espada longa e curvada.

O mais impressionante era o arco composto a tiracolo, uma peça feita de metal, rodas dentadas nas pontas e um complicado sistema com pistões e escapes de ar em seu corpo. Protegido por placas de bronze e prata, tinha duas cordas para disparo. No centro, onde o arqueiro seguraria a arma, havia uma estranha cobertura que lembrava a cabeça de uma águia. Sua aljava estava cheia. Quando Svann viu as engrenagens, balbuciou indignado.

– São as peças do grifo dele… – os filhos olharam, avançaram em direção ao irmão, mas Noah os interpelou.

– Algum problema? – eles pararam, fizeram uma reverência, e voltaram à posição.

– *Kether* Ahsverus – cumprimentou Kadriatus com uma reverência maior que a dos familiares, emparelhando com Noah. A multidão caiu numa alegria contagiante, que cresceu ao ver mais uma pessoa descendo do aeronavio.

Quem vinha agora era um garoto de uns dezessete anos, os cabelos cinzentos presos num rabo de cavalo e os olhos cor de mostarda. Suas roupas eram menos extravagantes que as do companheiro, usava somente um colete marrom fechado por fivelas e calças largas cheia de bolsos da mesma cor. As mãos e as pernas estavam enfaixadas e ele vinha descalço. Suas unhas, caninos e orelhas eram pontudos. O garoto parecia uma mistura de homem e lobo. Na lateral do corpo estava um cinto com espadas curtas e largas balançando e batendo em suas pernas.

– Oi, Noah – disse ele, sem cerimônia. Parou ao lado de Kadriatus e assumiu feições sérias.

Alguma coisa saiu do aeronavio. Uma máquina humanoide de ferro, bronze e cheia de detalhes em suas placas, com linhas finas e delicadas. Pouco mais baixa que Kadriatus, a cabeça era um capacete com a frente de vidro escuro e, no lugar da boca, um respirador de gás com dois tubos indo para as costas, onde um motor pequeno cuspia *Nepl*. Pistões das pernas subiam e desciam, as mãos abriam e fechavam num movimento lento e calculado. Quando terminou de descer, a máquina se virou para a multidão e eles viram que ela não era tão artificial assim: tirou o elmo, revelando o belo rosto de Nadja Caldwell.

– Majestade. – Caminhou até Diren e Kadriatus e obrigou o rapaz lobo a se afastar, posicionando-se ao lado do *kiy*. Ninguém notou, mas ela roçou a mão mecânica nas dele. Kadriatus disfarçou.

Por último, mas não menos importante, veio o *sepher*. A multidão se alterava em ondas de quietude e rumor quando cada membro descia, mas ao verem Sehn Hadjakkis na amurada não se contiveram e explodiram de alegria. Ele veio com as roupas escuras da

Kabalah, que lhe davam um aspecto sério e adulto. A espadasserra nas costas simbolizando que aceitara o presente da mãe, a espada-arco exposta na cintura para que todos soubessem quem era seu pai, o braço esquerdo dracônico substituindo seu braço humano e o brasão da *sheyvet* numa almofada, trazida em sua mão humana. Estancando em frente ao rei, ele o cumprimentou juntamente com os *Yezirah*.

– Seu sacrifício não foi em vão. Agora é a hora de aceitarmos nossas responsabilidades e cumprirmos nossas promessas. Somos os filhos da Canção do Silêncio e carregaremos nossa sina até o *Sheol*. A partir de hoje, nós somos a Canção do Silêncio. Marchamos sem pronunciar um único lamento por nossos entes queridos e jamais deixamos nosso ódio cegar nossa razão.

Ele ofereceu a almofada ao Imperador Noah, que a aceitou. Não é preciso dizer que o dia começado como o enterro de uma *sheyvet* terminou em festa por seu renascimento.

Sehn estava apoiado na balaustrada do aeronavio, olhando para o Cenóbio. As espadas aos seus pés, um copo de bebida em uma das mãos. Atrás dele, os outros membros da *sheyvet* ainda se recuperavam da festa no dia anterior, Sehn não queria estragar aquele clima gostoso que se instaurara, mas precisava ir atrás de Edgar. Respirou fundo, as coisas eram mais fáceis quando seu pai estava no comando.

– Eu sei o que você está pensando, *sepher*. – Kadriatus lhe chamou a atenção, vinha da cabine de comando.

Sehn ficou espantado que o amigo não usasse mais o linguajar culto aprendido com a família. Ainda não conhecia as habilidades dos companheiros, mas estava feliz que aquelas pessoas estivessem ao seu lado, pois eram o mais próximo de uma família que ele teria daqui para frente.

– Eu consigo senti-lo, Kadriatus. Não sei se vocês também, mas minha ligação com Crow parece ser maior. Acho que posso encontrá-lo.

– Vai fazer isso sozinho? – Kadriatus apoiou na amurada também, o vento soprava seus cabelos negros e fazia ondulações. Era difícil saber o que ele estava pensando através daquele olhar branco e inexpressivo.

– Eu preciso fazer isso. Ele destruiu minha família. – Sehn abaixou para recolher as espadas, ficou incomodado com o fato do amigo ainda estar olhando para ele.

– Que foi? – perguntou.

– Você acha mesmo que nós não vamos ajudá-lo, *sepher?* É nossa missão acabar com Crow e Tesla. Mas entendo que queira ir primeiro, afinal, acima da missão está a sua vingança, não é?

Sehn não conseguiu responder. Justamente Kadriatus, o mais afeto às tradições, era quem estava lhe dizendo para realizar sua vingança pessoal.

– O que você vai dizer a eles? – o *mashiyrra* indicou os outros amigos.

– Entre nós não há nada que precise ser dito. – replicou o *kiy*.

Mentiras

O cemitério onde a família Hawthorn tinha um terreno ficava na área mais afastada de Desdalain. Era um terreno plano, bonito, com vegetação baixa exceto pelas bétulas. Tinha um templo e um lago, estátuas em cada corredor e uma loja de flores e caixões, onde as famílias organizavam os funerais.

– Você tem que parar de se torturar desse jeito – Lukas falou, aproximando-se de uma laje tumular. Maya estava em frente a ela, de cabeça baixa, quieta. Voltara a usar roupas caras e os cabelos estavam bem tratados e perfumados. Nem parecia a mulher que desafiara o exército.

A ruiva, com os olhos vermelhos de tanto chorar, não respondeu ao irmão. Permaneceu quieta, rezando pela alma daquele soldado. Lukas parou ao seu lado, mas não rezou. Ficou esperando a irmã se pronunciar.

Ambos dividiam a culpa pela morte daquele soldado, mesmo não sendo indiciados pelo crime. As versões oficiais contavam que os irmãos Hawthorn foram assaltados por um grupo e o pobre soldado convencional, Sanmuel, tentara salvá-los, porém, ao custo de sua vida. A ponte recebera seu nome, como uma homenagem ao convencional que era um exemplo de altruísmo e ousadia.

Como Albert, por vergonha de ser humilhado por dois adolescentes, desapareceu, e o outro soldado que o acompanhava confirmou a versão, o exército deixou por isso mesmo.

– O que deu em mim para enfrentar um soldado de mãos nuas? – Maya perguntou de repente.

– Ele ia nos matar – falou Lukas.

– Ia mesmo? Ou aquilo era só outra briga de bar? Já parou para pensar que nós começamos isso, Luk? – diferente do irmão, seu arrependimento não diminuíra. Maya visitara a família de Sardeck diversas vezes até ter certeza que a esposa e a filha pequena do soldado estavam bem. Em nenhuma dessas visitas ela contou a verdade.

– Nós? Mas eles provocaram! – o irmão argumentou. Na verdade, falava mais para si mesmo, tentando se convencer disso, do que à irmã. Porém, em seu íntimo, sabia que estava errado, ou, no mínimo, enganado.

– E nós continuamos – ela replicou.

– Você sabe tanto quanto eu, Maya, se tivéssemos parado, eu não estaria aqui hoje. Eu vi a raiva nos olhos daquele homem. Ele não ia nos deixar viver.

– E por isso eu tinha de matar? Era a única alternativa? – Maya se virou para Lukas, os olhos mareados.

– Nós o enterramos, não? – Lukas respondeu virando o rosto para o lado oposto.

– Era o mínimo que podíamos fazer. Você viu a forma como a filha dele olhava para gente? – Maya retrucou. – Desde aquele dia eu não consigo ter uma noite de sono tranquila. Queria que Sehn estivesse aqui.

– Essa era outra coisa que eu deveria te dizer. – complementou Lukas.

– Que foi? – Maya entrou na frente do irmão e segurou seu queixo, de modo que ele não pudesse mais desviar os olhos. Dessa vez não foi necessário, ele afastou a mão da irmã e lhe contou:

– Maya... sobre seu casamento...papai me disse que... Papai conversou com o senhor Fletcher ontem, Phillip fez uma proposta de casamento a você.

– Como é? – Maya gritou revoltada.

– Exatamente o que você ouviu. Mamãe o convenceu a aceitar o pedido, e como nenhum dos dois sabe da promessa que você fez a Sehn, eles decidiram ajeitar as coisas. Desculpe não te contar, Maya.

– Não pode ser, eles não fariam isso comigo. – Afastando-se,

Maya chutou uma pedrinha para longe. Enfiou a mão dentro da blusa e retirou a fada de prata. Ficou com ela entre os dedos.

– O casamento já tem data, Maya. Daqui a três dias no Templo de Shoah. – Lukas foi abaixando a voz, com vergonha de ter contado aquilo à irmã.

Eram tantas coisas, tanta revolta, que Maya não sabia por onde começar. Primeiro quis culpar o Império por não fazer nada pelas pessoas. Depois quis culpar a família por tomar decisões sem consultá-la. Então, achou que a culpa era sua, mas não admitiu. Por fim, lembrou-se do único homem que realmente odiava nessa vida e decretou a Lukas:

– Vamos atrás dele.

– De quem? – Lukas não entendeu do que ela estava falando.

– Albert, o homem que fez isso com a gente. Vamos dar uma lição nele e no exército convencional. – continuou Maya.

– Mas não foi você quem disse que não queria mais matar? – Lukas estranhava a reação da irmã, parecia confusa, se contradizendo a todo instante.

– Nós não vamos matar ninguém, Luk. Vamos humilhá-los perante a sociedade. Eu tenho um plano, quer ouvir?

Lukas assentiu e ficou ouvindo as ideias da irmã. Quando ela terminou, ambos sorriam.

– O que acha? – a ruiva perguntou.

– Um bom plano. – Lukas voltou a sorrir. Finalmente haveria vingança sem sangue.

Bernard estava em frente aos restos do *Esh*. Seus cabelos brancos, amarrados em um rabo de cavalo, caíam para frente, passando por cima das dragonas do ombro direito. Pequenas cinzas prendiam-se aos fios, dando-lhes um aspecto envelhecido, apesar do Comandante possuir somente trinta e cinco anos.

Alguém parou ao seu lado, mas Bernard não virou para ver quem era. Sabia, pelo cheiro suave no vento que se misturava ao cheiro da pira, tratar-se de Tesla.

– Está ficando cada vez mais difícil manter vocês dois escondidos – disse.

– Eu agradeço por sua preocupação, Mestre Bernard, mas eu e Edgar devemos nos manter assim até a hora derradeira. Seus Legisladores já estão prontos?

– Quase. A maioria aceitou, porém os líderes de cada pelotão estão receosos que este segundo golpe também dê errado. Não há provas de que você ou seu companheiro sejam o Messias Sombrio. – Bernard finalmente se virou para Tesla. Para ele era sempre uma surpresa fitar aquele rosto angelical e não imaginar a própria filha. Entretanto, Tesla era dotado de uma raiva tipicamente masculina.

O rapaz se virou para ele e respondeu:

– Acaso isto não é o suficiente? – sua aparência mudou, ele ficou pouco mais baixo, os traços mais delicados ainda, e as curvas corporais mais acentuadas. Transformara-se em uma mulher perante o Comandante Convencional. Agora sim Bernard enxergava a filha nitidamente, aquilo mexeu com ele. Tesla continuou falando:

– Edgar e eu possuímos habilidades que nenhum *bnei shoah* possui. Eu sou o mestre das formas, você sabe disso. Mesmo o melhor dos *Yoresh* não se compara a mim, quando se fala de agir sorrateiramente. Agora, Edgar? Você viu o que ele pode fazer. Além das asas de um *arur*, ele possui a clarividência de um *nabiyim*. Foi ele quem me trouxe de volta e quase destruiu a Canção do Silêncio. Depois de tudo isso você ainda não confia em nós?

– Eu não confio em nenhum *bnei shoah*, Tesla. Foram vocês que mataram meu pai no baronato, há alguns anos. Tem ideia do quanto é difícil aceitar que quem destruiu minha família vai me ajudar a concretizar um sonho? – O olho direito de Bernard, castanho, estava fixo em Tesla, enquanto o direito, uma peça metálica cor de bronze e com um ponto vermelho no centro, movia-se em todas as direções.

Foi uma das poucas vezes que Tesla não conseguiu discernir muito bem o que pensava um homem. Sorriu com a capacidade de Bernard em esconder seus verdadeiros sentimentos.

– Você não irá se arrepender, Mestre Bernard. Acredite na profecia.

– Não apenas eu, mas todos os Legisladores que há anos se escondem nas entranhas do Quinto Império. – Bernard respirava profundamente e o peito chiava, um resquício de ferimentos de batalha que havia prejudicado seus pulmões. – Vocês possuem um exército?

– O mais poderoso que este mundo já viu – respondeu Tesla. Depois, começou a voltar à sua forma normal que não diferia muito da que apresentava.

– Preciso vê-lo antes de começar o golpe – ordenou Bernard.

– Que assim seja – Tesla meneou a cabeça. – Vá até o terreno descampado aos pés de Hellyah amanhã, nosso exército estará esperando.

Porém, antes que Bernard fosse embora, Tesla lhe disse:

– E sim, eu sei o que é ter todas as suas esperanças nas mãos de pessoas que destruíram a sua família.

3 – Ônesh עונש

Quem conduz e arrasta o mundo não são as máquinas, mas as ideias.

Victor Hugo

Almas Perdidas

Quando Sehn desceu do trem, não esperava encontrar a estação vazia e silenciosa. Era meio-dia, as pessoas deviam estar correndo apressadas rumo a seus destinos, olhando para baixo ou lendo jornais.

As guaritas de vigilância estavam abandonadas, os bondes tremiam levemente enquanto esperavam seus passageiros e as barraquinhas de comida estavam quietas. Os postes de luz, acesos. Tudo indicava espera e atraso, exceto o trem que vinha de fora. Ninguém mais desceu, os passageiros deram uma olhada rápida para a cidadezinha e fecharam suas janelas. Alguns se recostaram nos bancos e dormiram.

Tosten era uma cidade pequena, com casas feitas de tijolos, chaminés, telhas vermelhas e um comércio fraco. Sua única vantagem era a estação de trem que pouparia três dias de viagem a Sehn. Parecia pouca coisa, mas três dias era tempo demais depois de tudo pelo que passara.

Ele estava na praça em frente à estação. Um frio sobrenatural pairava, fazendo-o bafejar. Havia estalactites de gelo nos telhados das casas e uma fina camada escorregadia sobre a rua.

Aos poucos, um burburinho tomou a cidade e uma multidão surgiu perante seus olhos. Antes que ele pudesse se assustar, desapareceu.

Com o susto, piscou para saber se era verdade. A cidade estava vazia. Fechou os olhos, barulho. Vozes, passos, discussões. Respirou fundo, abriu-os novamente. A cidade estava cheia de fantasmas.

Vultos translúcidos continuavam a viver normalmente, apesar de ceifados pela Dama Inexorável. Almas cujo descanso fora abalado por uma morte violenta. O pior era tentar imaginar os corpos, já que não havia nenhum.

Engoliu em seco ao ver um bonde cheio de crianças fantasmas esperando o motorista. Uma lágrima caiu de seu rosto ao passar os olhos por um casal translúcido sentado num banco. Lembrou-se de Maya e torceu para ser rápido o suficiente e chegar a Desdalain antes de Edgar dar seu próximo passo. Precisava encontrá-la e alertar a sua família sobre o despertar de Namid. Tinha esperanças de que eles já soubessem, afinal, Edgar era o assunto mais comentado nos últimos meses.

Os fantasmas não notavam as próprias mortes. Continuavam suas vidas como se nada tivesse acontecido. Sehn sabia quem tinha feito aquilo. Quem era o responsável por tais atrocidades, o homem que destruíra sua vida e seu futuro. Nascido numa cidadezinha como aquela, treinado e amado como um irmão. Tão igual e tão diferente de Sehn quanto duas pessoas podem ser.

A Fênix Morta. Edgar Crow.

Diferente de Edgar, o povo de Tosten não mais vivia. Eram ressonâncias de seus corpos, lembranças, desarmonias na ordem da vida e da morte. Na *Kabalah*, recebiam o nome de *Ruach* – almas.

Sehn caminhava no alto de uma perigosa plataforma que ficava entre a luz e a escuridão, pois espíritos almejavam sensações, grudavam-se nelas inconscientemente e obrigavam seus donos a conviverem com eles. Se a qualquer momento se deixasse levar pelo coração, podia servir de âncora para um daqueles mortos que o cercavam e se ver acorrentado a eles por fios de prata e lágrimas.

Uma das funções dos *mashiyrra* era trazer o equilíbrio àquelas almas e impedir que se corrompessem. Fazê-los se conscientizarem do que se tornaram e da senda a trilhar. Alguns eram rápidos, uns demoravam horas, dias, até anos para abandonarem o local de seu falecimento.

A maioria das almas começava a se desfazer como fachos de luz ou poeira brilhante. Só a presença de Sehn já era o suficiente para apaziguá-los. Isso o deixou feliz, não queria mortes dentro das mortes. Algumas almas olhavam afoitas ou traziam lágrimas aos olhos. Poucas o ignoravam. Aceitar era a maneira mais fácil de retornar.

Uma moça loira fitou-o, desapareceu. Um menino gordinho sorriu em sua direção, desfez-se. As gêmeas ruivas na rua acenaram-lhe e, quando olhou novamente, elas não estavam mais lá.

Seu olhar passou pelas casas e pessoas abandonadas, vistoriando cada uma e tendo certeza de que estavam fazendo a Travessia tranquilamente. Viu uma menininha agarrada à mãe desaparecer, um velho de cabelos cinzentos se romper no ar e um homenzarrão se curvar sobre uma garrafa de bebida, tentando agarrá-la. Quando achou que estava abrindo o recipiente, sumiu e o vidro se quebrou na terra.

Em breve estariam todos descansando, esquecidos de seus crimes e pecados, prontos a se tornarem novas almas. A cidade ficou silenciosa. Coberta pela neve e pelos corpos. Sehn podia ir embora, continuou na avenida principal até que um ruído lhe chamou a atenção. Faltava alguém.

– Bom dia, *mashiyrra.* Que Shoah te abençoe – cumprimentou o fantasma de um cocheiro. Atrás dele, a escadaria da estação estava coberta de entulho. O relógio que marcava o horário dos trens continuava a andar, alheio à ausência de passageiros.

Sehn estranhou, geralmente as almas não vinham ter com ele. Bastava a presença de um *mashiyrra* para apaziguar-lhes a morte. Mas era fortuito, ele precisava das informações que aquele ser guardava. Uma dica sobre Edgar faria toda a diferença agora. Concentrou-se, impedindo que sua alma apaziguasse aquela.

– Bom dia, cocheiro – cumprimentou de volta.

Viu através dele dois cavalos metálicos. O da esquerda estava desligado, o da direita ainda revolvia a terra. Não esboçou reação alguma, erguia para si uma redoma ausente de sentimentos. Qualquer emoção podia criar um vínculo entre os dois, obrigando o vivo a aceitar a presença do morto.

O cocheiro lhe lançou um olhar sombrio.

– O que nossa cidade pode oferecer ao senhor? A gente tem menos que nada.

– Procuro um homem.

– Geralmente procuram mulher – brincou o cocheiro. A sisudez do rapaz o fez desistir, olhou para o céu constrangido com a própria idiotice. – Tem poucos homens por estas bandas, a maioria viaja pras cidades e volta uma vez por ano.

– Procuro um homem específico. Cujas mãos tocaram um Titã.

O senhor dos cavalos apertou o chapéu entre os dedos, temeroso.

– O senhor não devia falar assim. Homens que tocam um Titã são fortes demais. –Pensando nos últimos dias, o cocheiro deu um suspiro alto. Por fim, disse o que era necessário:

– Um homem esteve aqui e subiu as montanhas.

Pela primeira vez o andarilho se deixou levar pelas emoções e avançou dois passos em direção ao condutor.

– Um homem de cabelos amarelos…

– E olhos de jade... Tesla – murmurou Sehn. Suspenso pela ira, não prestava mais atenção às palavras do fantasma, nem notara o fio de prata fechando-se sobre seu calcanhar.

– Foi ele quem matou Tosten – completou o fantasma do cocheiro, morto há um dia.

Era tarde, Sehn tomara a senda para as montanhas, deixando para trás a cidade dos mortos. Tosten era uma lembrança. Não havia estação, cocheiros ou cavalos. Só morte e flocos de neve.

– Oi – a vozinha arrebentou a solidão com um murro certeiro. Sehn deu um salto e se virou. À sua frente estava uma menina de cabelos pretos e curtos, olhos violeta e um vestidinho verde-esperança. – Não consigo ir embora.

Por um momento, ele procurou na memória um instante em que se emocionou durante a passagem por Tosten. Com muito custo lembrou-se do cocheiro e da informação sobre Crow. Arrependeu-se. Naquela hora a menina devia ter sentido a raiva invadir-lhe o coração e se agarrara aos seus sentimentos.

– Eu sei – disse, quase sem emoção. Ao olhar para o calcanhar viu o cordão de prata e lágrimas que o ligava ao espírito pueril. Tinha várias escolhas agora. Todas cruéis, frias. Só uma delas daria esperança à infante.

Podia se virar e esquecer-se dela, condenando-a. Podia destruí-la com a fé, separando espírito e alma. Podia, simplesmente, aceitar sua presença.

Optou pela terceira quando se apresentou:

– Meu nome é Sehn Hadjakkis. E o seu?

– Minerva Firth. – O rostinho dela se iluminou

Continuaram pela estrada, com aquele fio brilhante prendendo-os pelos calcanhares. Olhos humanos jamais poderiam vê-lo, mãos humanas jamais poderiam tocá-lo.

Trapaça

O terreno descampado dava uma terrível sensação a Bernard. Ele não conseguia explicar exatamente qual era, mas se parecia muito com o que sentia na infância quando aprontava uma travessura e tinha certeza que os pais descobririam.

– Ele está atrasado – comentou para ninguém.

Ao seu lado a única presença era um veículo semelhante a uma asa-delta com motor e cadeira, que liberava uma nuvem fraca ao seu redor. Quando o homem falou, o ronco do motor aumentou. Bernard tinha a estranha habilidade de conversar com maquinários movidos à Névoa. Havia adquirido este dom após sofrer o acidente que acabara com seu corpo.

Segurando o relógio de bolso, não conseguia disfarçar o nervosismo. A calma no ambiente contrastava com sua pressa e inquietação.

– *Arur* desgraçado – sussurrou.

Ele se virou ao ouvir o som de asas. Espantado com a visão, deixou cair o relógio, que ficou pendurado pela corrente em seu sobretudo.

Edgar pousou lentamente, bateu as asas e as fechou sobre o corpo, como se fossem um manto. Bernard tateou o corpo, em busca do relógio. Viu mais alguém no descampado, olhando-os de longe. Tesla acenou para ele, gentilmente.

– Depois de todos estes anos, nós finalmente nos aliamos, Bernard Firth? – disse Edgar, chamando sua atenção.

– Isso só prova o quanto meu pai estava certo, Edgar. Vocês, *bnei shoah,* são inconstantes. Confiar nossa proteção a vocês é loucura e o Império precisa entender. Meu pai matou muita gente para defender o que acreditava, mas foi enforcado por isso.

– Eu sei. Meu pai abriu o cadafalso.

– Quantos soldados você irá trazer? – ainda tinha dúvidas quanto ao golpe de estado. Olhou por cima da asa esquerda do *arur*, Tesla desaparecera.

– Quatro – respondeu Edgar.

– Como assim? Tesla disse que você traria um exército indestrutível. – exaltou Bernard. Sentindo-se um idiota por acreditar naqueles dois, sacou uma pistola do casaco. – Você vai nos matar. Nordara é a nação mais poderosa atualmente!

Ele avançou em direção a Edgar. A arma ainda não engatilhada, o medo estampado na face. Com um gesto firme Edgar segurou a mão de Bernard

– Venha comigo.

Puxou-o e subiu com ele até poderem ver o descampado inteiro. Uma enorme mancha cobria o terreno. Bernard soltou a pistola quando discerniu as escamas escuras do dragão e sua cauda. Tremia mais ainda, já que Edgar o levava até a criatura.

– Eu não quero destruir o Império, não quero controlar seu mundo. Estas coisas não me interessam. Vocês podem fazer o que quiserem com Nordara. Só quero uma coisa...

– O quê? – Bernard tartamudeou.

– Minha alma. Quero minha alma de volta – pousaram em frente a *Tehom*. O dragão virou a cabeça em direção a Bernard e farejou.

– *O humano fede a medo* – disse a criatura, em suas mentes.

– Verdade, mas é a única coisa que você tem agora, *Tehom*. Depois de dominá-lo, teremos um exército e libertaremos Desdalain. Faça a transformação.

Bernard recuou para fugir, mas Tesla surgiu atrás dele e o fez tropeçar de modo ridículo. O homem rastejou e sentiu a pata do dragão puxando-o pelo pé.

– Me ajude! – gritou. A asa-delta motorizada voou em direção a eles, mas *Tehom* deu-lhe um tapa e ela caiu como uma mosca.

– *Como você faz isso?* – aproximando Bernard do focinho. *Tehom* apertou seu calcanhar. O homem gritou, tentando se soltar. O dragão o chacoalhou.

– Morra, criatura desgraçada! Morram todos vocês, traidores miseráveis! Eu quero o fim da *Kabalah*, mas nunca o retorno destes monstros.

Bernard cuspiu em *Tehom*. O Titã o ergueu mais ainda e o soltou dentro da boca, engolindo o soldado sem mastigá-lo. Edgar e Tesla ouviram os gritos enquanto ele afundava goela abaixo da criatura.

– *Não me façam perder tempo, bnei shoah. Mesmo sendo o Messias, você não conseguirá libertar meus irmãos sozinho.*

– Eu não pretendo. É por isso que você está aqui, Dragão. Para me ajudar a libertar Desdalain e seus irmãos. Mas só Bernard poderá fazer isso – respondeu Edgar.

Tehom assentiu e bateu as asas. A Névoa apareceu e se adensou até o corpanzil desaparecer. Edgar e Tesla se afastaram; o dragão rugiu e a Névoa se desfez, um novo Bernard estava no lugar do Titã.

– *Se apenas Bernard poderá salvar meus irmãos, que eu seja Bernard* – disse ele.

Apontou para os destroços da asa-delta, ela se reconstruiu e o motor voltou a roncar.

– *Conte-me o plano, Messias.*

– Na manhã da festa de aniversário da cidade. Abra a janela e a porta do quarto do Barão. O resto deixe conosco.

– *E os guardas?*

– Eles serão o menor dos problemas, *Tehom*. Se eu tiver acesso ao Templo de Shoah, posso exterminar o Barão e convocar Os Legisladores a me ajudarem. Nossos aliados só precisam se lembrar quem são e, mesmo que não venham, eu já estarei no Templo, em frente a Desdalain com você ao meu lado. Nada dará errado.

– *Como pode ter tanta certeza?*

– Eu vi.

Reflexos

O galpão cheirava a mofo e tinha caixas empilhadas em uma parede. As janelas estavam lacradas por tábuas, o portão atravessado por correntes e não havia mais saídas. Seu teto era esburacado e um ninho de *órix*, pássaros de ferro, repousava entre duas vigas. O pó era uma constante, assim como um pingar de água em um lugar impossível de se ver.

O soldado acordou com um jato de água batendo em seu rosto e murros fortes em sua orelha. Imediatamente percebeu que estava nu e amarrado a uma cadeira.

– Socorro! – gritou, se balançando. Alguém o segurou.

– Eu vou fazer algumas perguntas. – A voz era fria, baixa e abafada.

– Vou te pegar, seu babaca. Acabo com a tua raça! – gritou o soldado, sem convicção alguma. Sabia que estava vivo pela bondade do inimigo. Perguntava-se como fora parar ali e quem era o estranho, mas a bebedeira exterminara suas memórias.

– Onde está Albert Barrow? – perguntou outra voz. Tinha quase as mesmas características da primeira, entretanto era mais grave.

– Me solta e eu te mato!

– É por isso que não vou te soltar – respondeu a primeira voz. O soldado viu alguma coisa passando pelo canto do olho. Tremeu, parecia muito grande.

– Onde está Albert Barrow? – a primeira voz perguntou de novo, recebeu um tapa.

O prisioneiro desistiu, abaixou a cabeça e começou a espernear. A cadeira balançou mais ainda, mas desta vez o estranho não a segurou. Quando bateu no chão, o soldado deu um grito de dor.

– Desculpa, cara. Não sei se ele tá te devendo uma grana. Só saio com ele de vez em quando. A gente apronta umas merdas para dar risada e depois volta para a base – a cabeça chacoalhava, os olhos embaçados, cada músculo reclamando da dor lancinante que crescia mais e mais.

– Dar risada? – o sequestrador se aproximou, parou ao lado do prisioneiro. O soldado mexeu a cabeça e viu uma sombra enorme. Pensou conseguir discerni-la, mas ela se moveu rapidamente. Outra sombra apareceu diante de seus olhos, o soldado deu um grito e tentou chutar, mas não conseguiu.

– Você vai ver quando a gente pegar você! – gritou o prisioneiro, tentando intimidar de novo.

Luzes se acenderam e ele finalmente pôde ver quem eram seus captores. Formas escuras em mantos longos com furos para os braços. Seguravam adagas e estavam ao lado de barris de onde saía Névoa. De vez em quando elas mergulhavam as lâminas nos barris e passavam nos próprios dedos. O mais aterrorizante, entretanto, eram as máscaras de vidro escuro que vestiam.

– *Nookam*! – gritou o soldado. – Juízes da *Kabalah?* Mas eu não cometi nenhum crime, por favor, me deixem ir!

– Nós queremos o tenente Albert Barrow, queremos a vida dele em troca da sua, soldado. Onde ele está? – perguntaram os dois ao mesmo tempo.

– Eu não sei... por favor... – o soldado abaixou a cabeça e chorou. Os dois fantasmas se olharam, um deu de ombros, o outro fez um sinal para que continuassem.

– Você sabe quais foram seus crimes, não sabe? – perguntou o fantasma da esquerda, o soldado percebeu que era o dono da voz baixa e assustadora.

– Não, eu não sei. Juro! – continuou o soldado. Ao ver a sombra se aproximar mais ainda, remexeu-se na cadeira. O inimigo se abaixou à sua frente, a faca estava com uma camada de Névoa por cima da lâmina e o pobre homem conseguiu ver o reflexo na máscara de vidro.

– A Névoa, quando em contato com nossas armas, causa muito mais dor à vítima, além de deformidades em seu corpo. Diga-nos onde está Albert e sua pena será mais branda. – advertiu a voz sussurrante.

– Eu juro que não sei – o soldado continuou choramingando.

– Nós o declaramos culpado e seu crime é a castração! – gritou a sombra. O homem se debateu quando o outro adversário o agarrou e abriu suas pernas. Dando um gritinho afeminado, ele desmaiou.

– Ah, porcaria! – exclamou Lukas, pondo-se de pé e tirando a máscara.

– Eu falei para você pegar leve, Lukas! Ele se mijou! – falou Maya, com nojo.

– O que a gente faz agora? Quer matá-lo? – Lukas se abaixou e cortou as amarras, virou o homem com cuidado para que ele não ficasse com a cara no chão.

– Eu não sou uma assassina – ela murmurou. – Naquele dia, na ponte, eu matei por que a voz mandou e por que estávamos em perigo. Mas nunca mais quero fazer isso de novo.

– Desculpa, Maya. Eu não queria te fazer se lembrar disso. Principalmente porque foi por culpa minha. – Lukas abraçou a irmã e os dois ficaram olhando para o corpo do soldado.

– O que a gente faz com esse cara? – ele perguntou de novo.

– Ora, vamos revelar o Império – Maya sorriu e começou erguer o soldado. Lukas, desconfiando, ajudou-a.

– Não entendi o que você quer fazer.

– Me ajude a levá-lo para fora – continuou Maya. – Olha Lukas, você sempre reclamou que os soldados convencionais e o Império não fazem nada pelos *ggoyim*, certo?

– Certo, mas o que isso tem a ver?

– Ué, vamos mostrar ao povo o tamanho desta corrupção.

Lukas abriu um sorriso enorme. Ajudou a irmã a arrastar o soldado para a rua e amarrá-lo a um poste. Depois ficaram do outro lado aguardando que ele despertasse.

Conforme o dia clareava e as pessoas começavam a passar por perto, o soldado foi ganhando consciência. Espantado, olhou ao redor procurando saber onde estava. Quando o vento frio bateu em seus fundilhos ele automaticamente levou as mãos à nudez.

E todo mundo viu o tamanho da corrupção do Império.

Uma fina garoa cobria a cidade. Era oito da noite de *yom-shishi*, o último dia da semana. Geralmente os bares estariam apinhados de jovens, e as caixas de som reverberariam música alta nas pistas de dança. Mas a baixa temperatura desencorajava qualquer boêmio a enfrentá-la e um clima lúgubre oprimia os cidadãos desde o ataque a Tosten. As notícias eram recentes e obscuras, mas a milícia fora colocada em alerta para eventuais ocorrências.

Fora declarado toque de recolher em todo o Quinto Império. As montanhas de Hellyah, onde se estimava que Edgar e Tesla se escondiam, estavam sitiadas. As cidades contratavam mercenários para ajudar na proteção. Em todas as ruas e esquinas a milícia montava postos de guarda. Uma aura de repressão pairava sobre o Império, misturada à paranoia e ao medo, tornava as pessoas violentas, aumentando ainda mais a onda de crimes. Então, o Império era obrigado a aumentar a vigilância, trazendo mais soldados e mais controle, abusando de seu poder, num ciclo interminável de manifestações e intervenções. Se a situação não fosse resolvida logo era perigoso principiar a primeira guerra civil de Nordara.

Um aeronavio pouco menor que o Beatrix passou pela garoa em baixa velocidade. Velas negras, só uma pá traseira, não produzia tanto barulho quanto o famoso barcalma de Dante. Porém, era mais lerdo e menos resistente, contava com menos canhões e saídas laterais. Em sua proa, quase acima da carranca, Bernard soltava a cabeleira branca e erguia o rosto, recebendo os delicados pingos da garoa.

– *Finalmente eu voltei*... – sussurrava. O falso comandante mexia a boca, dialogando com alguém que não estava ali. Os demais soldados o olhavam, espantados. Há tempos o comandante dava sinais de loucura. *Tehom,* no corpo do humano, não se importava nem um pouco com os comentários alheios.

– *Em breve você estará livre. Então, levará a morte a estes seres de carne. Mostre a eles o poder de nosso sangue e faça-os se arrependerem de sua liberdade.* – Ainda com a cabeça para cima, Bernard fechou uma das mãos sobre o relógio quebrado que sempre carregava no bolso do sobretudo.

Vendo a cidade se aproximando, afastou os pensamentos. Viu o porto de Latig, uma estrutura metálica e cilíndrica onde os aeronavios ficavam estacionados. Na parte de baixo, vários bondes e carros próximos à praça principal. O porto estava vazio quando o aeronavio de Bernard chegou.

O capitão militar se aproximou do comandante e bateu continência antes de falar:

– Senhor, os homens estão nervosos. Tem certeza que vamos prosseguir? – Sardeck permaneceu imóvel como uma estátua, apesar do tempo frio. O capitão usava o uniforme comum do Império, mas em seu peito estava uma corrente de prata com uma serpente enrolada em si mesma. Seus subordinados usavam o mesmo símbolo em partes diferentes da vestimenta, como dragonas, anéis ou cintos.

Bernard, ainda fitando o porto com seu olho humano, mas deixando o olho metálico rodando caoticamente, respondeu: – *O Messias Sombrio assim decidiu, Legislador.*

Há algum tempo Bernard vinha agindo diferente. Estava mais ereto, calmo. Sardeck achou melhor não falar nada sobre isso, continuou parado para responder:

– Como desejar. – Então girou nos calcanhares e passou as ordens para os demais.

O aeronavio ficou circundando o porto. Bernard sinalizou para a tripulação, Sardeck correu até o centro do convés, onde havia uma série de alavancas altas, e ficou a postos.

– Quando ordenar, milorde! – falou pegando nelas.

Bernard ergueu a mão esquerda com os dedos abertos. A cada volta que o aeronavio dava no porto, abaixava um dos dedos. Várias pessoas começaram a se aproximar para ver o que os militares estavam fazendo. Curiosas, apontavam para a semiabertura no casco. Na quinta volta Bernard abaixou o dedo mindinho e ordenou de uma vez:

– *Liberem a carga.*

Da semiabertura surgiu uma grande caixa metálica. Tinha quatro metros de altura e seis de comprimento. Presa por cabos reforçados, foi baixada até o chão. Assim que o objeto estabilizou, Sardeck puxou as alavancas em sequência da direita para esquerda, soltando os cabos um a um. Porém, o da tampa continuou.

O povo foi chegando perto, perguntando-se o que estava acontecendo. Uns tocaram no objeto, outros enfiaram o dedo nas pequenas frestas das paredes. Um homem afastou-se depressa, reclamando.

– Alguma coisa me mordeu! – Seus dedos sangravam.

– *Acabem com isso, Legisladores* – sentenciou Bernard. Virando as costas para a cena e andando pelo convés até o timão.

Sardeck abaixou a última alavanca, a corda restante deu um tranco e puxou a tampa da caixa, permitindo que as paredes caíssem. Enquanto isso os soldados no aeronavio colocavam seus capacetes e abaixavam as viseiras negras sob os rostos.

Um guincho estridente explodiu da cidade, acompanhado do berro de pavor dos cidadãos. Bernard não se dignou a olhar, mas seus sentidos captaram os passos acelerados e os tombos na lama daqueles que desejavam fugir da ameaça. Triunfante, apenas disse:

– Do pó viestes...

O Som da fúria

Depois de dois anos servindo ao Quinto Império, Sehn Hadjakkis voltava para casa por uma senda humilde que cortava a floresta em direção à estrada principal.

A noite chegava fria e escura. Uma camada de névoa cobria a estrada e a umidade do sereno esfriava as centenas de pedras espalhadas pelo campo, fazendo-as brilhar. O caminho era tranquilo. Sehn explicava a menina os conceitos da *Kabalah* e das *Sephiroth*, como seus professores tinham feito com ele no Cenóbio de *Ahator*. Era engraçado, sempre sonhara em ter aquela conversa com um filho, nunca com uma alma que o seguia de volta para casa.

Era bom passar o tempo com alguém que pudesse chamar de amigo. Sentia falta dos companheiros. Engraçado como, depois de cinco anos numa batalha que não era sua, sacrificando parte de sua vida e juventude, não tinha nada. Herdara um braço dracônico e uma espadasserra. Além do sangue dos pais a conspurcar-lhe o espírito e uma alma de criança seguindo-o por aí, como se fosse algum amigo querido.

Não que não gostasse de Minerva, muito pelo contrário. Amava-a como a uma filha. Na verdade, amava-a porque partilhava sua vida com ela.

Finalmente chegara à estrada principal. Estava no fim do dia e os últimos raios alaranjados do sol eram atravessados por pequenas ondas azuis da noite.

Prestando atenção a duas placas em especial, leu os caminhos indicados nas placas da bifurcação até encontrar o que queria: Latig.

– Tá chegando? – perguntou Minerva ainda procurando Desdalain nas placas.

– Nós vamos para cá encontrar uns amigos e iremos de aeronavio pra Desdalain.

– Aeronavio? – ela se espantou. – Nossa, uma cidade pequena dessas tem porto?

– Tem sim.

Minerva, estarrecida com a calma do companheiro, pegou o fio de prata nas mãos e ficou medindo até onde ele ia. Sehn desaparecera na estrada quando a menina resolveu correr em sua direção. O fio não terminara.

– Credo, não dá pra fugir né? – comentou ao emparelhar com Sehn.

– Não – ele pegou o fio entre os dedos. – Estamos ligados até o fim. Meu ou seu.

O fio de prata e lágrimas os seguiria por toda eternidade. Ou até quando Sehn conseguisse apaziguar a alma da menina.

– Quanto tempo até essa cidade aí?

– Um dia de viagem.

– Ainda bem, tô cansada.

– Quê? Cansada?

– Brincadeira – ela agarrou o braço dracônico do amigo. Pôde sentir o pinicar dos espinhos e das escamas negras. O ombro era protegido por espinhos também, um pouco maiores e mais pontudos; ela olhou para as falanges proximais, afiadas como navalhas, e ficou imaginando como seria levar um soco daquela mão. Pousando os olhos sobre as garras dos três dedos, nem quis imaginar o que elas seriam capazes de fazer.

– Melhor acharmos um lugar pra dormir por aqui. Vai anoitecer e não podemos atravessar a floresta a noite.

– Por quê?

– É péssimo, não dá para ver nada. Vamos nos cansar à toa e podemos nos perder. – Sehn foi até a beira da estrada e se apoiou numa árvore. Minerva sentou-se ao seu lado.

– Sehn, qual era o nome da sua *sheyvet?*

– A Canção do Silêncio. Meu pai escolheu o nome baseando-se em dois conceitos. O silêncio pelos amigos que se foram e a litania entoada nos templos. Os nomes das *sheyvet* sempre possuem significado.

– Seu pai era o *sepher* né?

– Era. O *sepher* cria a *sheyvet*, escolhe o símbolo, a *Netzach*, os membros, quem vai treinar quem. Ele é mais que um líder, é quase um pai. No meu caso, era mesmo.

– Não queria te magoar, desculpa.

– Tudo bem, Minerva. É bom falar disso, me ajuda a lembrar dos momentos felizes que tivemos.

– Depois que meu pai morreu, mantive o nome da *sheyvet* em homenagem a ele e minha mãe.

– Você não se cansa dessa vida?

Sehn acariciou o cabelo de Minerva.

– Preciso dormir um pouco, estou cansado – ele se virou, a menina ficou sem resposta.

Imóvel como uma estátua, Sehn aguardava a presa atravessar seu caminho. Seu coração batia mais devagar, os olhos não piscavam, os pulmões anulavam a subida e descida da respiração. Sentiu o cheiro do cervo, a umidade das folhas, o perfume das flores e o forte gosto da terra. Os olhos captaram a luz como se ela fosse líquida. Até a alma estava imóvel.

Aguardando.

Ao percebê-lo, a caça não conseguiu fugir. Sehn caiu sobre ela e golpeou seu pescoço, matando-a sem dor. O corpo do animal tombou e ele fez um minuto de silêncio em sua honra.

Voltando para a impressionada Minerva, se sentou e preparou o jantar. Não era difícil caçar usando os sentidos aguçados de seu lado *arur* e o apoio dos sentidos fantasmagóricos da menina. Sehn descobriu que podia fazer com que ela se afastasse e ele pudesse sentir tudo ao seu redor por meio de sua ligação. Só precisava manter o controle do dragão adormecido dentro de sua alma e não pular em cima da presa como um selvagem.

Achou que não ia conseguir, afinal, perdera totalmente o controle e caíra sobre o bicho como se fosse, de fato, um dragão negro. Nem chegara a pensar naquilo, tentava lutar, mas às vezes um lado seu predominava. Não era a primeira vez que isso acontecia e não seria a última.

Depois de comer, seguiram pela estrada. Latig não estava longe. Precisaram de poucas horas para avistá-la no fundo do vale. Minerva sorriu.

– Seu aeronavio é bonito? Meu irmão tinha um bem grande, a gente andou nele duas vezes.

– Seu irmão é do exército? – perguntou Sehn.

– É. Ele me levou uma vez para viajar. Mas Bernard não é meu irmão inteiro – Minerva continuou bisbilhotando o vale.

– Como assim?

– É só por parte de mãe, o pai dele morreu cedo, em Desdalain. Nossa mãe casou de novo e eu nasci. Cadê o porto? – Tinham chegado aos portões da cidade.

Sehn apontou com o nariz, despreocupado. A prepotência da guria o divertia da mesma forma que sua coragem divertia seus mestres no Cenóbio. Ela se virou e olhou de novo para Latig. A cidade era cercada por uma muralha de pedras baixas; as casas eram mais ricas que em Tosten e ela não tinha estação de trem. Todavia, uma construção chamava a atenção dos transeuntes, mesmo daquela distância onde estavam.

Uma alta torre de ferro brotava de seu centro, onde as ruas se encontravam. No topo dela, diversas plataformas criavam uma espécie de atracadouro com centenas de cabos e ganchos. Teleféricos levados por cabos de aço saíam de uma sala no meio da torre e seguiam até estações nas ruas, onde bondes aguardariam por eles. A construção era sustentada por uma teia de vigas metálicas muito bem presas.

Minerva ficou uns segundos apreciando a torre. Seu vestidinho verde não se movia com o vento e o cabelo não ondulava.

– Que lindo.

– Vem – ordenou Sehn.

No meio do pórtico da cidade havia uma pedra. Um objeto disforme, carrancudo, que atrapalhava a passagem e rolara, sabe-se lá como, para o meio da entrada de Latig.

Sehn passou pela fissura do lado direito e entrou. Minerva atravessou a pedra como se ela não existisse.

– Que legal. Será que consigo passar por você? – comentou sobre a proeza.

– Nem brinca – ele olhou ao redor. Latig estava coberta por uma névoa espessa, tão grossa que parecia uma parede de leite flutuando entre as casas. Ele enxergava vultos parados no meio da rua e veículos estacionados, com pessoas dentro. – Meus amigos já devem estar chegando.

Ele olhou de novo. Centenas de pedras estavam espalhadas pelas ruas, formando um macabro museu nevoento. A mesma sensação de perigo que lhe invadira o corpo em Tosten ameaçava-o agora. Um frio sobrenatural, impreciso, que lhe avisava do perigo e deixava todos seus sentidos atentos.

O braço latejou, indicando que o dragão negro procurava se libertar. Sehn precisava de seus sentidos aguçados para caminhar melhor pela cidade. No momento, o lado *mashiyrra* devia aguardar.

Por fazer parte de duas *Sephiroth*, Sehn era obrigado a controlá-las como coisas separadas. Ainda não aprendera, como seu pai, a ser um Escolhido-Amaldiçoado. Aleantrus conseguia usar as habilidades dracônicas em equilíbrio com a Fé, isso o tornara famoso entre os seus.

As dificuldades em controlar aquele dragão negro eram maiores para ele porque aquilo não fazia parte de sua alma desde a criação. Respirou fundo, trazendo à memória seu treinamento. Ia ter que fazer uma escolha e controlar um de seus lados. Porém, qual devia escolher? O *mashiyrra* ou o *arur*? Será que enfrentaria um mal semelhante aquele visto em Tosten?

A sensação ruim voltou e Sehn se encaminhou para a alta torre-atracadouro. Não ouvia passos, os bondes deveriam estar cruzando as ruas e os teleféricos deviam estar passando acima de sua cabeça. Carros deviam ronronar com seus motores e carruagens deviam estalar sem cavalos. Só havia névoa, pó e vultos.

Decidido a resolver o mistério, andou até achar alguém. Cada passo seu melhorava a visão das coisas e ele percebeu uma pessoa mais à frente.

– Por favor – começou, esticando a mão para tocar no ombro dela – Como eu subo no atracadouro?

Parou antes de tocar na figura. Agora que estava próximo, viu que a pele era cinzenta e rachada. Uma estátua.

– Shoah! – seu movimento o fez passar por Minerva, aumentando o calafrio. A estátua caiu para frente e se espatifou.

– Nossa, dá pra te atravessar! – disse ela, contente com a descoberta. – Que foi?

Sehn abaixou até o corpo destroçado. Os pedaços no chão eram rochas, iguais aquelas espalhadas pelo campo e impedindo a entrada. Seu coração acelerou, um estremecimento tomou seus membros e a mão humana soltou a pedra. Respirou fundo, vira algo naquele pedaço cinzento, algo profano, que lhe faria ter pesadelos. Primeiro não quis acreditar, depois resolveu verificar para não ser enganado pelo medo.

Ele correu até um vulto, dissipando um pouco da névoa. Desta vez, ao invés de tocar a estátua ele só a analisou. Para seu espanto, era uma pessoa perfeita. Ela ia em direção ao mercado, onde, na porta, quase dez estátuas como ela posavam para ninguém.

Naquele instante todas as esperanças que tinha de voltar para casa definharam. Da mesma forma que o pó sobre as ruas era banido pelo vento, a crença no futuro era banida pela visão assustadora de mais uma cidade morta em seu caminho. Respirando fundo, tentando controlar o medo, avançou.

– Como você vai fazer quando casar? Sabe, eu vou ficar te seguindo por aí – Minerva cortou seus devaneios. Não tinha percebido o horror que os cercava.

– Não tenho ideia. Espero conseguir te salvar antes do casamento.

– Ia ser engraçado – ela riu.

Sehn a acompanhou:

– Ia mesmo.

Seus passos ecoavam na alameda. Diferente de Tosten, aqui não havia espíritos e corpos. Só pedras. Retangulares, curvadas, ovais, compridas, finas, quebradas, rachadas, polidas, ocas, pesadas, leves. Todo tipo de pedra, de formas tão variadas que pareciam se encaixar num quebra-cabeça macabro que conduzia a um museu fatídico num labirinto monstruoso. A mão direita do Escolhido não abandonava o cabo da espada. Minerva estava louca por um combate, queria ver a arma desde que vira o passado do amigo.

– Ahn. E se não conseguir? – havia preocupação real na voz da menina.– Sua noiva não vai gostar de ficar levando um espírito por aí né? Eu não gostaria.

– É.

– Você sentiu? – perguntou ela, estremecendo. – O chão vibrou.

– Vem aqui, ninguém vai te machucar – abraçou-a com carinho. Deixou o *arur* dominar por completo, esquecendo-se do *mashiyrra*. Tomara sua decisão. Em Tosten o Escolhido fora mais importante, então agora era a vez do Maldito. Resolveu arriscar para encontrar o inimigo oculto. Com Minerva por perto podia usar seus sentidos espectrais para ampliar sua percepção.

Aos poucos a relação dos dois mudava. Ele não a via como um empecilho, mas como uma amiga querida. Dividiam o mesmo espírito, eram almas diferentes. Sehn, às vezes, sentia as emoções da menina e sempre sabia de que lado ela estava ou o que via.

Minerva sentia as mesmas coisas e um pouco mais. Aprendera a andar sem medo de ser vista, fazia a vigia a noite por não precisar dormir. Caçava, aproximando-se dos animais e avisando Sehn do perigo. Seu único alimento eram as emoções do amigo.

Não tinham gosto nem cheiro; Sehn não mudava por causa disso e ela não se corrompia. Era esquisito sentir as vibrações da alma de uma pessoa atravessarem a sua, alimentarem um corpo que não existia mais. Era a mesma satisfação de ver o mar, o nascer do sol ou o sorriso de uma criança. Minerva jamais saberia explicar.

Sehn não queria acreditar em Latig. Não depois da chacina em Tosten e do que sua família tinha passado. Edgar Crow não podia descer mais fundo no abismo. Ele PRECISAVA ter uma alma.

A Fênix Morta era muito pior do que se podia imaginar.

Cortando a cândida névoa, uma nuvem de poeira flutuou até Sehn. Ela rodopiou, girou, passou entre os cabelos de Minerva, roçou a orelha do Escolhido e se espalhou bem em frente aos rostos abobados dos dois, formando uma mensagem.

Os pecados dos pais recaem sobre os filhos. Tal como a pedra ressoa no lago e forma ondas na superfície, a vida ressoa na morte ecoando destinos cruzados. Sua promessa não será cumprida, Dragão, não nos encontraremos novamente. Por isso, lhe deixo um presente.

De seu amigo eterno,

E.C.

Tão rápido quanto o pensamento, o *arur* pulou para a esquerda. A premonição do ataque caiu sobre ele como um martelo de ferreiro. Batendo em seu coração e alertando-o para a criatura que rastejava todo esse tempo nas brumas de Latig.

O inimigo caiu sobre Minerva, que deu um grito de susto. O medo era tanto, apesar de seu estado invulnerável, que ela não conseguiu se mexer. A coisa que a atacara rugiu, mas o som foi suprimido por outro rugido, muito mais alto.

A névoa se dissipou onde Sehn estava. Ele era um vulto entre as estátuas, uma criatura perigosa e pronta para matar. Se o inimigo fosse terrível, ele seria pior ainda. Vê-lo fazia Minerva entender por que ele era o *sepher* da Canção do Silêncio: inspirava Coragem e Fé.

A mão esquerda, coberta de escamas, abria e fechava lentamente. A mão direita segurava a espada: era dela que vinha o rugido poderoso. A lâmina era uma serra giratória movida a *Nepl*.

O inimigo não era menos impressionante. Um corpanzil ofídico de placas soldadas arrastava-se no chão. Do tronco para cima ela tinha o corpo de uma mulher com pele verde escura. A cabeça estava coberta por fios de cobre que serpenteavam como se tivessem vida. Seus olhos eram bolas ocas de vidro.

– Medusa – sussurrou Sehn. Não havia preocupação agora que ele sabia o que enfrentava. Era sempre assim com os monstros, eram temidos até o momento em que se revelavam aos homens. Eles se aproveitavam do medo do desconhecido para se tornarem mais fortes e usavam os preconceitos e lendas para vencerem antes de começar o embate.

A criatura deu um golpe com a cauda que pegou Sehn de surpresa. Ele bateu contra um bonde e as estátuas lá dentro caíram, se partindo numa cacofonia tenebrosa. Em seguida, ela deu mais um golpe na rua, provocando uma onda de destruição.

Um atracadouro se soltou, as cordas em cima dele rolaram para baixo, transformando a torre numa imensa samambaia de ferro. O teleférico despencou numa curva vertiginosa e arrebentou a parede ao lado de Sehn. Por questão de alguns metros ele não foi atingido. Uma densa nuvem de pó se levantou e a medusa aproveitou para rastejar até sua vítima.

– Vocês são a poeira de um mundo esquecido! – ela berrou na

cara do rapaz. Os dedos humanos de Sehn arderam e petrificaram. Ele quase soltou a espada.

Socos voavam para todo lado, atingindo rostos e reverberando na cidade. Sehn tentou esmurrar de novo, mas a algoz deu um golpe de cauda e o bateu contra o chão. Ao tentar rolar para o lado, sentiu as poderosas garras passarem em suas costas e ferirem seu corpo. Ia morrer, tinha certeza disso. Desesperado, acabou desferindo um soco a esmo, o que lhe custou outra chicotada com a cauda de ferro.

Mas Sehn não tinha opção. Era ele e o inimigo, só. Se estivesse com a *sheyvet* essa monstruosidade estaria despedaçada, eles estariam rindo e o sangue escorreria para a sarjeta. Entretanto, sem ninguém ao seu lado, o seu sangue é que seria engolido.

Enganara-se. Podia contar com a ajuda de Minerva. Concentrouse e olhou a cena da luta a partir da alma da menina. Era difícil, mas conseguiu se controlar de longe como se fosse um boneco.

A batalha ainda estava desigual. Os golpes do monstro rachavam as pedras, os golpes de Sehn mal a feriam. A mão humana, começando a empedrar, ameaçava soltar a arma.

A medusa jogou a cauda em suas pernas e o derrubou. Deitandose sobre o rapaz, ela gritou. Sehn fez algo que julgava impossível, projetou a alma para fora do corpo. Não aprendera todas as técnicas dos *mashiyrra,* mas sabia que sua mãe era capaz de fazer isso de vez em quando. Supôs que conseguiria imitá-la, instintivamente. Estava certo. Viu o corpo abandonado e o inimigo ainda gritando. Quando ela parou, ele voltou.

Levou a mão direita ao ouvido e sentiu os dedos formigarem. Do pulso até os dedos sobrara apenas pedra. Sehn berrou de dor. Teria o mesmo destino daquele povo; ficaria preso nas rochas nefandas do adversário. A camada de pedra se ampliou mais ainda, chegando rapidamente ao seu cotovelo.

– Últimas palavras, humano? – berrou a medusa na sua cara de novo. – Seu corpo será devorado! – ela avançou novamente.

Sehn não ia decepcionar Minerva, nem seus pais, nem Maya. Mas, acima destes três elementos importantes de sua vida, Sehn não queria decepcionar Edgar. Foi por ele, seu irmão e amigo, que o Amaldiçoado forçou o corpo ao limite.

Mergulhou novamente dentro de si, ignorando completamente

o rastejar da inimiga. Era agora que o dragão rugiria. Soltou a espadasserra, que girou perigosamente rente a seu braço.

A medusa rodou sobre o corpo e desceu a cauda com tanta força que Sehn afundou nos paralelepípedos.

– Nenhum humano pode enfrentar a ira dos Arautos de *Tehom*!

Imitando uma serpente, ela o prendeu num abraço espiralado, envolvendo seu corpo com a cauda metálica. Sehn gritou ao sentir as placas de aço queimarem sua pele. A espada rodopiou perigosamente perto de seu pé.

Agora ou nunca. O *arur* rugiu dentro dele e ele rugiu em resposta. O som reverberou pelos muros da cidade e fez as pedras-mortas rolarem. Reunindo toda a fúria do dragão negro que habitava seu corpo ele abriu os braços num movimento poderoso e forte. A Medusa gritou quando sua cauda partiu em duas e espalhou óleo pelas ruas.

– Diga a Crow que vou buscá-lo. Nós somos mais que poeira – decretou Sehn, com os olhos totalmente negros sem diferença entre pupila e íris. Ele agarrou o braço esquerdo da medusa com a mão dracônica e a arremessou longe. A criatura bateu contra um carro, Sehn puxou a espada-arco e bateu a lâmina contra seu braço dracônico. Exatamente como o instrumento faria, a lâmina começou a vibrar. Sehn ficou em posição de batalha esperando a Medusa.

– Nós somos pó, cinzas, fogo e morte. Matamos seus criadores e vamos matar vocês. –Não havia emoção no rosto de Sehn, nem humanidade ou piedade. Só trevas. Só o dragão.

A Medusa avançou serpenteando, os olhos irradiaram uma luz cinzenta e ela deu o bote. Com um rápido e certeiro golpe, Sehn arrancou sua cabeça, que rolou no chão até os pés de uma estátua. Entretanto, sentiu que aquele último ataque da criatura surtira efeito.

Sehn cambaleou e deixou a arma cair. A espadasserra tinha desligado sozinha e Minerva se aproximava, ainda com medo.

– Ela conseguiu. O feitiço da pedra vai tomar meu corpo aos poucos. Se eles não chegarem logo, só encontrarão minha estátua – cansado de tanta luta, ele sentou onde estava. Chutou o corpo da medusa para longe e suspirou. Começava a esfriar. Ele recolheu o manto preto e se cobriu. De longe, parecia um monturo no meio da rua.

Olhou para o céu, ia chover. As promessas vieram novamente, insistindo para que ele não desistisse. A pele se tornou mais cinzenta ainda, indicando que a maldição da medusa não cessara. Ele fechou os olhos e se arrumou, queria se mexer o menos possível para não morrer antes dos amigos chegarem.

– Talvez eu consiga reverter a maldição usando a Fé.

Começou a rezar baixinho. Aquilo tranquilizou Minerva. A voz dele parecia ambrosia sonora. Um calor gostoso, plácido, tomou o ambiente. Ela viu uma estranha energia correndo no chão e penetrando o corpo do amigo.

A menina se sentou e apoiou a cabeça em seu ombro.

– Você não vai morrer, eu não vou deixar – o fluxo de energia ficou mais forte com a aproximação dela. Sehn beijou sua cabeça e continuou a litania. Minerva o acompanhou, rezando para ajudá-lo.

Sehn enfiou a mão dracônica na camisa e puxou o dragão prateado com asas douradas. O peso de um juramento não era tão intenso quanto dos sonhos. Seu braço era pedra. O coração era gelo. Sehn Hadjakkis se sentiu abandonado de novo. O abraço cálido de Minerva expurgou este sentimento. Graças a Crow nunca mais ficaria sozinho. Nunca mais.

O Barão de Shoah

As sombrias bateram com força, levando Edgar entre as montanhas e provocando um forte contraste nos cumes brancos de Hellyah. O farfalhar provocado por elas quebrava o silêncio instaurado pela natureza.

Seu lado *arur* harmonizava o corpo ágil e misturava-se ao mundo como se fizesse parte dele. Agora que sabia a extensão de seus poderes podia fazer o que quisesse. Era o Messias Sombrio, a criatura feita das partes de Namid. Precisava encontrar os outros. Matá-los para se tornar o único.

Seu lado *nabiyim* cuidava disso. Edgar previra todas as possibilidades de seu plano dar errado e estudara maneiras diferentes de concretizá-lo com eficiência. Não haveria dia melhor que aquele. O Quinto Império finalmente estava relaxado, haveria uma festa pela fundação de Desdalain, a Guarda Imperial não estaria nas proximidades e os soldados convencionais seriam removidos de perto de sua vítima por Bernard. Edgar voava para matar Ferdinand Leikís, o Barão de Desdalain e Marechal do exército *ggoyim*.

Atravessou o céu até chegar à cidade. Notou diversos aeronavios abaixo de onde estava, mergulhou nas nuvens e usou seu dom de prever o futuro para esquivar de possíveis adversários. Não podia ser visto, avançava e recuava, pairava acima deles e deixava que passassem. Edgar calculara o ponto exato onde devia ficar e respirou fundo. Apesar de estar no controle da situação o nervosismo atrapalhava. Se *Tehom* não conseguisse abrir a porta e a janela do quarto, Edgar morreria dali a alguns instantes.

Tirou a espada da bainha e a soltou. A arma foi engolida pelas nuvens e desceu, passou entre dois aeronavios e não pôde ser vista pelos soldados que faziam a ronda. Fogos de artifício explodiram próximos aos cascos das embarcações. Os soldados prestaram atenção neles e não viram o mergulho que Edgar deu em seguida.

Com as asas fechadas sobre o corpo, o invasor mergulhou em alta velocidade e se misturou à bagunça aérea. Podia ver os sessenta e nove obeliscos do Templo de Desdalain a alguns metros. Essa era a parte mais perigosa da invasão, pois se errasse a velocidade ou o lugar onde cairia podia atingir uma destas construções e ser feito em pedaços.

O Templo de Desdalain era uma construção circular que ficava no centro da cidade e era cercada por um alto muro de pedras. Seus sessenta e nove obeliscos haviam sido erguidos para contar a história do Império. O prédio central servia de casa ao Imperador quando este vinha à cidade para as comemorações. O prédio menor ao seu lado era a morada de Ferdinand Leikís, o Barão.

Todos os regentes de Nordara eram parentes diretos de Noah Ahsverus, o Imperador. Cada um estava ligado ao território que governava por um feitiço poderoso que mantinha os Titãs adormecidos. Enquanto suas famílias existissem, seus domínios estariam a salvo. Matando Ferdinand, Edgar libertaria Desdalain.

Edgar emparelhou com a espada e a agarrou, abriu as asas em seguida e deu a volta no prédio. Estava se encaminhando para uma de suas maiores janelas, aquela que lhe daria acesso ao quarto de Ferdinand. Uma lembrança tomou-lhe de assalto, estivera ali com os membros da *sheyvet* há três anos. Teve saudades, depois raiva.

– Chegou a hora, Namid – murmurou. Deu um rasante e fechou as asas novamente, disparou como um míssil e atravessou o quarto em alta velocidade. *Tehom* conseguira.

Como vinha muito rápido Edgar precisou de espaço para manobrar. Ele entrou no quarto pela janela e saiu pela porta, escorregando no tapete e indo parar no meio do corredor.

Sem mover um músculo, ouviu os guardas se aproximando. Soldados convencionais, inimigos fáceis de abater. Edgar esticou as asas e elas pegaram fogo, queimando a tapeçaria e os homens mais próximos. Sentiu que um golpe quase o acertou, mas já vira aquele combate em sua mente, conhecia todos os movimentos.

Jogou o corpo para trás, flechas passaram onde deveria estar. Depois, com um giro rápido, espalhou as chamas. Bateu as asas de modo que flutuasse a alguns centímetros do chão, mais flechas passaram por onde estava seu pé.

Ferdinand apareceu na porta do quarto, segurando uma espada, a barulheira do invasor o acordara, pois o homem ainda usava pijama.

– Crow, como você chegou até aqui? – gritou ao ver o jovem de asas negras.

– Bernard se encarregou disso, Barão. Agradeça aos Titãs.

Saboreando o pavor de sua vítima, Edgar sacou a espada de obsidiana e partiu para cima dela. O Barão tentou esquivar, passou incólume por dois golpes, mas foi atingido pelo terceiro. As pernas bambearam e os olhos perderam o foco. O corredor era uma fornalha, os soldados não podiam se aproximar.

– O que é que… – tentou dizer, mas a língua ficou dormente.

Sem pensar duas vezes, Ferdinand saiu correndo em busca de ajuda para o lado oposto do corredor. Edgar não o perseguiu. Sabia o que ia acontecer, já tinha previsto. O Barão deixou um rastro de sangue atrás de si. Tesla emergiu das sombras.

– Nós conseguimos – disse Edgar ao amigo.

Era uma questão de segundos até o Barão cair, seus aliados não o ajudariam. O *bnei shoah* começou a prestar atenção aos detalhes do prédio: suas paredes eram cobertas com cortinas púrpuras de veludo, as colunas entalhadas em bronze tinham rostos em seus topos, engrenagens apareciam aqui e ali e canos expeliam *Névoa* nas salas. Em breve tudo aquilo seria pó.

Edgar fez questão de aproximar as asas das paredes, aumentando ainda mais o fogo. O brasão dos Ahsverus se desprendeu quando seus parafusos derreteram. O Templo ardia, transformando-se numa grande pira no meio da cidade. Jamais invadido ou atacado por traidores, o Templo era o símbolo da supremacia do Quinto Império. Até agora, permanecia incólume aos pecados de sua nação.

Tesla viu *Tehom* se aproximar por onde Ferdinand tinha sumido. Ainda estava na forma de Bernard, mas a pele estava acinzentada.

– Onde está o barão?

– *Lá. Não o impedi de fugir* – apontou com a cabeça.

– Era o que eu esperava. Ferdinand ainda não pode morrer – disse Edgar.

Foi necessária uma noite, um único cair de sol, para que Nordara visse o sangue real escorrer pela escadaria e coagular aos pés da estátua do primeiro rei. Os cabelos pretos grudados no rosto como uma máscara, os olhos verdes fechando vagarosamente, as pernas falhando a cada passo. Ferdinand tentava falar, mas era impossível. Tartamudeando, o Barão de Shoah tentou se arrastar, mas despencou aos pés da estátua de seu antepassado.

Calmamente, como se aquilo fosse um espetáculo, Edgar se aproximou. A lâmina escura em suas mãos não brilhou. Quando a cabeça real ficou pesada demais, bateu contra a escadaria. Tesla e o falso Bernard olhavam das chamas.

– *Devo ir atrás da mulher?*

– Sim, caro amigo. Traga Maya Hawthorn a nós e ordene aos Legisladores para se prepararem. – respondeu Edgar. *Tehom* emergiu nas chamas, gritos agonizantes de soldados ocuparam o corredor e uma explosão fez tremer as paredes.

– Preciso encontrar Hadjakkis, está na hora de ele saber a verdade sobre a *Kabalah* – sussurrou Tesla.

Irmãos

Desdalain estava em polvorosa. Aeronavios cruzavam os céus em busca de lugares para pousarem e despejarem suas cargas, triciclos a vapor e carros brigavam por um espaço mínimo para estacionarem, a milícia corria de um lado para o outro para tentar manter a ordem e a *Kabalah* havia se retirado para Farhan, a capital, pois aquela era uma época em que poucos dos *bnei shoah* permaneciam na região.

Mesmo nesta confusão, Mary Hawthorn conseguia se envolver completamente nos preparativos do casamento da filha. Não só isso, ela simplesmente se esquecera de prestar atenção nos filhos e no marido, deixando-os viver suas vidas normalmente. Aquele foi um período de relativa paz dentro da casa Hawthorn, exceto quando Mary se lembrou de que a filha deveria comparecer aos ensaios do casamento e experimentar o vestido na costureira.

Aí a vida voltou ao inferno que era. Mary marcou os horários dos ensaios exatamente no meio da tarde, de modo a impedir os filhos de continuarem saindo para bares e arranjando confusão com militares. Ela ainda não aceitara a história do assalto e estava muito incomodada que até o marido defendesse os filhos de quaisquer acusações.

O ensaio daquele dia estava se aproximando, entretanto, Maya e Lukas ainda não tinham chegado ao Templo. Mary, segurando o buquê, batia o pé e olhava no relógio da parede. Cada movimento dos ponteiros parecia-lhe um desafio.

– A senhora deseja que eu vá buscá-los? – indagou o autômato que servia aos Hawthorn.

– Não, Allan, fique aqui comigo. Meus filhos não vão demorar a chegar. – Mary andou de um lado ao outro pela nave do templo, alguma coisa lhe dizia que aquele casamento era uma má ideia, mas ela não queria dar o braço a torcer. Se fosse para sua filha se casar, que fosse com um rapaz de boa família como Phillip. Apesar de ter trabalhado para os *bnei shoah* por um tempo, Mary era o tipo de pessoa que não gostava de luta nem de armas. Mas o principal motivo pelo qual não queria que a filha escolhesse outro homem era o segredo sobre a alma de Namid dentro dela.

As discussões com Karl eram constantes a respeito deste assunto. Porém, Mary sempre tinha medo que a filha entrasse para um mundo de guerra e destruição. Ela sabia que nenhum Hawthorn estava preparado para enfrentar inimigos tão poderosos, por isso fingia-se de tola e tradicionalista. Algum dia, entretanto, a verdade teria de ser revelada.

Mary rezava muito para que esse dia demorasse.

– Onde é que estão esses dois? – perguntou a si mesma em voz alta.

O carro derrapou na curva e bateu o pneu na guia. Não por causa da chuva, mas porque estava em alta velocidade. Maya não deu a mínima quando o retrovisor foi arrancado por uma árvore próxima demais. Pisou fundo e arrebentou os portões da mansão Fletcher.

A entrada da casa ficava em uma elevação, o carro reclamou, fazendo o motor gritar. Maya continuou ignorando-o, até que o veículo derrapou na estrada e guinou. Deixou que o carro voltasse, aproveitando a descida para não atolar. Passando pelo buraco sem ficar presa, girou o volante e a frente foi para a direita, o pneu saiu da terra e voltou para as pedras. Maya acelerou e subiu.

Já podia ver a mansão quando um tiro estourou o vidro traseiro. Abaixou-se por instinto, mas sabia que era um alerta. A segurança devia estar se aproximando por todos os lados.

Dando um cavalo de pau, parou na frente da casa, entre os carros dos Fletcher.

– Cretinos... – dizia enquanto abria a porta. A família estava no alpendre, assombrada com aquela invasão. Seguranças particulares corriam pelo jardim, apontando as armas para a jovem. Jacques Fletcher, pai de Phillip, sinalizou para que não atirassem. Porém, não os fez recuar.

Maya contou trinta homens. Por um momento se deixou levar pelo heroísmo e pensar que os derrotaria. Notou algo passando entre as árvores, uma grande sombra, que desapareceu misteriosamente.

– Maya, querida, o que aconteceu? – perguntou a mãe de Phillip. Ele recuou, percebendo o tamanho da encrenca. Maya quase teve pena dele, era um brinquedo para ser exibido nas festas dos *ggoyim*, como ela fora quando criança.

– Vamos deixar as coisas bem claras, senhora Fletcher. Eu não vou me casar com seu filho, não farei parte de sua família e não serei domada por homem algum, muito menos exposta como um troféu, entendeu? – apesar do discurso, Maya estava apreensiva. Aquela sombra não era normal. Porém só ela tinha percebido, os demais estavam de costas para as árvores.

Horrorizada, Cedwardla apoiou-se no marido.

– Fale alguma coisa, querido.

– A senhorita acha que pode vir aqui questionar as ordens de seu pai? Quem você pensa que é? – Maya não se lembrava da voz de Jacques, provavelmente nunca a escutara. Sentiria raiva, se não fosse o receio. Por que uma visão misteriosa a incomodava tanto?

– Não posso? Bom, eu já estou aqui e digo que esse casamento não vai acontecer. Entendeu, senhor Fletcher? – Maya não percebeu o quase sogro se dirigindo a ela. A sombra passava atrás da mansão. Teve medo, Jacques achou que era dele.

– Nada como um pulso firme para colocar uma mulher no lugar, não é? – passou a mão no rosto de Maya, fazendo-a despertar.

– O que foi aquilo?

– O quê? Minha casa? Espetacular, não acha? – Jacques deu de ombros, não conseguia ver nada onde Maya apontava.

– Não estou falando disso, idiota – assim que escutou a ofensa, Jacques ergueu a mão contra a garota, mas Phillip o segurou.

– Pai, por favor.

O coração de Maya lhe dizia para sair dali o mais rápido possível.

Um medo irracional foi dominando seus pensamentos, alcançando a mente e gritando. Só que as pernas não obedeciam, tremiam a ponto de prejudicar o equilíbrio.

– Corre – ela mandou.

– Quê?

– Corre, seu miserável, e não olha para trás.

– Você enlouqueceu de vez?

Maya não respondeu. Todos os seus sentidos berravam para que agisse. Antes de se virar ela já sabia que um segurança estava na porta de seu carro e a impediria de sair.

– Phillip, corre! – os seguranças atiraram, pensando que ela estava roubando o carro do rapaz. A mansão explodiu, Maya passou as mãos no painel, procurando as chaves do veículo. As encontrou penduradas atrás do volante e ligou o carro, afundando o acelerador. Cada membro de seu corpo parecia independente, querendo fugir para lados diferentes. Mas a coragem de Maya fez com que se reunissem.

Ao invés de uma gigantesca criatura, Maya viu pelo retrovisor um homem saindo dos destroços. Usava roupas militares e lembrava o homem que matara Andrea, mas não era ele. Este tinha um olho vermelho, mecânico, e um ar superior.

– *A paixão de Namid deve vir comigo* – disse ele. A voz pareceu uma lixa raspando no espelho. Os seguranças atiraram, mas as balas ricochetearam em sua pele.

Maya tomou uma decisão. Engatou a ré e bateu contra o recém-chegado até esmagá-lo no carro-bola de Cedwardla. O estranho apoiou as mãos na traseira do veículo e começou a empurrar. Maya acelerou mais ainda, sem acreditar que ele tivesse tanta força.

– Vai embora, Phillip! – ela gritou de novo. Pela primeira vez na vida os Fletcher obedeceram alguém. Ele arrastou os pais para o carro restante e tomou a estrada. Os seguranças voltaram a atirar, mas receosos, já que as balas ricocheteavam próximas às suas cabeças.

Maya sentiu que o invasor tentava erguer o carro, mas não conseguia por causa da aceleração. Ela parou de acelerar, planejando um jeito melhor de fugir. O estranho agarrou o carro de novo e o levantou pelo parachoque.

Foi então que a sorte agiu. Os parafusos que seguravam o parachoque se soltaram e o carro despencou, batendo no chão e disparando em alta velocidade pelo jardim. Maya atropelou um dos seguranças na fuga, mas desceu a estrada sem ver o soldado. Virou na primeira esquina e seguiu para encontrar Lukas.

Sabia que ele era o próximo.

Lukas ajeitou a sacola no porta-malas do carro, de modo que tivesse espaço suficiente para enfiar uma pessoa lá dentro, caso precisasse. Seu raciocínio não estava claro, ele se privara de sentimentos e descia cada vez mais num abismo interior, do qual jamais poderia escapar.

Na mochila havia duas facas, uma pistola e munição o suficiente para derrubar um exército. Dentro do carro ele deixara a pá e uma picareta, junto com um saco de terra e alguns cordões de borracha. Pacientemente, voltou para dentro de casa e trocou de roupa. Não viu os pais em lugar nenhum e, dessa vez, não procurou Maya. Estava sozinho para agir.

Apesar de tudo, os sentimentos ruins dentro dele não haviam desaparecido. Mentira para a irmã e para si mesmo ao achar que as chacotas com os convencionais poderiam apaziguar sua dor. Lembrava-se de Andrea a todo o momento, e do dia em que prendera o soldado nu à cadeira. Se Maya não estivesse lá, ele teria matado o homem com requintes de crueldade. Lukas se perguntava se seria capaz de fazer isso, mesmo dividido entre o que ele era de fato e o que estava se tornando.

Tinha uma foto no bolso. Atrás dela havia o endereço da casa dos soldados que, segundo ele, mataram Andrea. O primeiro nome, Sanmuel, estava riscado, morto por sua irmã. O segundo era Aspen, que eles tinham sequestrado no galpão; e o terceiro era Albert, ainda desaparecido.

Lukas não conseguia o paradeiro de Albert, porém Aspen havia lhe passado o endereço de um superior seu que poderia fornecê-lo, Sardeck. Era uma questão de tempo até encontrar o último homem daquela lista. Pensando nisso enquanto dirigia, nem percebeu que tinha chegado a seu destino. Gastou um tempinho pensando na melhor abordagem, por fim lembrou que as famílias dos soldados eram descuidadas, já que estavam acostumadas a nunca serem enfrentadas por civis. Pegou a mochila e bateu na porta da casa, uma menininha veio atendê-lo.

– Oi.

– Como vai? Sou amigo do seu pai, meu nome é Lukas. Ele está aí?

– Está sim, mas tá dormindo.

– Posso entrar? Espero até você acordá-lo – ela pareceu indecisa, Lukas tirou um pacote de balas do bolso. Ela aceitou o presente e ofereceu-lhe a sala. A presença da criança o incomodou, mesmo ele sabendo que seu alvo tinha família. Não esperava ter de descer ao mesmo nível de seus alvos para se vingar.

A casa era bem comum. Tinha uma estante de três andares, com um *Kooperradio* e duas poltronas separadas por uma mesinha de vidro. Havia um corredor para a cozinha, o banheiro e os dois quartos. Lukas ouviu alguém roncando num deles.

– Quem está aí? – uma mulher veio do corredor. Loira e baixa, as mãos úmidas, provavelmente lavava louça quando Lukas chegara.

– Olá, sou amigo de seu marido – cumprimentou Lukas, de forma robótica. Ela percebeu, logo de cara, que algo estava errado. Um barulho veio da rua, pela janela viram a multidão passando. A festa de aniversário da cidade estava começando.

– Desculpe, o Sardeck está dormindo. Você não poderia voltar mais tarde? Ele vai trabalhar quase dois dias seguidos – A menininha se agarrou à sua saia, Lukas olhou para elas, não queria matar além do necessário.

– Entendo. É que eu estava em Eliath, a serviço, e não nos vemos há quase três anos. Éramos muito amigos, sabe?

– Ele está realmente cansado, senão eu chamava – Lukas notou a apreensão dela, pediu para a menina.

– Vai lá chamar seu pai, fala que o Lukas Hawthorn está aqui – a criança ia dele para a mãe, sem saber o que fazer. Lukas indicou com a cabeça, ela foi para o quarto. Voltou rápido, antes do pai.

– Por favor, não machuca meu marido.

– Não se preocupe, não vou encostar em um fio de cabelo dele – Lukas murmurou, Sardeck apareceu com o rosto inchado de sono, só de calças. A filha o abraçou.

– Como você entrou na minha casa? Quem é você?

– Não interessa. Agora, quero algo em troca pelo que vocês me tiraram – Lukas sacou a pistola da blusa, depositou a caixa de munição ao lado.

– Senta, todo mundo – a família continuou de pé, ele engatilhou a arma e apontou para Sardeck. Não havia mais limites. Depois de perder Andrea, todas as vidas lhe eram insignificantes.

– Não vou obedecer esse cretino! – falou a mulher. – Onde já se viu!

– Senta amor, eu cuido dele – respondeu Sardeck, mas Lukas notou que sua voz tremia.

– Então é verdade que Albert matou sua namorada, menino? Quantos anos você tem? Quinze? – perguntou Sardeck. Lukas se ajeitou na poltrona, incomodado com aquelas perguntas. Não conseguia tirar os olhos da criança, com medo de machucá-la num acesso de fúria. Lembrou-se de Maya e teve medo de se descontrolar como ela.

– Não é da sua conta – Lukas começou a tremer também. Aquela criança junto aos pais, não esperava que ela tivesse tanta influência em suas decisões. Começou a repensar seus planos, já que não queria afundar ao mesmo nível que Albert. Era um vingador, não um assassino. – Tenho quinze, sim senhor – respondeu sem querer. Impressionou-se na maneira como a frase tinha saído normal de sua boca. Voltou à posição de ameaça:

– Onde está Albert?

– Não posso dizer, menino. Um capitão cuida de seus homens, sempre. – respondeu Sardeck.

– Vai mesmo defendê-lo? Eu poderia matar sua esposa e sua filha por causa dele. Vale a pena? – Lukas indagou. A cada segundo dentro daquela casa a simples tarefa de puxar o gatilho se tornava mais difícil. Pensou em atirar na criança só para aliviar a própria indecisão. Revoltou-se com a ideia, conforme o tempo passava, ficava mais tênue a linha entre ele e Albert.

– Eu não vou conseguir. – Lukas murmurou, ainda sentado e abaixando a arma.

– *Sim, você consegue* – de repente a estranha voz soou em sua cabeça. – *Basta tentar e você será como um bnei shoah.*

– Esse homem não merece o seu sofrimento, menino – disse

Sardeck, interrompendo a luta interna de Lukas. – Pense comigo, ele não foi homem o suficiente para encarar você e sua família depois do que fez, será que ele vale todo esse sacrifício que você está fazendo agora?

– *Ele está enganando você, Hawthorn. Mate-o. Todos estão enganando você...*

– Vamos enfrentar isso juntos? – convidou Sardeck, esticando a mão amigavelmente para Lukas.

– *Mate-os, Hawthorn* – a voz insistiu.

– Cale-se – ordenou Lukas. Sardeck pensou que era com ele, recostou-se no sofá e abraçou a família. Lukas levou as mãos ao rosto sem soltar a arma e se inclinou para frente.

– Você precisa de ajuda, menino. Deixe-me tomar conta de você, apresentá-lo a meus companheiros – falou Sardeck. Ainda sem coragem de avançar sobre o outro, podia ferir a própria família em um ato de heroísmo desnecessário.

– Vou ter que mandar vocês calarem a boca de novo? – gritou Lukas, a menina começou a chorar, Sardeck apertou-a contra si.

Lukas ergueu a cabeça, porém os cabelos negros e ondulados continuaram sobre o rosto em franjas grudadas pelo suor. Os olhos, outrora inocentes, estavam fixos em um espelho na parede oposta. Nele Lukas viu Albert sentado em um bar, rindo e conversando com amigos de uniforme.

– *Eu lhe entregarei o tenente, se você exterminar esta família* ggoyim *como sacrifício* – ofereceu a voz em sua cabeça.

– O que é aquilo? – Lukas apontou para o espelho. Sardeck se virou, mas não via nada além do próprio reflexo.

– É só um espelho – comentou.

– Não minta para mim – retrucou Lukas.

– *Mate-os. Vamos destruir Nordara* – a voz retornara mais forte dessa vez. Lukas apontou a arma para a própria testa, na mesma hora Sardeck se levantou e gritou:

– Não faça isso!

– *Não nos mate!*

Lukas puxou o gatilho, mas bem a tempo, Sardeck desviou o tiro, a arma ribombou dentro de casa, o barulho foi abafado pela festa da rua. O Capitão convencional e o caçula dos Hawthorn se olhavam em silêncio, o único som ao seu redor era o choro da menina.

Um fio de sangue escorreu da testa de Lukas, cujo choro descontrolado se somou ao da menina.

– Calma menino, vai ficar tudo bem – Sardeck o abraçou como faria com a própria filha. Falava com a voz mansa, sem raiva por aquele estranho ter invadido sua casa e ameaçar sua família. Havia humanidade em Sardeck, apesar da situação.

– Me perdoe, por favor – implorou Lukas. – Por Shoah, me perdoe.

– Vai ficar tudo bem, Lukas. Solte a arma – Sardeck pousou as mãos sobre a pistola de Lukas, mas o garoto não a soltou.

– Minha luta não é com você – Lukas murmurou. – Desculpe. Vou atrás do responsável por essa loucura.

Sardeck ficou olhando o invasor se levantar e dar um sorriso fraternal para sua filha. Saiu pela porta da frente em silêncio profundo. Voltou para o carro. Albert, seu último alvo, seria o mais fácil de encontrar. Era tão óbvio que Lukas nem se deu ao trabalho de procurar muito. O bar era seu destino.

A Queda

Tal como uma brônzea flecha no campo de batalha, o aeronavio emergiu entre as nuvens e os flocos de neve, arrasando a ambos com suas dezenas de hélices e seus imensos balões de ar. No casco, pintado toscamente com tinta vermelha, seu nome. Beatrix.

A nevasca ficava mais intensa conforme a embarcação se aproximava da cidade. Misturada à *Névoa,* ela tornava impossível para os barcos imperiais continuarem voando.

O Beatrix acabara de mudar seu percurso e mergulhara em alta velocidade entre as montanhas de Hellyah. O que mais impressionava era que não havia ninguém em seu convés e o leme girava sozinho, manobrando pelos caminhos entre as montanhas.

Quando alguém perguntava o que era o Beatrix, Dante soltava a garrafa de rum e explicava:

–Ela é um barcalma. A alma de minha falecida esposa está presa a ele. Fim.

Depois, voltava à garrafa e continuava contando piadas sujas aos ouvintes. Geralmente isso bastava. Aos mais curiosos, cabia procurar por si mesmos a explicação do que era a embarcação. A pesquisa acabava numa biblioteca ou numa conversa séria com um membro da *sheyvet.* No fim das contas, descobria-se de onde tinham vindo os barcalmas de Nordara. A história era realmente impressionante.

Para o Quinto Império a morte podia ser vencida ou ludibriada; para a maioria dos sacerdotes, a resposta estava nos *Nephelins* – almas que não se mesclam à Eternidade e voltam com as memórias de suas vidas passadas.

O primeiro resultado atingido pelas experiências foi o "Cárcere", o aprisionamento de espíritos em objetos inanimados. Isto os tornava indestrutíveis, até o momento que a alma saísse do objeto; as variáveis foram testadas exaustivamente: espadas de *mashiyrra*, invenções de *da'ath*, armas, armaduras. O exército ganhara uma carta em seu baralho que escolhia seu dono e naipe.

Quando o corpo de Beatrix foi trazido pelos sobreviventes da Canção do Silêncio em uma padiola improvisada, Dante logo soube que eles tinham sido traídos e a esposa morrera. O pirata quase enlouqueceu com a perda, mas uma carta deixada por ela pedia encarecidamente que o marido deixasse usarem sua alma nas experiências do Cárcere.

O aeronavio Beatrix foi o primeiro veículo bem sucedido. Para que houvesse sucesso, foi necessária a intervenção direta do marido da falecida, um ato de extremo amor. Um Sacrifício era exigido para terminar o ritual. Depois do Beatrix, casais foram usados em estudos e o Quinto Império garantiu seu status de nação mais poderosa de Nordara.

Uma visão assustadora, o Beatrix tinha quase o dobro do tamanho de um aeronavio normal, sustentava-se no ar por uma floresta de mastros, traves e vigas que subiam do convés e seguravam graciosamente as velas, cuja utilidade era proteger o balão de ar entre elas; duas imensas hélices, semelhantes a pás de moinho, rodavam em sua popa. Parecia brincar quando voava.

Todos os tripulantes haviam entrado e aguardavam no quarto do capitão a chegada ao seu destino. Em cima da única mesa daquele aposento havia um relógio de bolso, igual ao que Sehn carregava, e um mapa com uma adaga cravada em cima de um nome: Latig.

– Ferdinand Leikís morreu... – anunciou Kadriatus. As mãos enluvadas em cima da mesa, o porte ereto na cadeira.

– Que foi? – perguntou Diren, se aproximando do amigo. A viagem era tediosa, o *arur* cochilara no chão meio que enrolado em si mesmo.

Kadriatus piscou. Passou as mãos nos cabelos pretos para assentá-los.

– Que aconteceu?

– Você acabou de falar que Ferdinand está morto – respondeu Nadja.

Kadriatus sentia-se como se houvesse acabado de despertar. Seu rosto estava com traços de sonolência e cansaço.

– Eu disse isso?

– Disse. Vai me dizer que você também é um *nabiyim* – Dante puxou a adaga do mapa e ficou brincando com ela.

– Vai saber. Nossa *sheyvet* tem como tradição esconder a verdade, não é?

Dante não esperava aquela resposta. Sabia que os jovens estavam nervosos com ele por ter escondido que possuíam a alma de Namid e por espioná-los durante boa parte de suas vidas. Não tivera alternativa, devia protegê-los a qualquer custo.

– Melhor eu guardar isso. Também temos a tradição de convocar traidores.

Kadriatus se levantou, a mão na espada.

– Repete.

– Exatamente o que você ouviu, moleque ingrato. Não venha me falar de mentiras. Principalmente um *kiy* que destruiu o próprio grifo para projetar uma armadura.

– Isso se chama sacrifício, é uma coisa que a gente faz por quem ama – Kadriatus fitou Nadja, o exoesqueleto que ela usava fora construído com as peças de seu grifo, enviadas por Svann e seus filhos. Kadriatus ofendera não só os Guardiões ao fazer isso, mas passara a ser considerado um desgarrado. Provavelmente nunca mais poderia fazer parte da Guarda Palaciana. O *Yoresh* não respondeu, colocou a adaga sobre a mesa e saiu.

– Não precisava ter falado isso, Kadriatus. Você sabe que ele perdeu tanto quanto a gente – disse Nadja.

– Se eles não tivessem mentido, você não estaria desse jeito e eu ainda teria minhas mãos.

– Como você sabe? Como você pode saber que o destino não seria pior se soubéssemos a verdade, ahn? Essa intolerância ainda vai te matar.

– Eu não sei. Mas também não sei se esta foi a melhor opção. Olhe para nós, estamos caçando uma entidade sobrenatural, uma coisa alojada em nossas almas que pretende destruir o mundo – Kadriatus se levantou da cadeira e foi até a janela.

Diren riscava a mesa, tentando escrever seu nome nela com a ponta da faca, percebeu uma luz em frente a seu rosto.

– Que é isso? – a luz era refletida em seus olhos mostarda. O relógio se abrira e começara a piscar e soltar Névoa. Havia doze marcas nele, mas não eram números, eram letras. O "SH" acendera.

– Shoah, não… – disse a loira, pegando o objeto. – Eu dei esse presente para Sehn, é um *tourbillon*, ele avisa quando um de nós está em perigo. Chame Dante.

Diren correu para fora da sala, deixando Nadja e Kadriatus a sós.

– Eu te amo – disse ela. – Amo mesmo, Kadriatus, mas você não pode viver nessa amargura para sempre. Eu preciso de você, dessa força interior que carrega. Você é o único aqui capaz de nos lembrar pelo que lutamos. Ainda acha que Sehn o deixou como *sepher* só por que é um *kiy*?

Ele não teve coragem de responder. Quando pensou em fazê-lo Diren e Dante haviam voltado. O *Yoresh* falou abruptamente.

– Vocês precisam ver isso.

– Diren não te avisou sobre Sehn? – indagou Kadriatus recolocando o chapéu, que estava na mesa.

– Sim, mas creio que não vamos alcançá-lo. Venham. – Dante voltou para fora e deixou a porta do quarto aberta. Nadja acompanhou Diren para o convés, Kadriatus permaneceu onde estava.

O *kiy* ainda não tinha certeza se devia confiar em Dante. Nutria admiração pelo companheiro, mas o detestava por ter mentido. Estava confuso, como uma criança que não sabe se gosta ou não de um brinquedo. Por fim, saiu também.

– Nadja, o que foi? – Kadriatus relanceou a expressão de terror no pálido rosto dela no meio da névoa e se aproximou.

– Cheiro de carvão. Onde estamos? – indagou Diren.

– Desdalain, Beatrix nos trouxe para cá ao invés de Latig. Há algo de muito errado acontecendo – respondeu Dante.

– Tem alguma coisa ali – Nadja via algo que eles ainda não conseguiam. As nuvens se abriram lentamente.

Para surpresa da Canção do Silêncio, estavam em frente ao Templo de Desdalain. O promontório se estendia na praia, podiam ver as montanhas de Hellyah, as estradas que levavam para Latig e Tosten e para as cidades mais próximas, e os portos. Entretanto, seus olhos estavam presos na floresta de obeliscos do templo. Cada um tinha, em média, trinta metros de altura e era branco, de mármore, exceto aquele que dava nome à cidade.

O Obelisco de Desdalain era um monólito preto de setenta metros de altura, mas com gravuras em dourado ao longo de seu corpo. Havia uma camada mais densa de Névoa ao redor dele e, para os sentidos aguçados de Diren, percebia-se um ruído baixo vindo de seu interior.

– Parece um milhão de vespas.

– Não. Mas os controles do Beatrix enlouqueceram, se fosse um aeronavio comum teria despencado. Com certeza tem algo muito errado acontecendo – respondeu Dante, baixando os óculos de aviador.

– Tem gente ali. Soldados convencionais – disse Kadriatus.

O movimento não era no prédio principal, mas no vizinho, onde morava Ferdinand. Várias figuras em uniformes escuros andavam até o brasão de ferro da família Ahsverus com ferramentas nas mãos. As pessoas que se dirigiam ao templo foram expulsas por estas figuras, os portões foram fechados e uma corneta soou.

– Isto é uma canção de luto – disse Kadriatus.

– Ferdinand? Os *kiy* estão ligados aos regentes, sempre que algum deles morre ou está em perigo vocês sabem – complementou Nadja.

Kadriatus nada disse. Apesar de não fazer parte da Guarda Imperial, como um Guardião efetivo, tinhas as habilidades destes.

– Pode ser, mas não acho que alguém conseguiria invadir o templo tão facilmente. – O *kiy* renegado se esforçava para disfarçar a amargura, mas ela ficava explícita em suas frases através de um tom mais baixo de voz.

Não havia soldados nas muralhas nem nas torres. Uma escada foi colocada logo abaixo do brasão, dois homens subiram por ela. Depois mais dois, e, por fim, um só. Começaram a desencaixar a peça, tirar os parafusos, arrancar os pregos e soltar as tarraxas. O brasão real soçobrou. Um de seus lados se desprendeu e a peça girou, pendendo de uma ponta só. Os últimos parafusos não aguentaram o peso e se arrebentaram. A peça bateu no chão e quicou, rachando em vários pontos. Como um disco, ele rolou para o lado e ficou girando produzindo um som vibrante e decrescente. Quando finalmente parou, cinco soldados o pegaram. O grupo levou o brasão até a parte superior do muro e o jogou na rua.

O estrondo foi tão alto e macabro que parecia não acabar. Uma lágrima escorreu do rosto de Kadriatus, seu corpo tremia. Passara a vida inteira defendendo aquele símbolo, lutando por aquela família, e via-os destruídos em segundos. Seu coração palpitou. Uma suspeita invadiu-lhe a mente e o espírito. Havia algo errado e ele recuperaria a peça, nem que tivesse de pagar com a vida. Aquele não era o exército que jurara fidelidade ao Império, muito menos seus irmãos de armas.

– O que eles tão fazendo? – perguntou Diren forçando a vista. Um novo brasão era trazido.

Era uma serpente de ferro enrolada em si mesma, entre a cauda e a boca havia uma esfera azul, representando o mundo.

– A Serpente-Mãe, o símbolo dos Legisladores – afirmou Nadja.

– Dante. Aquele brasão nos pertence – disse Kadriatus calculadamente.

– Pode deixar, *sepher*.

A neve se transformara numa grossa camada sobre o mundo. Sehn apertava a terra com força, lutando pela vida.

Depois que o tronco empedrara, a dor insuportável vencera a disciplina e o fizera gritar. Minerva recuou, a dor do amigo era tamanha que ela podia sentir. Seus olhinhos de alma viam a parte etérea do *mashiyrra* se contorcer. Até para ela era difícil não sucumbir ao poder da Medusa.

A luz vacilava perante seus olhos. A voz de Minerva era um sussurro distante. Sehn ia morrer, sabia disso. O que lhe causava preocupação era o destino da amiga, as promessas quebradas, as ilusões partidas.

Ele ia morrer naquela estrada esburacada, onde nem os animais pisavam, nem os homens andavam. Rastejou. Fechou os olhos. Cada movimento era decisivo.

– Pai – sussurrou. – Pai, me perdoa.

Desistiu de rastejar, era impossível. Seu lado *arur* silenciara. O *mashiyrra* dormia. Sem o treinamento completo, não conseguia a concentração suficiente para controlar o feitiço da medusa e vencê-lo. A pior parte era saber que tinha tal capacidade, mas a impaciência o fizera cair na armadilha. Pensou em Maya. A última coisa que queria era falhar. Precisava vê-la mais uma vez. Só uma.

A voz de Minerva interrompeu de novo o desespero. Um estalo na perna esquerda o fez perceber que, da cintura para baixo, estava morto. Chegara a hora. Sehn olhou para o próprio pé, onde a correntinha se partia.

– Eu te liberto, *mashiyrra.* Seremos um na Eternidade e voltaremos como amigos em vidas futuras. Obrigada – disse ela, desaparecendo.

– Não! Não! Por Shoah, não! – berrou Sehn, arrancando a energia que lhe sobrava para protestar contra o inevitável. – Não, não, não, não.

Então, pela primeira vez desde a morte dos pais, desde a traição de Edgar, Sehn chorou. Abandonado, chorou pela vida e pela amiga. Esquecido, chorou pelo pai e pela mãe. Traído, chorou por Edgar e pelo Império. No fim, quando não havia mais motivos, chorou por si mesmo.

As lágrimas vertidas por seus olhos eram escuras, infectadas pelo veneno pétreo. Queimavam a terra, formando desenhos grotescos na natureza. Os olhos viraram pedra. As lágrimas eram fios cinzentos. Ele se mexeu de novo, tentando agarrar a espada com a mão dracônica, as garras prenderam a arma com a força de mil homens.

Então não houve mais dor. Não houve solidão. Não houve silêncio.

Sehn Hadjakkis estava morto.

Herói

Edgar pousou em cima de um parcel, ao lado de Tesla. Não perguntou como o companheiro chegou até lá, apenas pegou em sua mão quando se equilibrou.

– Eu nasci ali – disse Tesla, apontando para o leste da cidade, a área mais próxima às montanhas de Hellyah.

– Não faz diferença. Nada mais fará diferença daqui a algumas horas. Cada vestígio de família que tínhamos não passará de cinzas e lembranças. Talvez apenas cinzas, ou menos que isso. – respondeu o *arur* apertando seus olhos sombrios.

Não há mais espaço para mentiras – emendou Edgar. Dois aeronavios passaram voando acima do mar. Viu o amigo acompanhá-los.

– Os *ggoyim* devem pagar pelo que fizeram. Nós não somos fantoches.

– Sabe o que é mais engraçado? – interrompeu Edgar. – Hoje é o aniversário da cidade. Desdalain completa cento e cinquenta anos. Que belo presente, não?

– Dos melhores. – O loiro sorriu. Respingos soltavam-se de sua cabeleira.

– Mesmo que os outros queiram, nada poderão fazer para nos impedir. Não há como mudar os caminhos, eu sei disso, eu tentei. Vi cada possibilidade antes de desistir. Será que nós erramos, Tesla? – Edgar comentou com uma ponta de arrependimento na voz.

Finalmente suas profecias se concretizavam. Pensou um pouco, lembrou-se da mãe e suas últimas palavras antes de morrer: "A hora chegará, você marchará com os Titãs e derrubará o legado dos homens. Nunca deixe tirarem isso de você, meu pequeno pássaro".

– Não, caro amigo. Nós nos esforçamos, demos nosso melhor para salvar este mundo de si mesmo. Sehn me matou, eu achei que isso faria alguma diferença. Mas o espírito de Namid me trouxe de volta – Tesla ergueu a mão livre e apontou para o céu. – Assim como trará qualquer um de nós que morrer. Somos imortais agora. Nós estaremos sempre juntos. Nós sempre nasceremos lado a lado, como amantes, irmãos ou inimigos.

Edgar estremeceu, o poder de Tesla era muito maior do que o seu. Não entendia como alguém ludibriava as forças primevas para voltar a viver. Teria o companheiro se unido de tal forma a Namid que se tornara um Titã? Acima deles, entre as nuvens, a sombra de *Tehom*.

– Apesar de tudo, nunca fomos o que somos agora.

– E o que somos agora, Tesla Lenora? – perguntou Edgar, curioso.

– Deuses.

– Só precisamos dele. Desdalain, o segundo Titã. – Tesla apontou para o Obelisco.

Naquele momento, Edgar pensou em Sehn. Não sentia mais a presença do amigo. Queria o rebento dos Hadjakkis ali para contemplar sua vitória. Mas algo estava errado, a alma de Sehn e a parte de Namid dentro dele tinham desaparecido. Edgar não acreditava que ele tivesse morrido em Latig, ao enfrentar a medusa. Era impossível, ridículo até.

Irritado, mal ouviu Tesla dizer:

– Nós conseguimos.

Edgar virou-se. Encarava o amante como se fosse um estranho. Seus olhos negros caçavam na alma de Tesla um sinal de que aquilo era verdade. Depois de tanto tempo, era difícil acreditar.Aproximou-se daquela figura clara e loira e acariciou-lhe a face; sorriu e passou a mão em seus olhos, fechando-os. Declarou:

– Nós sempre vencemos, meu amor.

Edgar abraçou Tesla, abriu as asas e arremeteu.

A corneta soou novamente, desta vez num toque longo e forte. Os Legisladores se recolheram no templo.

– Canção de Guerra. – disse Kadriatus.

– Quantas *sheyvet* na cidade? – falou Diren ajeitando as bainhas de Ímpeto e Tempestade.

– Dez. Só as dez mais famosas são chamadas para o desfile de aniversário. As comuns continuam em suas missões. Isso, claro, se as *sheyvet* realmente estiverem aí, porque eles podem faltar, caso sejam necessários em outros lugares.

– Nós temos que ir para Latig. Sehn precisa da gente – disse Nadja abruptamente.

O aeronavio era a única coisa no ar. Os fogos de artifício pela comemoração do aniversário de Desdalain não mais pintavam o céu, as festas tinham cessado e uma aura apreensiva cercara a cidade. Todo mundo percebera que havia algo de errado.

– Só um soldado da *Kabalah* entraria tão facilmente no templo – disse Kadriatus – Alguém capaz de prever os movimentos da Guarda Imperial e conspurcar o exército convencional para ajudá-lo.

– Edgar…como? – Diren falou, sabia que os amigos pensavam a mesma coisa.

– Recebeu ajuda. Legisladores estão infiltrados no Império há anos, a *Kabalah* nunca conseguiu prendê-los, já que a maioria é rica ou nega veementemente sua participação nos golpes. Sem provas, não os acusamos.

– Vamos pegar o brasão ou ir atrás de Sehn? Se ele estivesse aqui, não voltaria para nos ajudar, não é? Ele colocaria o dever acima de tudo – questionou Nadja, fitando o *tourbillon*. Ele ainda piscava, indicando que o amigo estava em perigo.

Kadriatus andou até Nadja e a segurou seus ombros:

– Quando todo mundo desistiu da gente, Sehn foi o único com forças para nos unir de novo – ele a beijou. – Eu iria até o *Sheol* por cada um de vocês.

– Sério? – perguntou Dante.

– Menos por você.

– Legisladores! Diren viu de longe quatro pequenos aeronavios levantaram voo do templo, mas, diferente do Beatrix, eles não tinham balões de ar ou hélices e sim asas translúcidas que mimetizavam beija-flores presas a seus cascos.

Ágil, o Beatrix mergulhou na cidade, tentando fugir daquelas pequenas ameaças. Os adversários dispararam contra o aeronavio, furando seu casco com arpões afiados, mas tão logo eles caíam, a embarcação se regenerava, cobrindo os danos com uma aura azulada.

– Quero ver esses idiotas me derrubarem! Puxa a âncora antes de voar, otário! – riu Dante, quando os inimigos emparelhavam com sua nau.

O Beatrix deu uma guinada violenta para a direita e depois para a esquerda, então, como se fosse um gigantesco parafuso, girou em torno do próprio eixo e mergulhou na cidade de novo. Carros, motos e transeuntes correram para não serem atingidos.

Dois dos inimigos se colocaram à frente da Canção do Silêncio. Dante respirou fundo e pediu que o aeronavio continuasse. Beatrix acelerou e se chocou contra eles, explodindo-os. O fogo envolveu o casco rachado e subiu para a amurada, os destroços dos Legisladores incendiaram Desdalain.

Dante não se preocupou. As chamas do aeronavio foram cobertas pela luz azulada e se apagaram; de novo as rachaduras se fecharam e a amurada se reconstruiu. Eles tinham dado a volta no templo e estavam chegando novamente ao brasão, porém desta vez conseguiriam recuperá-lo.

Uma nuvem de quase dez barcos apareceu de dentro do Templo. Dante mudou o percurso e fugiu de novo. Os inimigos vieram em seu encalço. Numa manobra arriscada o Beatrix passou rente aos obeliscos, ziguezagueando em alta velocidade e batendo o casco neles.

Ao perceber que só havia cinco inimigos, Dante fez com que o Beatrix seguisse uma linha reta, para se distanciar. O aeronavio atingiu uma velocidade impressionante, criando um barulho ensurdecedor por onde passava. O capitão mal ouviu Nadja alertar:

– Inimigos à frente!

Dante viu mais dez barcos surgirem. Eles dispararam cordas uns contra os outros e as enrolaram nos obeliscos, formando uma gigantesca teia. Não havia escapatória. Desta vez, iriam ser pegos ou destroçados naquela armadilha.

– Bom, querida, agora é com você – Disse Dante, desanimado e soltando o leme.

O Beatrix vibrou, a luz azulada se espalhou pelo convés. Quando estavam a dez metros da teia, os tripulantes tiveram uma surpresa: o aeronavio se desfez no ar em centenas de pedaços menores e voou por entre os espaços das cordas, indo se remontar perfeitamente além da teia.

– Puta que o pariu! – gritou Dante, ao se ver de novo no comando. – Vamos lá, seus golpistas de merda, se não conseguem pegar um aeronavio acham que conseguem dominar o meu Império? – ele baixou os óculos de aviador sobre o rosto e correu até o leme. – Vamos voar, então, seus filhos da puta!

–Desnecessária, Dante – reclamou Diren.

– Eu sei – Dante sorriu para o amigo. – Mas uma ofensa cai bem de vez em quando.

– Não tava falando disso.

– Estava falando do que, então?

– Tava desse "Vamos voar, então!" – Diren fez aspas com os dedos.

– Por quê?

–Já tamos voando...

– Isso foi uma piada?

– Foi.

– Credo, vou voltar para os Legisladores...

Kadriatus estava em pé no meio do convés sem acreditar no que acabara de ver. Um gancho voou em frente a seus olhos e se fixou numa corda, que serpenteou no mastro principal e se amarrou ao redor dele. Um balaustre deslizou pelo convés e voltou ao lugar de origem, os canhões laterais flutuaram para seus apoios e pararam exatamente nas aberturas para suas bocas. As velas tremularam como gigantescas arraias e voltaram aos mastros, bateram ferozmente contra o vento e se encaixaram em suas estruturas.

Entretanto, a maior preocupação de Kadriatus não era o Beatrix, mas o exército que os perseguia. Os Legisladores eram retrógrados, acreditavam que os Titãs deveriam voltar a reinar. Kadriatus não queria acreditar nisso, era incapaz de entender como alguém se colocava sob o jugo de outrem só por acreditar que ele era superior.

Acreditava sim, que os *bnei shoah* deviam ter mais direitos que os *ggoyim*, mas por eles terem enfrentado os Titãs.

Naquela hora, vendo o brasão da serpente, Kadriatus foi tomado de raiva. Seu pai, sua família, amigos, todos haviam perecido para garantir a paz das futuras gerações em Nordara. Vendo os Legisladores iniciarem mais uma guerra estúpida, se sentiu impotente. Teria ele de lutar da mesma forma que o pai?

Gesticulara umas três vezes, tentando avisar que eram membros da *Kabalah*. Fora respondido com flechas. Uma arma ultrapassada, usada somente por esportistas ou colecionadores. O Guardião olhou de novo, os inimigos usavam o uniforme do exercito convencional, porém negro e com a serpente nos tabardos.

– Não é o Império – sussurrou cheio de ira.

– Esses palhaços usam flechas? – perguntou Dante, abaixando-se ao lado dele e pegando um dos projéteis. – Fazia tempo que não via uma dessas.

– Eu, Kadriatus... – ele não completou o anúncio, uma saraivada de flechas foi disparada em sua direção e Dante o empurrou, por pouco seu pescoço não foi atingido. O pirata não teve a mesma sorte, acabou ferido na perna.

– Eles não ligam para você! Entendeu? – gritou Dante, outra flecha atravessara a mão dourada do Guardião, ele não sentiu o golpe fisicamente, mas fora abalado psicologicamente.

– O exército convencional não nos atacaria – Diren apreciava a força de vontade de Kadriatus, mas aquilo era ridículo. O Guardião se prostrava aos atacantes e se humilhava ao tentar fazê-los parar.

– Esqueça o Império, Kadriatus. Não estamos enfrentando Ahsverus. – insistiu Dante.

O Beatrix empinou e saiu da cidade, deixando os perseguidores para trás com um movimento impossível de se fazer: espiralou para cima e, incrivelmente, nenhum dos tripulantes caiu. Os perseguidores tentaram imitar, mas não tinham a mesma habilidade. Tarde demais seus pilotos viram os canhões laterais do Beatrix se erguerem e ribombarem, os restos fumegantes de seus barcos choveram sobre a rua.

– Bom trabalho – elogiou o capitão, acariciando a balaustrada. O Beatrix tomou a rota de Latig e em menos de meia hora chegou a seu destino. Eles ingressaram na cidade voando lentamente, como se esperassem um novo ataque.

O vento provocado pelas hélices espantou a névoa que cobria as ruas e casas. Kadriatus e os amigos puderam ver as estátuas que se espalhavam por toda parte. Um pressentimento ruim surgiu quando viram o *tourbillon* de Nadja piscar mais intensamente conforme se aproximavam do centro. Deram a volta no atracadouro e se depararam com uma plataforma que ruíra em cima de um bonde.

Próximo a ela, havia uma estátua que chamava a atenção, estava deitada ao lado de uma grande serpente e segurava uma espadas-serra. Kadriatus fez um sinal para Dante e a âncora do Beatrix foi jogada. A embarcação desceu até ficar a uns dois metros do chão e soltou sua rampa de acesso. Kadriatus, desesperado para encontrar o amigo, saltou da amurada e correu em direção à estátua.

Parou a dois metros dela. Sehn estava deitado de bruços, com a cabeça erguida e olhando na direção de Kadriatus. A mão direita esticada, como se tentasse alcançar alguém. O corpo da medusa estava um pouco atrás, sem cabeça.

Doía para qualquer um deles ver Sehn daquela maneira. Durante os anos no Cenóbio, fora ele o centro das atenções, o menino que lutara para ajudá-los, o aluno mais atrasado, com quem tinham afinidade e por quem tinham respeito. Nem chegaram a se importar com a guerra que viria agora que Edgar finalmente conquistara Desdalain. Não. Isso não era importante. O que interessava a eles era a vida de seu amigo e seu sofrimento ao tentar voltar à mulher que amava. Sehn era quem os motivava a continuar lutando. Foram as promessas do jovem *mashiyrra* as responsáveis pela reconstrução da Canção do Silêncio. Sem ele, ainda estariam no ambulatório, chorando a derrota.

Os *bnei shoah* precisavam de um símbolo, precisavam de lendas e de esperança. Sabiam o que lhes tinha acontecido quando os Titãs reinavam, lembravam-se de cada chacina, de cada grito, de cada gota de sangue derramada e misturada ao sangue dos *ggoyim* para satisfazê-los. Não queriam a loucura de volta, queriam a liberdade.

Kadriatus havia nascido no castelo, sua família pertencera a Guarda Imperial desde a formação da *Kabalah*, alguns diziam até que Kadriatus era descendente direto do primeiro Guardião. Seus pais, seus tios, todos eram tradicionalistas, arrogantes, nascidos dentro da cultura dos *bnei shoah,* assim como Sehn. Naquele momento cercava-se de mais preconceitos, injúrias causadas por aquela ofensa. Fechou as mãos, desejando ardentemente invadir Desdalain com seus irmãos de *Sephirah* e destruir cada cidadão com sua espada.

Agora, vendo o amigo jogado na terra e chorando pela destruição de tudo aquilo em que acreditava, Kadriatus não tinha tempo para emoções tolas. Era só ódio e desespero. Ia marchar liderando a *Kabalah* e esmagaria o povo-livre sem perdão algum. Faria crianças, velhos, mulheres e homens berrarem por misericórdia e negaria a todos o direito da paz. Sim, faria isso e faria sorrindo.

Então, quebrando seus pensamentos com o plácido toque da amizade, uma mão pousou em seu ombro. Dedos que ele conhecia bem, que eram diferentes de seus dedos de ouro, que eram diferentes de seus punhos de guardião, mas eram iguais em carne e sangue. Dedos dos filhos de Shoah que não encontravam motivo para odiar nem para fugir de sua ira, trouxeram-no do oceano de tristeza e o depositaram confortavelmente na segurança da fraternidade. Dante.

– É hora de irmos, meu amigo. Eles vão nos encontrar se continuarmos aqui. Não podemos fazer nada por Sehn.

Kadriatus se ergueu e abraçou o *Yoresh.* Diren e Nadja desviaram o olhar. Era o suficiente para dizer ao Novo Império que ele não havia vencido.

– Nós não vamos enterrá-lo? – perguntou Diren, olhando para a estátua de Sehn. Podia sentir o cheiro de pedra empesteando a cidade. Até mesmo seus cabelos acinzentados exibiam pequenas cinzas nas pontas.

– Não – retrucou Kadriatus. Os olhos cândidos do *kiy* estavam com manchas vermelhas, mantinha a cabeça baixa.

– Deixe-o aqui, para que os viajantes saibam quem salvou Latig. Só precisamos de uma placa, algo que avise às pessoas que seu mundo não desistirá.

– Não me parece certo. Ele merece ser enterrado. – Nadja retrucou. Os olhinhos esmeralda exibindo sua revolta.

Kadriatus, para a amante:.

– Ele deve ser lembrado como o herói que foi. Enterrando-o, vamos enterrar sua história, seus feitos.

Nadja se afastou procurando por algo que servisse de placa. Acabou arrancando a porta de uma loja e riscando-a com seus dedos metálicos até conseguir escrever uma frase que lhe parecesse apropriada.

Não deixamos para trás nossa vontade de lutar, nem esquecemos pelo que lutamos. Fazemos, por acreditarmos num mundo melhor.

Ela sabia que não era a melhor frase do mundo, mas lhe pareceu suficiente. Quebrou um dos lados da porta até deixá-lo pontudo o bastante para ser cravado na terra. Diren usou suas espadas curtas para aprimorar o trabalho. Com cuidado, eles a fixaram entre Sehn e a Medusa.

– Que fazer, agora? – perguntou Diren. Estavam perdidos. Ainda acreditavam que Sehn levantaria e os guiaria para a luta, mas a esperança morria aos poucos. Não conseguiam chorar, a dor entalara em suas gargantas e impedia as lágrimas de saírem. O Império, a *Sehyvet,* tudo estava perdido.

– Precisamos encontrar Maya, ela e o irmão também são parte de Namid, serão caçados pelos Legisladores – admitiu Kadriatus.

– Como vamos fazer isso? A cidade já deve estar dominada. – reclamou Nadja, verificando no pulso as medições de sua armadura.

– Um grupo grande chamaria a atenção. Entretanto, alguém esguio e silencioso poderia entrar facilmente em Desdalain. Dante, nos prove que você ainda é o *yoresh* da Canção do Silêncio – Kadriatus tirou o chapéu e estalou o pescoço. – Salve Maya e Lukas.

– E vocês? – Dante perguntou.

– Nadja vai cuidar do aeronavio enquanto eu e Diren tentaremos contatar mais *sheyvet.* Nossa única esperança é alertá-los antes do ataque.

– Há uma rede de túneis desativados no lado norte de Desdalain. Pouca gente a conhece, vocês podem entrar por lá e saírem quase no centro da cidade. Para mim ela é desnecessária, a noiva de Sehn mora na área sul – comentou Dante.

– Certo. Lembrem-se, Edgar e Tesla querem o Obelisco, nós não temos tempo para errar. Qualquer chance que tenhamos de impedi-los deve ser aproveitada. Mesmo que isso custe nossas vidas.

– Por que eu não posso ir? Beatrix pode se cuidar muito bem sozinha – perguntou Nadja.

– Eles vão identificá-la facilmente, Nadja. Não há como esconder seu exoesqueleto.

Nadja se movia de forma artificial e soltava Névoa sempre que acelerava algum movimento. Entrar em Desdalain com ela era a mesma coisa que pendurar uma placa enorme no Beatrix e anunciar "*Sheyvet* Aqui!".

– Eu quero que você use o *tourbillon* para se manter informada sobre possíveis baixas – Kadriatus ordenou à amiga, que já esperava por isso. A relação entre os dois era uma espécie de renúncia, onde cada um cedia uma parte de sua alma ao amante. Era amor, da maneira mais simples e verdadeira que alguém podia sentir.

Kadriatus prestava atenção ao movimento dos cabelos loiros da amiga enquanto o vento brincava com eles. Era nessa hora que sua luta fazia sentido e ele via no passado sofrido o motivo para suportar tanta dor. Era em momentos assim, quando trocava olhares com a amada, que o jovem tinha as dúvidas sanadas. Claro, ele sabia que tinha se apaixonado por uma *da'ath,* alguém cuja mente arguta jamais descansa e que a realidade parece só um brinquedo. Podia suportar as horas intermináveis dentro da oficina ajudando a futura esposa, se ela quisesse. Nadja sempre fora independente e responsável. Fora ela quem criara o exoesqueleto e as manoplas de Kadriatus. Assim como ele, havia escolhido seu caminho e, quando a gente escolhe nosso caminho, por mais árduo que ele seja, não importa; se a companhia for o amor, a trilha estará vencida.

– Quando Dante trouxer os irmãos Hawthorn, não quero que nos esperem. Sumam com eles, entenderam? – falou ele para a loira.

Nadja avançou até o *kiy* e lhe deu um beijo rápido. Queria ir junto, mas era metódica o suficiente para saber que só atrapalharia. Entregou três pequenos objetos ao *sepher.*

– Seus *tourbillons.* Eu vou conectar um no meu braço, assim acompanharei vocês durante todo tempo – ela esticou o braço e mostrou três lâmpadas na manopla, que estavam apagadas. Tinham as iniciais de cada amigo. Dante ficou embaixo do Beatrix, foi a única vez que os jovens o viram tão sério.

– Bom, caso eu não volte, eu queria que você soubesse que te amo mais do que qualquer coisa neste mundo – ele acariciou a corrente da âncora e se virou. Quando estava próximo à orla da floresta ouviu o barco ranger. – E, por favor, não coloque minha alma numa chaleira.

Caos

DIREN EMPURROU A TAMPA do bueiro e saiu numa rua escura. Suas mãos rasparam a neve e ele se levantou, ajudando Kadriatus. Como previsto, a rede de túneis fora esquecida pelos invasores. Seus únicos companheiros na travessia foram os ratos e as baratas. Uma vez dentro da cidade deviam tomar cuidado com os inimigos, afinal, não sabiam quem eram os Legisladores ou se a própria Desdalain estava mancomunada com eles.

– Prefiro enfrentar monstros da névoa – brincou Diren. – Pelo menos a gente não fica na dúvida.

Kadriatus olhou para o *tourbillon*, a luz de Sehn não piscava mais. Sentiu um aperto, teriam feito a escolha certa? Se o amigo estivesse aqui, saberia o que fazer.

– Está ouvindo isso? – perguntou Diren. Kadriatus assentiu. Os dois saíram do beco.

Houve uma explosão na rua, um rojão violeta pintou o céu e bombinhas estouraram aos pés de Kadriatus.

– SÃO APENAS TRÊS DIAS DE FESTA, ENTÃO APROVEITEM E ESCOLHAM AS MELHORES CAMAS ANTES QUE NÃO SOBRE NEM A DISPENSA! – gritou uma mulher na porta da estalagem.

Diren saltou de volta para o beco e sacou as machetes.

– AH!

– Não! – Kadriatus se pôs ao seu lado, impedindo companheiro de rasgar a garganta da mulher.

– A invasão não começou. Os Legisladores vão esperar Edgar

libertar Desdalain para agirem. Quanto mais tarde, mais fracas as defesas estarão. Vai demorar um pouco até que a notícia se espalhe, essas pessoas não sabem o que aconteceu no centro, ainda – voltou para a rua com Diren em seu encalço.

– Eles já deveriam estar aqui. Invasão esquisita essa – olhou ao redor. Desdalain crescera muito nos últimos anos. Prédios de dez andares se espalhavam em cada quarteirão, lojas de roupas substituíam casas e havia, pelo menos, cinco lojas de carro numa mesma rua. Havia portos, como em Latig, infestando as muralhas e tão apinhados de aeronavios que seus cascos batiam entre si e seus capitães xingavam-se mutuamente. Na praia, fileiras e mais fileiras de barcos a vapor traziam cavalheiros de cartolas com bengalas e damas com grandes vestidos e sombrinhas.

De resto, todo tipo de maluquice podia ser vista desafiando as leis da natureza: um pássaro de metal cruzava os céus trazendo passageiros; uma espécie de tatu emergira no meio da rua e impedia os carros de passar, de sua lateral abriu uma porta e mais visitantes chegaram. A milícia estava enlouquecida tentando arrancar aquela monstruosidade de ferro dali.

– O exército convencional desapareceu. Só a milícia está fazendo a guarda, notou que somos os únicos soldados da *Kabalah* na rua?

– Sim – respondeu Diren. A barulheira atrapalhava seus sentidos aguçados. A cabeça começava a doer e ele sentia um medo irracional tomando-o lentamente. – Não perceberam o templo?

– Não sei, talvez achem que faz parte da comemoração, alguma novidade criada pelos *kohanim* – Kadriatus estava preocupado.

– Verdade – Diren procurou uma saída. Algumas das ruas estavam interditadas, ele viu destroços dos barcos enfiados nas casas. O chão abrigava fileiras de corpos cobertos. Deu um cutucão no amigo, os dois olharam a milícia trazer os mortos.

– Temos que sair daqui. Esses foram só os primeiros Legisladores a atacar. Quando souberem que seus aliados foram derrotados, vão nos caçar de novo.

– Achar uma *sheyvet?* – Diren replicou.

As ruas estavam travadas num congestionamento abissal, a praia estava tomada de barcos voadores, dirigíveis cortavam o céu, carruagens buzinavam pedindo passagem, cavalos mecânicos usavam as calçadas para seus senhores poderem andar.

– Mesmo que quiséssemos, jamais tiraríamos essa gente daqui a tempo. Olha – apontou de novo, um dirigível murchava em cima de um prédio. Eles não viram ninguém ferido, mas sabiam que era culpa de Beatrix aquele estrago.

– Nosso aeronavio passou tão rápido que nem vimos isso – lamentou Kadriatus.

A Milícia enlouquecera, os triciclos flutuantes passavam poucos metros acima das cabeças da multidão e às vezes levavam cartolas e chapéus. Se Desdalain já estava bagunçada por causa da festa, a batalha do aeronavio piorara a situação. Uma fila de carros tombara numa avenida, um barco a vapor se projetava para fora do rio e um templo estava em chamas. A milícia isolara os quarteirões mais próximos do centro, para minimizar os problemas.

Kadriatus puxou Diren para a primeira taverna que encontrou. Havia umas cinquenta mesas no salão, todas ocupadas por famílias e amigos que tinham vindo para as festividades da noite.

– Falar com os *kohanim*? – sugeriu o *arur*.

– Será que a gente consegue? – emendou Kadriatus sentando logo que um casal saiu de uma das mesas – Podemos tentar reunir algumas *sheyvet* aliadas e explicar a eles o que está acontecendo. Quem será que está na cidade?

Diren abaixou a cabeça e respirou fundo.

– Nós estamos sozinhos...

– Cada minuto é essencial. Deve ter um jeito de chamar a atenção das autoridades antes da catástrofe. Eu queria prever o ataque, saber onde eles vão começar para poder detê-los. Cadê a droga do exército convencional? Será que todos eles são traidores?

Diren travou o olhar numa das janelas.

– Kadriatus... se não for uma invasão?

– Por que você está falando isso? – perguntou Kadriatus repentinamente.

– Eles já dominaram a cidade... só estão aguardando o momento certo para se revelarem... Nós aqui, preocupados com o que vai acontecer... Mas já aconteceu... Não haverá guerra, haverá massacre de *bnei shoah*. Um Holocausto. E eu acho que esse momento é agora

– Diren falou pausadamente, como de de praxe, tinha dificuldade com frases longas. Quando concluiu, estava respirando forte.

– Como você pode ter tanta certeza? – Kadriatus perguntou. Diren apontou a janela com o nariz.

Kadriatus se levantou e ficou ao lado do amigo. Seus olhos pousaram na janela. Destacando-se com as centenas de desenhos que contavam a história de Nordara, o Obelisco de Desdalain se erguia entre os prédios. Um gigantesco vulto negro sobrevoava a cidade e cuspia uma abissal labareda de fogo nas casas.

Tehom.

Por um único momento Kadriatus deixou a compostura e assumiu o linguajar de Dante:

– Puta que o pariu.

Enquanto isso, numa rua escura e longínqua, Dante sentou no alto do muro e girou. Tocou o chão sem fazer ruído e correu até uma lata de lixo. Abaixou-se. Estava num beco, mas conseguia ouvir a barulheira da rua. Seriam os ataques dos Legisladores? Para sair daquela enrascada precisaria de seus melhores disfarces. Tirou uma longa bata negra da mochila e uma peruca branca. Do bolso do sobretudo tirou um estojo de maquiagem, passou um pouco de batom nos lábios rachados e lápis nos olhos. Acabou ficando com a aparência afetada de um nobre.

Dobrou a esquina e pisou na calçada. Na mesma hora pôs-se a gargalhar. Não havia nenhum soldado inimigo queimando casas e matando pessoas, nem dragões negros sobrevoando Desdalain ou Titãs esmagando a *Kabalah.*

– Errei de cidade? – perguntou-se.

Desdalain estava em festa como se nada tivesse acontecido. Dante voltou para o beco rindo, as ruas fervilhavam e ele se perdera em pensamentos. Apesar de ter gostado da bagunça, sentia que havia algo errado. Uma calma prestes a ruir.

Tirou a estranheza da cabeça. Precisava encontrar Maya e Lukas. Um ruído na entrada do beco chamou-lhe a atenção. Dois homens mal encarados vinham com pistolas.

– Passa a grana, otário – anunciou o mais baixo deles. – Vai, porra.

Dante sacou a espada tão rápido que a lâmina bateu na parede depois de rasgar a garganta dos dois. Limpou-a e pegou as duas pistolas para si. Jogou-as na mochila juntamente com o disfarce e saiu. Não ia mais precisar dele.

Avançou até encontrar uma ponte cruzando um dos menores rios da cidade. Passou por ela e notou que estava de volta à praia, porém, no lado oposto. O barulho desapareceu como por mágica.

Provavelmente estava num bairro de *ggoyim*. As casas eram menores e as ruas não estavam tão cheias. Desde a queda dos Legisladores, Desdalain se dividira em bairros, concentrando cada um dos povos de Nordara. Por simples prazer, Dante correu da calçada até a areia. A alegria em seu rosto era contagiante, fazia tempo que não se sentia tão bem. Percebeu as pessoas olhando-o. Envergonhado, abaixou a cabeça e ficou quieto.

– Fazia tanto tempo que eu não via o mar – sorriu. Beatrix gostaria de estar ali com ele.

As barracas vendiam frutos do mar e sucos. Ele aproveitou para matar a saudade de comer camarão e tomar suco de laranja. Da praia podia ver o norte da cidade, conseguia ver o Templo também. A floresta de obeliscos destacava-se. Dante estremeceu quando os olhou por muito tempo. Lá estavam seus inimigos, aguardando o momento certo de atacar.

Banhada pelas luzes dos postes a gás e das luminárias elétricas, Desdalain assumia uma beleza sobrenatural. A Cidade da *Kabalah,* como era chamada, almejava as novas tecnologias criadas pelos *da'ath*, mas não conseguia deixar o passado para trás. Um dos muitos problemas que enfrentava ao separar *bnei shoah* e *ggoyim.*

A praia estava tranquila, as ondas não arrebentavam na orla como no restante da cidade. Parecia mágica. O cheiro do vento minuano chegava às narinas do *Yoresh* suavemente, não se sentia mais ameaçado. Era gostoso ficar ali e as preocupações iam embora aos poucos.

Quebrando esta tranquilidade, um disparo ecoou pelas ruas. Instintivamente as pessoas se abaixaram. Mas nenhum inimigo apareceu, a praia continuava quieta. Perturbado, correu na direção dos tiros, eles prosseguiam como se uma guerra tivesse início dentro da cidade. O capitão pensou o pior, mas seria difícil para os Legisladores manterem tanta placidez numa invasão. Fosse o que fosse, aquela luta não era parte do golpe.

Dobrou a esquina e deu de cara com uma avenida, onde um carro estava cercado por soldados e preso a um poste. O eixo estava rachado e ele acelerava, sem sair do lugar. Seus dois ocupantes lutavam ferrenhamente contra os militares, mas seriam subjulgados em breve.

Maya demorou a chegar ao bar. As ruas principais apinhadas de gente estavam intransponíveis, obrigando-a a usar rotas alternativas. De qualquer modo, esperava ter chegado a tempo de impedir o irmão.

Na esquina estava o carro de seu pai, um veículo prateado, baixo, esguio, que lhe lembrava um peixe. Maya diminuiu a velocidade e passou por ele, sem ver ninguém. Preocupada, estacionou alguns metros à frente. Caso precisasse fugir, poderia atravessar uma das pontes que davam acesso à praia e seguir pela orla.

Não sabia como agir agora. Talvez o irmão não tivesse feito nada de errado, e fosse só sua imaginação trabalhando. Talvez já estivesse morto ou começado a namorar alguma garçonete diferente. Quis que Sehn estivesse ali para aconselhá-la. Sentiu-se sozinha pela primeira vez em anos. Apertar a fada e pensar no noivo não a reconfortava mais, pelo contrário, trazia-lhe sofrimento.

A porta do bar se abriu e um soldado bêbado atravessou a rua em direção ao carro. Maya se abaixou para não ser vista e ficou observando pelo retrovisor. Lukas estava atrás do homem, conversando animadamente com ele. Mas não era uma alegria inocente de amigo, era algo sutil, enganador.

Os dois pararam de repente e Lukas abriu o porta-malas. Maya não viu o que aconteceu, mas eles começaram a discutir e entraram no carro, berrando. As pessoas não lhes davam atenção, estavam bêbadas ou ocupadas demais com a festa para se importarem. O soldado olhou para baixo, e então houve um clarão. Seu corpo tombou contra a porta e Lukas o arrumou de modo a parecer que estava dormindo.

Antes que ela pudesse sair do veículo, um soldado veio do bar, procurando os dois. Quando viu Lukas no carro se dirigiu a ele, esbravejando. Mais três soldados apareceram e ela notou a preocupação de Lukas com os recém-chegados. Ele não parava de olhar para baixo, não havia escondido a arma. Então, decidiu sair e ir de encontro ao homem que terminara de atravessar a rua.

O soldado parou do lado do passageiro e olhou para o amigo, quando ia se virar, Lukas lhe deu um chute na pena e ele tombou. O trio tentou chegar até eles, mas uma multidão fechou a rua, impedindo-os de passar. Maya viu o irmão bater a vítima contra a janela do carro e quebrar o vidro, prendendo o soldado lá dentro. As pessoas começaram a gritar e apontar, um dos militares entre elas atirou para o alto. A rua foi tomada de pânico e a multidão correu, sem se preocupar com quem estivesse na frente.

Maya desceu do carro gritando também.

– Para Lukas! – Ele não lhe deu a mínima, só parou quando o corpo do soldado pendeu na soleira. A porta estava coberta de sangue, assim como suas botas. O rosto de seu irmão não era mais o do menininho que vira crescer. Havia algo de mau nele, um ser transtornado que não encontrara ninguém para ajudá-lo. Maya se culpou, passara tanto tempo pensando em Sehn, resolvendo os próprios problemas com a família, que ignorara completamente sua dor.

– Chega, ela não vai voltar.

– Meus sonhos disseram que ela vai – ele retrucou, a voz lenta, diferente dos movimentos.

Lukas se abaixou, pegou uma pistola de cada soldado. A gritaria na rua atraiu a atenção dos militares do bar, e cinco deles saíram para ver o que estava acontecendo. Ao perceberem o amigo no chão e o rapaz ensanguentado, agiram como esperado. Sacaram as pistolas e atiraram. Maya recuou até o próprio carro. Foi pura sorte não levar um tiro. Lukas se escondeu atrás da porta ensanguentada, os disparos atingiram o soldado à sua frente e algumas pessoas na rua.

– Está vendo, Maya? Olhe o que eles fazem em nome da justiça. Veja o crime do Império! – ele se levantou e atirou com uma precisão que Maya desconhecia.

Maya entrou no veículo de Phillip, deu partida e o jogou contra os militares. Lukas aproveitou para andar atirando, acertando mais dois deles na cabeça.

– Lukas, para!

– Não, Maya. Só quando todos eles morrerem.

Uma saraivada de tiros destruiu o para-brisa do carro. Maya levou um tiro de raspão na perna, o sangue se espalhou e ela ficou desesperada, achando que ia morrer. Lukas entrou no carro, atirou no peito de um soldado.

– Isso é pela minha irmã... agora, tira essa merda daqui, Maya!

Forçando a perna, ela manobrou o veículo. Um segundo movimento a fez sangrar muito. A calça colou ao corpo. Ela girava o volante, mas nada acontecia.

Os soldados cercaram o carro e atiraram mais uma vez. Lukas tentou se levantar, usou as pistolas para revidar os ataques, mas errou por causa da posição desfavorável.

– Saiam do carro! Vocês estão presos! – ordenou um dos soldados.

– Só morto! – respondeu Lukas, atirando no homem. Houve mais uma saraivada. Não teriam sorte por muito tempo se os adversários continuassem a atacar.

– Maya, tente acelerar quando eles recarregarem.

– Não dá. Alguma coisa quebrou quando batemos, o carro não anda.

Os soldados prepararam mais uma saraivada, àquela distancia não errariam nenhum tiro.

– Última chance! – gritou o líder deles.

Lukas reconheceu o homem, era Albert. Ele não o encontrara dentro do bar, de tão cheio que estava. Então decidira se vingar em um de seus companheiros de farda. Seu primeiro erro como o justiceiro que pretendia se tornar, jurou não repeti-lo. Preparou para dar um último tiro, sabendo que estaria morto depois disso. Mas não se importou, teria sua vingança. De repente, o choro de Maya chegou até seus ouvidos, ela se esforçava para acelerar o carro e tirá-los dali. Uma pontada de arrependimento o invadiu, ficou indeciso se deveria se entregar e salvá-la, ou matar o inimigo.

Maya acelerou de novo, tentou engatar a ré, mas o câmbio rangeu. Ela encostou a cabeça no volante e rezou. Sentiu o cano quente da arma em sua têmpora e a voz de Albert.

– Sem mais chances, *ruivinha*.

Um dos soldados gritou, desesperado. Albert escapou de ter a garganta cortada por uma lâmina. Seus companheiros foram atingidos por golpes rápidos, um homem os agredia. Albert o reconheceu como um soldado da *Kabalah,* não quis enfrentá-lo e correu.

– Nossa! – Lukas exclamou. Dante passava as espadas tão rápido que elas moviam o ar. Quando a batalha acabou, ele fez uma mesura aos soldados.

– Os senhores lutaram bem, merecem as honrarias – Depois se dirigiu aos irmãos. – Prazer, Dante Wadencliff. Sehn me mandou aqui para salvá-la.

– Mas ele não morreu? – Hawthorn questionou, cheia de esperanças.

– Morreu, mas é tão teimoso que me mandou mesmo assim.

Tehom atravessou Desdalain com um rufar de asas ensurdecedor. Por instinto, Dante se abaixou, mas continuou a conversa.

– Vocês poderiam ser rápidos? Temos um mundo a salvar.

Bnei shoah

Tesla fechou o casaco e calçou as botas. O frio não o incomodava, depois que morrera na Casa dos Caçadores pouca coisa o incomodava. Era como se não fizesse parte da existência, não sentia frio, calor, medo, cansaço. Só um amor incondicional por Edgar e um desejo absurdo de contar a verdade aos *bnei shoah.*

Enquanto o mundo achava que Namid, o Dançarino das Estrelas, era o Messias Sombrio, o destruidor da *Kabalah*, Tesla sabia a verdade, conhecia sua história e o que a pobre alma tentara fazer quando nascera. Só havia uma pessoa forte o suficiente naquele mundo para ajudar Tesla a revelar este segredo e esta pessoa estava morta.

– Preciso trazer Sehn de volta – disse ele.

Edgar passou as mãos nos cabelos, para arrumá-los.

– Onde ele está?

– Em Latig – respondeu Tesla. – Eu consigo localizar todas as almas de Namid. Ele deve saber pelo quê nós estamos lutando.

– Nós libertamos um Titã e estamos derrubando Desdalain. Você acha que Sehn vai entender o que estamos fazendo aqui? – Edgar e Tesla ainda estavam no parcel, as ondas do mar batiam fortes ao seu redor. – Talvez Sehn não queira esta liberdade. Nem todos estão preparados para as mudanças que estamos trazendo, *Tes*. Mesmo se falharmos e que os Legisladores sejam derrotados, Nordara nunca mais será a mesma. – Edgar abraçou o amante

– Eu sei – Tesla acariciou a mão de Edgar. Seus cabelos estavam mais compridos e o corpo adquirira curvas femininas. Era uma mulher. Sua voz se projetou melíflua, doce. – Em todas as minhas encarnações, eu tentei salvar os *bnei shoah* de seu destino. E em todas fui recriminado e morto por causa disso.

Tesla se afastou, assumira a forma de um homem alto, forte, de barba espessa. Desta vez sua voz era cavernosa.

– Eu morri por essa gente tantas vezes que minha alma não consegue mais se unir à Eternidade. Se não fosse por você, teria enlouquecido.

– Vá atrás de Sehn. Traga-o para o nosso lado. Mas eu o conheço o suficiente para saber que será arriscado. Ele não vai entender e talvez até tente te machucar.

– Ele vai. Você sabe disso, provavelmente. Não viu com seu dom de *nabiyim?*

– Eu não consigo ver nada relacionado diretamente a Sehn. Nunca entendi o motivo, mas o futuro dele parece não existir – Tesla não disse nada, andou até a beirada do parcel, pulou na água e afundou. Edgar viu uma luz azulada brilhar onde o amigo mergulhara, ela vacilou, tremulou e sumiu.

Sehn abriu o olho esquerdo, com medo do que iria encontrar à sua frente. Viu metade do asfalto e uma parte de seu próprio corpo petrificado. Abriu o olho direito, viu a outra metade. O corpo da medusa jazia imóvel adiante. Uma placa de madeira e suas espadas estavam fincadas no chão, como um estrepe.

– Pensei que a gente tinha se separado. O que aconteceu? – perguntou Minerva.

Sehn levantou e a menina estava atrás dele. Alongou o corpo, depois percebeu que não precisava mais fazer isso. Era uma alma, não um vivente.

– Alguma coisa deu errado. Minha morte foi interrompida.

– Como você sabe, já morreu alguma vez?

Sehn ficou quieto antes de responder.

– Não, mas li o *Tenakh.* Toda alma se junta à Eternidade no fim de seu caminho.

– E o que é a eternidade, além de um pedaço da existência?

– perguntou uma terceira voz. Sehn virou-se, Minerva correu para junto dele.

Tesla se aproximou. Usava roupas esvoaçantes, uma espécie de túnica negra e botas de fivelas. Não eram as mesmas que usara no parcel.

– Finalmente nos enfrentaremos? – murmurou Sehn.

– Não vim como inimigo. Eu sou um Mensageiro.

– Você é o Dançarino das Estrelas. O Messias dos Titãs. – retrucou Sehn.

– Ou o Libertador dos *bnei shoah*. Deixe-me mostrar a verdade, assim como o fiz com Edgar. Depois disso, você pode escolher que caminho vai seguir. Por favor. Pode me matar, destruir a *Kabalah*. Não importa. Mas você precisa conhecer a verdade sobre nós.

– Que você é um monstro destruidor, que veio para acabar com a *Kabalah* e o Império? – Sehn avançou. Tesla não se moveu.

– Você realmente acredita nessas coisas, não é?

– Com a minha vida.

– Toda a sua vida até aqui é uma mentira. A *Kabalah*, o Império, os *bnei shoah*. Nós somos títeres nas mãos dos *ggoyim*. Venha comigo – Tesla deu as costas para os dois.

Sehn o acompanhou. Tesla foi até uma casa qualquer, sem nada em especial, e abriu a porta.

– Por aqui, mas a menina espera.

– Por quê? – Sehn apertou Minerva contra si.

– Só os *bnei shoah* conseguem fazer isso. Ela pode ser destruída se vier conosco. Vai ser melhor para todos.

– Fique perto do meu corpo – ordenou Sehn – Eu volto rápido, prometo.

– Toma cuidado – Minerva lhe deu um abraço. Depois, se afastou. Sehn e Namid entraram na casa.

Não havia nada de estranho nela. Sehn se lembrou da casa do tio, Phoynikes. A sala era pequena; havia uma estante cheia de livros, uma lareira e quatro cadeiras. Não viu os moradores, mas sabia que estavam todos mortos. Passaram pela cozinha. Tesla se manteve em completo silêncio até tocar a maçaneta da porta.

– Quando cruzarmos esta fronteira, não haverá mais retorno para nenhum dos dois.

– Certo – respondeu Sehn. Tesla abriu a porta, um facho de luz penetrou a casa e os engoliu. Deram alguns passos e Sehn tateou seu caminho até os olhos se acostumarem à claridade.

Seus pulmões arderam. Ele sentiu o chão sob seus pés. Toda a leveza de sua alma deu lugar a dores em seu corpo. Para sua surpresa, o recuperara. Havia lascas de pedra sobre o braço dracônico, mas caíram quando se mexeu. As espadas estavam com ele.

– Namid não nos deixa morrer. Aconteceu a mesma coisa comigo quando você me matou na Casa dos Caçadores – disse Tesla.

Estavam em terreno aberto. A porta da casa ficava numa imensa rocha. Sehn conteve a curiosidade de abri-la.

– Onde estamos? – perguntou.

– Leste de Hellyah, nas fábricas abandonadas.

Sehn conhecia a região. A parte mais alta das montanhas de Hellyah abrigava um conglomerado de fábricas desativadas. Segundo o que contavam os velhos, elas foram usadas logo que a humanidade conseguiu se livrar tos Titãs. Depois, foram esquecidas.

Sehn podia ver algumas delas. Grossas chaminés arruinadas despontavam sem seus terrenos. Portões velhos rangiam quando o vento os empurrava. Sehn acompanhou Tesla por uma das estradas.

Chegaram a uma das menos destruídas. Ainda cercada por arames e com guaritas ao longo de seu muro, as chaminés continuavam a expelir uma fina nuvem de fumaça. Ao se deparar com a fábrica, Sehn se lembrou do Templo de Desdalain e seus obeliscos. As chaminés estavam organizadas no prédio principal quase da mesma forma.

– Esse lugar ainda funciona? – perguntou ao ver Tesla passar pelos portões.

– Se não funcionasse, não existiríamos.

– Nunca estive aqui, essas fábricas foram abandonadas há anos.

– Mentira. Nunca foram usadas por nós.

– Como é? – Sehn andou mais depressa, até emparelhar com Namid. Estavam em frente à porta dupla do prédio principal. Uma corrente velha e enferrujada a trancava. Tesla deu um chute na porta e ela se abriu.

– Essas fábricas nunca foram usadas por nós, *bnei shoah* – respondeu Tesla ao entrar. – Ao mesmo tempo, devemos nossas vidas a elas.

O salão era enorme. Seu teto era cheio de trilhos por onde

deslizavam braços mecânicos que chegavam até o chão. A parede oposta a onde estavam era antecedida por cinco gigantescos tonéis. Às vezes um dos braços se mexia até a ponta da sala e mergulhava num fosso, depois vinha de lá trazendo uma espécie de ovo de vidro e o jogava num dos tonéis. Sehn não conseguia discernir o que havia dentro do ovo.

Numa das paredes um complicado sistema de engrenagens começou a se mexer. Grossos tubos de vidro que serpeavam nela se encheram de um líquido azul e foram despejados nos tonéis. Um dos braços mecânicos deslizou até Sehn e Tesla e se abaixou para agarrá-los. Quando ia fechar as garras, a máquina parou e voltou a sua posição, lá em cima.

– Não se preocupe, eles só conseguem pegar *Ruach* – comentou Tesla.

– Almas? Afinal, para que serve essa fábrica? – indagou Sehn. Não conseguia tirar os olhos dos tonéis.

– Construir almas. Isso aqui é uma fábrica de almas, criada pelos *ggoyim*. Diga-me, *mashiyrra,* o que você sabe sobre Shoah?

– Tudo.

– Estou falando da lenda original. De sua fuga e da união com os Seguidores – Tesla saiu andando pela fábrica, e Sehn foi em seu encalço.

– Shoah era o filho de um Titã com uma humana, ele libertou a humanidade há mais ou menos duzentos anos com a ajuda de seus Seguidores.

– Você acredita mesmo nessa história? – Tesla parou. Estavam em frente a um dos tonéis. A cor do líquido que transbordava lembrou a Sehn as almas que vira em Tosten.

– Aonde você quer chegar? – perguntou Sehn.

– Como um garoto e doze humanos escravos venceram criaturas que nem mesmo a *Kabalah* atual consegue enfrentar? Você viu *Tehom*, o dragão negro. Ele acabou com um castelo com dois movimentos – Namid apontou para o tonel, uma das garras do teto mergulhara nele e tirara um ovo de vidro com alguma coisa dentro. A garra desceu até onde eles estavam e despejou o ovo.

Dentro dele havia uma alma. Um *kohanim* em armadura completa e com um ferimento horrível na cabeça.

– Isto é a Eternidade. É para cá que os *bnei shoah* que morrem vêm. Nós somos brinquedos Sehn, criações dos *ggoyim*.

– Você é louco. – Sehn andou até o ovo de vidro. Passou a mão em sua superfície, o líquido azul lá dentro brilhou.

– Quantos de nós existem no mundo? Diga-me. Quantos *bnei shoah*? – questionou Tesla.

– Dois mil. Exatamente – retrucou Sehn. A alma dentro do ovo se mexeu. Tentou falar alguma coisa, mas o braço do teto pegou o ovo de volta e o jogou no tonel. Houve o barulho de vidro se partindo e algo afundando.

– Sempre dois mil. Ou nós temos o melhor controle de natalidade do mundo, ou temos um sério problema populacional. Você já percebeu que nenhum *bnei shoah,* exceto Edgar e eu se revoltou? Em duzentos anos desde os Titãs, nunca houve uma rebelião pela nossa liberdade? Como podemos aceitar isso? Sermos separados de nossas famílias, entrarmos para o exército, perdermos nossos amigos. Vivemos para a guerra. Só.

– São as tradições da *Kabalah.* Vivemos por ela.

– Tradições ou uma imposição? Uma programação feita pelos *ggoyim?* Por que nenhum deles, por mais que se esforce, entra para a *Kabalah?* Por longos duzentos anos, servimos a humanidade como ela serviu aos Titãs.

– Ainda não entendi aonde você quer chegar...

– Os *bnei shoah* são *Golens.* Criações autônomas dos *ggoyim.* Nós fomos criados para sermos os soldados perfeitos, para protegê-los de qualquer ameaça, ou do retorno dos Titãs.

Um braço mecânico andou pelo teto. Tesla começou a segui-lo.

– Há duzentos anos um pequeno grupo de *ggoyim* conseguiu fugir para estas montanhas, trazendo a tecnologia dos Titãs consigo. Eles desejavam a liberdade, por isso criaram um humano com habilidades excepcionais, que pudesse enfrentar os Titãs de igual para igual. Shoah.

Tesla andou mais depressa, subiu uma escadaria de metal, fazendo um barulho ensurdecedor.

– Depois de criarem Shoah, copiaram a si mesmos e deram vida aos doze Seguidores. Então, percebendo o que poderiam fazer, começaram um árduo trabalho, recriando infinitas vezes esses seguidores até conseguirem um exército de dois mil soldados.

– Eles criaram toda a *Kabalah* de uma vez?

– Exato. Dois mil soldados para enfrentar um Titã. Eles testaram seu exército em Desdalain, no centro do baronato. Ao vencerem o Titã, se organizaram e recriaram seus próprios soldados. Os *ggoyim* haviam descoberto a fórmula para se tornarem deuses. Entretanto, dois desses "grupos" de clones eram imperfeitos e foram descartados.

Tesla estava na boca do grande tonel. Sehn foi até ele. Parou, embasbacado, ao seu lado.

– Isto é?

– As almas dos *bnei shoah* que estão morrendo em Desdalain. Todos que morreram no último ano estão aí. A fábrica é cuidadosa ao recriá-los, precisa manter o contingente de soldados em dois mil. Também precisam apagar suas memórias, ou se tornam *Nephelins.*

– Então é por isso que essas criaturas existem?

– Exatamente – Tesla se abaixou e tocou o líquido, que brilhou. – Os *Nephelins* são *bnei shoah* que não tiveram suas almas apagadas devidamente. A fábrica deve manter o número de duas mil almas vivas, para não desestabilizar.

– Por quê?

– Ela nunca ultrapassa o número inicial. Como foram dois mil os primeiros guerreiros criados, ela está configurada assim.

– E Noah?

– Os Ahsverus são todos as mesmas pessoas. Sempre. Durante longos duzentos anos uma família foi escolhida para ressuscitar como Ahsverus. Noah é Shoah. Vykhtoria é Verena, a mãe de Shoah. Estamos todos presos num ciclo interminável de vidas e ressurreições. Quer ver seus pais?

– Não – Sehn estremeceu. O coração acelerou, as mãos suavam. O choque seria forte demais, talvez não suportasse aquilo. Podia se jogar no tonel? O que aconteceria se o fizesse? Pensou melhor, talvez devesse jogar Tesla ali.

– Ainda não acredito em você.

– Deveria acreditar. Os Legisladores sempre souberam e nos odeiam por isso. Eles acreditam que podem vencer os Titãs e que não precisam de nós, muito menos de nossa tecnologia para viverem.

– Você está me dizendo que os Legisladores sabiam de tudo? – Sehn abaixou-se também e enfiou as mãos no líquido. Seu braço dracônico formigou.

– Depois que Shoah venceu os Titãs, foi criada uma Assembleia para decidir qual seria o destino dos *bnei shoah*. Vendo que eles ainda poderiam ser usados como força militar, os *ggoyim* decidiram manter a fábrica funcionando. Os Legisladores se opuseram, então foram considerados traidores.

Tesla se levantou.

– Os *ggoyim* criaram um código de conduta que seria colocado em seus servos assim que nascessem. Eu nunca entendi como eles faziam isso, mas tem funcionado. Dentro deste código, chamado de *Kabalah*, eles inseriram a informação de que os Legisladores são inimigos perversos, que desejam o retorno dos Titãs.

Uma lágrima desceu pelo rosto de Sehn.

– Nós não nascemos, somos construídos.

– Eu não quero destruir a *Kabalah* por que sou um vilão malvado. Muito menos para conquistar este mundo injusto. Só quero libertar meu povo, dar aos *bnei shoah* o poder de escolha. Por isso voltei. Namid me mostrou a verdade e me fez escolher entre voltar para a mentira ou libertar meus irmãos.

– Como ele descobriu isso, se estava morto? – Sehn perguntou.

– Aquilo – Tesla apontou para um dos braços mecânicos, que estava quebrado. – Quando Namid morreu nas montanhas, sua alma voltou para cá. Ia ser jogado no tonel mais uma vez, só que o braço mecânico se quebrou. Sua alma escapou e ele voltou para Desdalain, encontrou mulheres que estivessem grávidas e se alojou em seus ventres. Escolhera essas crianças para lhes revelar a verdade.

– É muito absurdo. Por que, Tesla? – retrucou Sehn.

– As pessoas têm medo de assumir responsabilidades, do futuro, de ficarem sozinhas. Medo do amanhã e dos fantasmas do ontem. Nós podemos acabar com isso. Podemos matar todos os *ggoyim*. Destruir seu mundo e tomá-lo para nós. Recriá-lo, assim como eles fizeram com os Titãs. É nosso direito.

– Você acabou de dizer que não queria fazer isso – retrucou Sehn.

– Errado. Eu falei que não queria destruir o mundo por ser um vilão malvado. De fato, eu não sou. O que eu quero é a liberdade incondicional de meu povo. Mas para isso, tenho de sacrificar uma parte dele.

– Ninguém vai ser sacrificado. Podemos conversar e libertar a todos.

– Você acredita demais nas pessoas. Ninguém vai nos libertar assim. Teremos que lutar. Até mesmo a própria *Kabalah* vai resistir. Principalmente os *kiy*.

– O que eles têm a ver com isso?

– Os *kiy* são a *Sephirah* mais próxima ao código original da *Kabalah*. Tirar isso deles é como matá-los. Nenhum deles vai sobreviver ao choque de se descobrir uma mentira.

– Então não vamos contar – Sehn pensou em Kadriatus na mesma hora. – Nós vivemos tão bem assim, podemos continuar.

– Vivendo uma mentira? – Tesla explodiu em raiva. – Vivendo como escravos dos *ggoyim?* Nunca!

– Eu não vou fazer parte disso. Não vou matar aquela gente.

– Nem para libertar seu povo?

– Nem para nada.

Tesla avançou. Sehn gingou e chutou-lhe o estômago, fazendo-o se curvar.

– Chega. Eu não vou deixar você destruir tudo. – Sehn lhe deu uma gravata e o virou para o tonel.

– Sabe o que é pior? Eu realmente achei que você entenderia, Hadjakkis.

– Eu entendo. Juro que entendo, mas você está desesperado, deixou que essa informação o enlouquecesse. Precisamos pensar. Um holocausto não é a melhor maneira de fazer isso.

– Eles nos enganaram!

– Não! Essa gente nem sabia disso. Meu pai, o Imperador. Nenhum deles sabia quando te matou. Nem os *ggoyim* de hoje sabem dessa história. Ninguém sabe. Não precisa ser dessa maneira.

– Só com a morte dos *ggoyim* nós triunfaremos – murmurou Tesla.

– Se é assim, você não me dá alternativa, Tesla – Sehn jogou Tesla no tonel. – Eu não vou dizimar aquela gente. Eles são o meu povo também.

Sehn virou para a escada. Tesla saltou e agarrou seu braço dracônico.

– Eu estou em você! Nós somos nove, Sehn. Você não pode me matar!

– Eu posso enviá-lo para a Eternidade, como fiz com meus pais – Sehn ficou olhando para Tesla. O rapaz segurava seu braço dracônico e tentava puxá-lo. – Eu posso qualquer coisa, porque sou um ser livre, porque não importa esse código da *Kabalah*, nem a história dos *bnei shoah*. Eu sou uma alma livre, alguém que escolheu amar e enfrentar o mundo por esse amor.

Ele puxou Tesla até a cintura.

– Você se esqueceu que sou um *mashiyrra?* Que meu poder está ligado à alma também? – os olhos de Sehn brilharam, azulados. A energia percorreu seu corpo e cobriu Tesla.

– Você não é nada, Namid. É só um arremedo de *Nephelim* incapaz de descansar.

O líquido do tonel reagiu ao poder de Sehn. A força azulada que cobria Tesla escorreu. O tonel borbulhou, almas nadaram até Tesla e começaram a puxá-lo. Sehn abaixou até ficar quase com o rosto dentro do líquido e, quando estava próximo o suficiente, enfiou a mão humana no tonel.

– Nós somos feitos daquilo que fazemos – recitou. Perscrutou o tonel e viu seus pais agarrando Tesla e afundando com eles. As bolhas no líquido de almas estouravam na superfície, ele reagia ao poder do *mashiyrra.*

Sehn desceu a escada correndo. Saltou os últimos cinco degraus e a estrutura do tonel se rompeu. O líquido vazou pelo galpão e atingiu Sehn, jogando-o contra uma parede. Vapor quente saiu dos canos, os braços no teto enlouqueceram e começaram a se mexer como serpentes.

O dominó provocado pelos tonéis estourou a parede da fábrica de almas. Sehn ficou sentado, olhando aquele estranho líquido escorrer pelo chão e formar uma lagoa no pátio.

Não sabia o que fazer agora. Tesla lhe revelara a mentira que vivera até ali. Não queria fazer parte daquele massacre, muito menos mentir para seus irmãos de guerra. Estava confuso. O que aconteceria com aquelas almas? Agora que não existia mais uma fábrica, elas morreriam?

Viu Minerva descendo pela estrada de onde viera com Tesla.

Ela passou pelo portão da fábrica e ficou bem no meio da lagoa azulada. Conforme se aproximava, o líquido brilhava com mais intensidade.

– Eu escuto as vozes deles, eles me chamaram, pediram minha ajuda – disse ela. – Eles te amam. Amam a todos. E querem ir embora.

– Para onde? – perguntou Sehn.

– Para a Eternidade.

– Não existe Eternidade.

– Existe sim. Eu posso levá-los até lá.

– Tem certeza?

– Absoluta.

– Eu te amo, Minerva.

– Eu te amo, Sehn.

O líquido azul brilhou mais forte ainda. Sehn percebeu tudo ficar quente ao seu redor. O mormaço subiu. Minerva começou a se desfazer, duas almas se levantaram ao seu lado, Aleantrus e Thyzar. Pontos azuis semelhantes a bolhas de sabão se ergueram da enorme poça e pipocaram aqui e ali. Mais pessoas foram se erguendo da lagoa. Uma multidão se formou onde só havia destroços.

– A Eternidade é só uma parte da vida, Sehn. Não importa se você é *bnei shoah* ou *ggoyim*, todos têm direito a ela – disse Minerva, antes de sumir.

As luzes apagaram. Sehn piscou. Estava no centro de Latig, em frente a suas espadas. Uma plaquinha de madeira exibia uma mensagem riscada: "Não deixamos para trás nossa vontade de lutar, nem esquecemos pelo que lutamos. Fazemos, por acreditarmos num mundo melhor".

Notou um carro parado a alguns metros, numa esquina. Quebrou seu vidro com um murro e ligou-o. Segurou o volante com as duas mãos e pisou fundo no acelerador, fazendo o motor urrar. Em cima do capô notou o símbolo de um cavalo. Fixou o olhar nele durante alguns instantes até perder o foco. Seus olhos acharam uma coisa muito mais vistosa do que o veículo onde estava sentado.

Na esquina oposta, havia um triciclo negro com duas rodas dianteiras e uma traseira. Era um veículo rápido, potente, criado para curtas distâncias e altas velocidades. Os pneus eram grossos, estavam juntos pelo eixo e presos por parafusos do tamanho do dedo de um homem adulto. Acima deles estava o motor, uma máquina roncadora, com dois escapamentos apontando para o céu como se fossem chifres. O banco era de couro, o guidão estava desgastado e rangia quando tentava virar a fina roda da frente. No passado o triciclo fora amarelo, agora adquirira um tom alaranjado e sujo.

O motor roncou como o dragão negro quando Sehn disparou pela cidade, a única coisa que marcou seu rastro foi a grossa camada de poeira.

Kadriatus e Diren ainda olhavam abobalhados para o dragão negro encarapitado no obelisco. A taverna começara a despertar para os problemas que a cidade enfrentava. Pessoas correram desesperadas e houve um tumulto do lado de fora, abafado pela música que a banda tocava.

O *kiy* teve sua atenção desviada por uma garçonete que passava levando petiscos e cerveja para os clientes. Era uma moça baixa, magra, de cabelos pretos e corpo pequeno. Parecia com Nadja, se ela não estivesse confinada num exoesqueleto e fosse loira. Por um momento Kadriatus pensou em todas as possibilidades e alternativas para sua vida, caso pudesse ter a mulher que amava completamente.

Depois disso as coisas aconteceram em ritmo lento, a cantoria foi interrompida e dois lampejos caíram sobre a cidade. A moça olhou para Kadriatus. Diren se levantou e chutou a mesa, espalhando a cerveja no chão. Um homem caiu, uma mulher gritou e dois cavalos galoparam pela rua. Por instinto, o *kiy* se levantou também e pulou na direção da garçonete, jogando-a ao chão.

Houve uma explosão.

A parede que dava para o farol foi destruída e os músicos atingidos pelos destroços. Meia dúzia de pessoas tombou morta na mesma hora. Gritos, choros e clarins ecoaram em Desdalain. O coração de Kadriatus bateu alto como os instrumentos, o de Diren acelerou.

– Eles chegaram – berrou o *arur* sacando as duas machetes e se escondendo atrás da mesa.

Um segundo clarão estourou acima de suas cabeças. O bar ficou quente como o inferno. Os clientes correram para abandoná-lo.

– Não! – berrou Kadriatus, mas foi ignorado. Ele já tinha visto as sombras passarem entre os escombros e o som inconfundível de arcos sendo retesados. A garçonete tentou se desvencilhar de seu abraço e ele a apertou contra si.

– Fique, eles querem que a gente saia – ela tentou fugir mais uma vez, com medo daquele homem assustadoramente forte. Ele a apertou até ouvir um gemido. – Não me faça machucá-la, Nadja.

Os fugitivos já tinham chegado à porta quando uma nuvem de flechas atravessou o salão. As pessoas voltaram, mas outra nuvem cortou a fumaça e os atingiu. Um rapaz tentou ajudar um velhinho que caíra entre as mesas, suas costas ficaram como alfineteiras; outro, apaixonado por música, amparou o vocalista da banda e foi atravessado por projéteis de penas azuis; uma moça corria com os cabelos em chamas; uma mãe procurava pelo filho enquanto flechas eram disparadas contra ela. A mulher só parou quando viu o corpo do infante pendurado no balcão.

Uma enorme runa de luz imitando o símbolo da cobra surgiu na fumaça. Não era a Névoa que se espalhava, mas o pó e as cinzas da cidade morta. A runa desapareceu e uma nuvem de flechas rompeu em direção às vítimas.

– Kadriatus, são os Legisladores! – berrou Diren.

O Guardião olhou para as flechas. Os caminhos que elas tomavam eram marcados por uma faixa de luz azulada.

– Eles querem o Obelisco! – gritou Kadriatus, depois, para a moça.

– Quando eu correr, você vem junto, entendeu? – ela assentiu. – Diren, para o segundo andar quando eu mandar!

Mais uma vez o clarim soou na praia, incrivelmente alto. Seu som estridente acordou o mal no coração dos homens e chegou aos ouvidos dos Titãs. Mais de duas mil cabeças se viraram em direção ao Obelisco de Desdalain e o viram tremer. Logo em seguida, suas inscrições brilharam.

– Eles estão acordando Desdalain. Consigo ouvi-lo gritando – Diren puxara a mesa para perto e a girava pelo assoalho até chegar ao companheiro.

Ainda no bar, um soldado sacou a baioneta e disparou contra os invasores. Aproveitando que ele errara, os inimigos dispararam flechas contra ele. Um menino tentou roubar o caixa, mas acabou morto pelo dono do estabelecimento, que fugiu pela porta dos fundos.

– Kadriatus! Fundos! – gritou Diren, vendo o homem fugir, teve uma ideia. Moveu a mesa com mais rapidez, quebrando sua parte inferior e uma das pernas.

– Anda logo! – continuou ordenando. Kadriatus pegou a mesa e a puxou para si, o *arur* se abaixou ao seu lado.

A mesa parecia uma alfineteira. Os dois estavam preocupados, a moça não conseguiria sair dali com eles, por mais habilidade que tivesse. Tinham uma opção, sacrificá-la para desviar a atenção dos atacantes, ou levá-la e se arriscarem a morrer. Silentes, optaram pela segunda.

– No segundo andar podemos ir pelo telhado – disse Kadriatus, meio receoso de ser contrariado.

–Linha de tiro. – Diren virava a cabeça da escada para a porta, calculando as distâncias e riscos.

– Se qualquer um dos dois falhar, alguém morre até chegarmos à saída. Eles estão entrando!

O som de botas preencheu o salão. Diren enfiou as espadas nas bainhas e puxou os companheiros violentamente. Se não saíssem agora, morreriam.

Eles correram, esforçaram-se ao máximo por suas vidas. Atravessar aqueles seis metros que os distanciavam da porta foi, naquela hora, um ato de bravura e loucura. Diren bateu com tudo contra a porta e deu uns passos para trás, tonto, levou a mão à maçaneta e percebeu que o dono a trancara antes de sair.

– Juro que vou matá-lo – anunciou.

– Sai! – berrou Kadriatus, eles não tinham tempo para divagações. O *kiy* deu um murro na fechadura, arrancando-a.

– Leva ela! – ordenou ao companheiro.

Diren saiu conduzindo a moça toscamente. Percebendo que

estavam num beco, o garoto diminuiu o passo e se escondeu atrás de uma lata de lixo. – Dá pra ficar aqui uns segundos, Kadriatus.

– Ele não saiu – as palavras da garota ecoaram secas.

Diren girou nos calcanhares sacando as espadas novamente. Os postes vacilaram.

– A *Névoa* está falhando... Desdalain vai acordar agora...

Deu dois passos em direção a taverna, quando estava para dar o terceiro, um guincho horrível invadiu seus tímpanos. Tentando ficar de pé, mas falhando miseravelmente, o *arur* deixou as espadas caírem. Atrás dele, a moça chorava.

Os invasores cruzaram as ruas, passaram pelo beco e não deram a mínima atenção aos dois. Eram centenas e centenas de soldados em armaduras de placas e com longos mantos vermelhos. Nas costas, a serpente devorando o mundo. Seus elmos eram escuros, abertos no rosto e feitos de aço, o peito estava protegido por uma placa única e suas grevas eram detalhadas. Usavam espadas, lanças, arcos e flechas.

Entretanto, não eram eles quem guinchavam alto no coração e espírito dos *bnei shoah* e dos *ggoyim* sem fazer distinção de nascimento e história. Era algo muito maior e mais apavorante do que um homem podia ser.

Desdalain se curvou ao seu poder. Quatro imensas asas coriáceas se abriram como sombras nas trevas de outono, rufaram como um tornado e levantaram uma nuvem de poeira do tamanho de casas. O corpanzil de escamas e placas sobrepostas de bronze provocava uma imagem distorcida sobre a cidade. A imensa cauda chicoteava e ribombava como um sino, por causa das placas soldadas. Ao bater contra o mar, um pequeno tsunami teve início. Ele abriu a bocarra e lançou um titânico jato de fogo, derretendo casas e pessoas. Seu olho esquerdo brilhava, o direito era uma esfera vermelha.

Toda vez que batia as asas, provocava um rangido forte de metal envelhecido. Encarapitando no Obelisco de Desdalain, ele cuspiu suas chamas mais uma vez e tornou a noite um dia de inferno. Um milhão de vítimas se lembraram das histórias da *Kabalah*, porque, *Tehom*, o Pai de Todos os Monstros, despertara sobre suas cabeças.

Nunca as lendas pareceram tão reais. Nunca em toda história de Nordara o fim pareceu tão próximo.

O primeiro Titã chegara. E a noite das facas longas estava apenas começando.

Nadja viu o imenso dragão rasgar o céu do baronato com suas asas metálicas e voar em direção ao centro de Desdalain. Ela estremeceu, sabendo que aquele era um dos Titãs liberto pelos Legisladores. Ninguém mais faria isso, era loucura depor os Ahsverus em troca do cárcere do passado.

– Traidores – murmurou.

Desde que perdera o corpo se preparara para um embate nestas proporções. Nunca dividira o fardo com ninguém, nem se lamentava de seu destino. Nadja era forte e capaz. Gastara os últimos anos numa invenção que a colocaria no Hall dos melhores *da'ath*, tal como sua mãe e seu pai. Só um membro da Canção do Silêncio dividira este segredo com ela. Não era Sehn, nem Kadriatus, nem Dante.

Era alguém que passara pelo mesmo sofrimento de perder o corpo e continuar vivendo. Beatrix era sua confidente. Calma, Nadja acariciou o timão e sussurrou.

– Chegou a hora, minha amiga. Eu não sei como isso vai terminar, Beatrix. Nenhum cálculo me deu a resposta correta, então, pode ser nossa última vez, entendeu? – encostou a cabeça num dos mastros e deixou uma lágrima escorrer por seu rosto.

Em resposta, o aeronavio soçobrou e se levantou. As hélices giraram lentamente até ganhar velocidade e mover a embarcação.

– Só nós podemos derrubá-lo – continuou Nadja olhando na direção para onde o dragão ia. – Não haverá melhor oportunidade para gravarmos nossos nomes na história.

Além de uma arma perfeita, seu corpo tinha uma habilidade secreta, algo que ela passara os últimos meses aperfeiçoando. Vendo o dragão encarapitado no obelisco que muitos soldados morreram para proteger, teve certeza que chegara a hora de morrer.

Um alçapão se abriu no meio do convés. O Beatrix começava a se mover, acompanhando o rastro deixado por seu inimigo. Nadja desceu até o porão, ela havia mudado aquele ambiente, e agora sua arma repousava tranquilamente à sua espera. No meio do porão havia uma incubadora de vidro e dentro dela, o corpo de Beatrix flutuando num líquido azulado. Da parte inferior do vidro uma centena de fios coloridos se espalhava pelo chão. Nadja se sentou em frente ao recipiente.

Calmamente, pegou as pontas soltas dos fios e foi conectando-os em sua armadura. Cada um provocava um barulho mais alto que seu antecessor, liberava mais Névoa e aumentava a velocidade do barco. Quando Nadja encaixou o último, sua cabeça tomou para frente e seu exoesqueleto desligou.

Morrera para ficar mais viva do que nunca.

A NOITE DAS FACAS LONGAS

KADRIATUS ESTAVA PARA SAIR da taverna quando uma flecha atravessou-lhe a perna e ele tombou. Um soldado correu e chutou-o. Em seguida, fechou a porta da fuga e arrastou seu corpo para o meio do salão. Jogado entre tantos corpos moribundos, o *kiy* era uma presa fácil. Ao seu redor cinco soldados soltavam os arcos e sacavam as espadas.

– Ah, um Guardião. Ainda não matamos nenhum, matamos? – O líder deles comentou triunfante, antes de chutar a cara do prisioneiro. Kadriatus caiu de costas no chão e sua espada bateu contra o pé de uma mesa. Os homens olharam para a arma, depois para as mãos dele.

– Mais um monstro da *Kabalah*? – o soldado agarrou seus braços e estendeu sobre a mesa.

– Cortem! Vamos dar a esses desgraçados aquilo que merecem. – Seu companheiro sacou a espada de Kadriatus. Era uma arma fina, elegante e curvada.

– Que porcaria é essa? – indagou o homem.

– Se chama katana, seu inculto – respondeu Kadriatus, calmamente.

O primeiro soldado deu o golpe, a lâmina bateu contra as luvas e vibrou. Aproveitando o susto, Kadriatus chutou o joelho daquele que o segurava e o jogou contra a espada do amigo. Acompanhou o movimento e empurrou os inimigos, deu um salto para trás, meio desengonçado e agarrou a katana.

O líder tentou flanqueá-lo. Kadriatus puxou a espada para si e deu-lhe um golpe com a chapa da lâmina. O elmo do Legislador tiniu como um sino e ele perdeu o equilíbrio. Kadriatus empurrou o homem em cima dos aliados e começou a estocar seu corpo. Os demais tentaram se desvencilhar, mas o corpo do líder pesava e as armaduras os impediam de se mexerem. Acabaram morrendo pelo excesso de proteção. Mais soldados apareceram na entrada da taverna. Por sorte, Diren surgiu atrás deles, golpeando-os enquanto sacavam as armas.

– Por que não correu?

– Eles trancaram a porta! – respondeu Kadriatus, bravo.

Diren olhou para o rombo na parede, ergueu as sobrancelhas.

–Não viu isso?

– Andou tendo aulas com Dante?

– Não, Beatrix – vinte soldados entraram disparando com os arcos. Kadriatus soltou a espada e agarrou duas flechas, que iam atravessar a cabeça de Diren. O *arur* respirou aliviado, jogou a machete contra um dos Legisladores e saltou para o meio deles, chutando e batendo.

– Desdalain acordou – disse enquanto arrancava a machete do defunto.

– Vamos sair daqui, depois conversamos.

Kadriatus agarrou a katana de volta e correu com Diren. Se jogaram pela parede destruída e saíram no beco. A moça tinha desaparecido. Atravessaram a rua e quase foram atropelados por um carro desgovernado.

Depois de muito correr, encostaram-se a uma parede de esquina. Dali, tinham a vista completa das ruas. Numa delas, triciclos das milícias formavam uma roda, tentando impedir os Legisladores de avançar. Noutra, um pequeno grupo de convencionais se enfileirava, atirando com suas baionetas nos invasores. Eram apenas vinte pessoas, provavelmente soldados que haviam se encontrado no meio da bagunça.

–Ajudá-los – Diren avançou, mas parou quando Kadriatus não se mexeu.

– São apenas *ggoyim*.

– E... salvam vidas... sem questionar... – replicou o *arur* com dificuldade. Kadriatus meneou a cabeça, pensando no absurdo que acabara de falar. Partiu com Diren contra os Legisladores e os atacou pelas costas.

– É a *Kabalah!* – gritou um convencional. Kadriatus e Diren continuaram atacando, não enxergavam direito o que estava no caminho, suas espadas subiam e desciam, como se desbravassem a mata virgem. Tiros ricochetearam nas armaduras dos inimigos, os convencionais atiravam.

– Junte-se a eles, precisamos formar grupos! – berrou Kadriatus ao amigo. Diren não questionou, golpeava com movimentos cirúrgicos. Não se desgastava atacando mais de uma vez. Estava ali para quebrar sua formação, não derrotá-los.

Kadriatus deu uma jogada de corpo no Legislador mais próximo. Passou a espada no pescoço do vizinho e levou uma estocada pouco acima da coxa. Cambaleou; a perna ferida pela flecha ainda doía. Naquela hora sentiu que não chegaria aos companheiros. Caiu ajoelhado e tentou se proteger da saraivada de golpes que viriam.

Um tiro passou ao lado de sua cabeça. Ele viu atrás de si um soldado correndo de um beco e mirando, alguém pronto para matá-lo, mas tombou morto antes que atirasse no Guardião. Kadriatus gravou o rosto do homem que lhe salvara a vida, iria agradecer posteriormente. Sem tempo para respirar, se ergueu e viu Diren lançando as machetes sem se importar com o que estava na frente. Numa tentativa desesperada de sobreviver, reuniu o pouco de forças em seu corpo e seguiu o mesmo caminho da arma. Tombou novamente, dessa vez nos braços do amigo.

– Sempre soube que você me amava – brincou o *arur* piscando os olhinhos mostarda.

– Prometo que não conto a ninguém. Você nem faz meu tipo mesmo – respondeu o *kiy*. Largou o amigo, correu para os Legisladores e viu a mágica acontecer.

Um soldado recuou, obrigando os aliados a se moverem. Os Legisladores gritavam de medo, os convencionais de prazer. Kadriatus procurou aquele soldado de novo, pois estava preocupado que uma pessoa sozinha fosse um alvo fácil, mas para sua surpresa, o homem já estava entre os seus, comemorando a vitória e incitando os companheiros.

– Se abaixa! – ordenou Kadriatus. Diren se jogou no chão e os tiros das baionetas estouraram os alvos, vindos tanto da milícia, que derrotara seus adversários, quanto dos convencionais.

O ataque acabou rápido depois disso. Os sobreviventes se juntaram, agradecendo mutuamente. Circundaram Kadriatus e Diren. Havia idolatria em seus gestos, mas não se atreveram a chegar muito perto.

– Obrigado – falou um dos soldados.

– Hã? De nada – respondeu Diren, encabulado.

– Mas não sabemos o que está acontecendo, os senhores podem nos ajudar? – continuou. Era o homem que salvara Kadriatus.

– Os Legisladores voltaram, liderados por Edgar Crow, e vão acordar Desdalain a não ser que façamos alguma coisa. Minha *sheyvet* estava em cima do templo quando eles atacaram, vimos o brasão de Ahsverus ser destruído e fomos atacados por pequenos aeronavios. – Kadriatus verificou os machucados na perna e aguardou uma reação.

– O senhor quer a nossa ajuda? Somos apenas *ggoyim*. Não é melhor procurarmos Ferdinand? – o convencional olhava pela rua de onde viera, Kadriatus notou.

– Algo errado?

– Fui atacado a pouco, não sei se a pessoa veio atrás.

– Qual seu nome?

– Albert Barrow, senhor – Kadriatus e Diren não disfarçaram a surpresa ao reconhecer o nome.

– Barrow? Você tem algum parente na *Kabalah?* – Kadriatus perguntou, enquanto Diren organizava os soldados, mas prestava atenção à conversa.

– Sou adotado, senhor. Quando meu pai morreu, fui morar com os Barrow e recebi seu nome.

– Conhece algum Nikolas?

– Meu irmão de criação – Albert respondeu.

– Nós o conhecíamos – Kadriatus fez uma mesura.

– Eu também os conheço. Vocês são a Canção do Silêncio, Kadriatus Drachenfels e Diren Grey. E será uma honra lutar ao seu lado com meus companheiros.

– Obrigado – respondeu, encabulado. Partiram rumo ao centro de Desdalain, rezando para que tivessem alguma chance contra os deuses.

O pequeno grupo só teve noção da desgraça quando chegou ao templo. No caminho haviam encontrado centenas de convencionais perdidos, que se reuniam para sobreviverem. Pais de família, mulheres, jovens e crianças haviam se armado e devolvido os ataques aos Legisladores.

Kadriatus e Diren trocaram olhares, prevendo o massacre que teria início assim que aquelas pessoas se dispersassem. Precisavam de um líder, um força que os ajudasse. Caravanas se dirigiam ao templo, em busca de abrigo. Legisladores apareciam e atacavam, mas eram rechaçados pelos convencionais. Eles não iam aguentar mais um dia sequer naquele ritmo.

Quando finalmente chegaram ao templo, Kadriatus e Diren contaram os soldados e voluntários que tinham para se defender. No total, quatrocentas pessoas. Seria um bom número se não tivessem que proteger quase dois mil indefesos, apinhados nos salões. O espaço que tinham era pouco, e essas pessoas não teriam para onde correr se eles fracassassem.

– Que faremos? – perguntou Diren, vendo Kadriatus organizando os soldados pelo muro do templo. O *kiy* deixara o arco num canto com a aljava, não usara nenhuma flecha, e Diren não sabia como aquela coisa funcionava. Tinha medo, mas estava feliz por ter um amigo para ajudá-lo.

Kadriatus respondeu tão frio quanto as águas que banhavam Desdalain, mas com olhos tão quentes quanto as chamas que ardiam ao seu redor.

– Morreremos honradamente, de pé e no campo de batalha.

Se um viajante numa noite de inverno estivesse na estrada para Desdalain e olhasse para trás, veria manchas rubras rasgarem o céu próximo às montanhas de Hellyah, indicando que chamas explodiam no horizonte e muito além de Farhan. Entretanto, não era lá que começava a guerra. Era em Desdalain que a revolução começaria e transformaria Nordara. Seria preciso muito tempo para apagar as mágoas daquela noite e esquecer a violência que caíra sobre a cidade.

Mães corriam com bebês no colo e eram cercadas por soldados de uniforme negro, pais eram arrastados pra fora de casa e viam os filhos degolados nas praças, meninas e mulheres sofriam a violência insaciável dos homens. Aquela canibalização não tinha fim; carne que se alimentava da carne, violência que devorava liberdade, mortos a sacrificar os vivos com a profanação de seus direitos. A cacofonia acordou o mundo, que não podia mais se manter afastado do mal.

A horda de soldados se organizara em quatro grandes círculos que partiram do centro de Desdalain. Cada um destes círculos recebeu o nome de "Onda" e invadiu o baronato de Shoah estrategicamente, cumprindo seu papel com maestria.

A primeira Onda era composta por voluntários. Parentes dos golpistas que desejavam fazer parte da história e da traição e almejavam seu lugar naquela batalha a qualquer custo. Foi-lhes dado o apelido de "Inferno", porque traziam tochas e queimavam tudo em seu caminho. Ingressaram na cidade como um conjunto de serpentes flamejantes imbatível, tudo que faziam era correr e tacar fogo no que viam para atrapalhar a resistência ou destruir possíveis abrigos.

A segunda Onda era composta por arqueiros e corria mais espaçada, caçando fugitivos e acertando-os com flechas. Foi-lhes dado o nome de "Vespas". Não usavam armaduras pesadas, só mantos pretos e leves. Disparavam rapidamente, não se importavam em deixar os inimigos vivos e passavam pelos moribundos com a certeza da vitória.

Os arcos estavam tão ultrapassados em Nordara que muitos dos habitantes fixavam o olhar nas armas sem ter noção de seu perigo. Flechas zuniam na escuridão e atravessavam roupas como se elas não fossem nada. De fato, os soldados convencionais eram exímios arqueiros. Fosse pela surpresa, fosse pela traição, o povo era vítima fácil.

A terceira Onda vinha a cavalo. Não aquelas máquinas de bronze e ferro dos *kohanim,* movida a Névoa. Era uma cavalaria viva, liderada por corcéis e cavalos de guerra e trazia a bandeira do Novo

Império, a força por trás daquele ataque. Essa hoste pisoteava os desavisados que saíam às ruas para ajudar amigos e familiares, ou então, voltavam e refaziam a carga, numa arrogante demonstração de força. A terra tremia à sua passagem, o relinchar de duas centenas de cavalos cobria qualquer barulho. Não tinham nome, não havia tempo para nomear uma hoste tão rápida.

Os golpistas riam e a quarta Onda era liberada. Quase como se a risada dos primeiros fosse o sinal para os últimos atacarem. Chamada entre os seus de "Chacais", estes soldados eram responsáveis por dizimar os sobreviventes. Portavam adagas, espadas curtas e facas; andavam calmamente, como num desfile, entravam nas casas e prédios e terminavam o serviço de seus companheiros. A cidade ficava assustadoramente quieta após sua passagem.

Nenhum deles esperava encontrar resistência. Por isso foi com surpresa e admiração que estancaram em frente ao Templo de Shoah quando se depararam com o lábaro da *sheyvet* que o defendia.

Havia duas pessoas à frente do pequeno exército. Kadriatus e Diren. Ambos seguravam o lábaro com um orgulho invejável, desafiando os Legisladores a avançar. As tochas do esquadrão Inferno iluminaram seus rostos, revelando a verdadeira face dos *bnei shoah*.

Pela primeira vez naquela noite os Legisladores sentiram um tipo de medo que não se explica com palavras. Era como ver um Titã e temer sua presença ancestral. O *kiy* e o *arur* eram o dragão do Império, a força que os Legisladores não podiam enfrentar. Kadriatus ergueu o lábaro de sua *sheyvet*. As três mil gargantas inimigas sussurraram seu nome.

– A Canção do Silêncio...

Ele conseguira o efeito que precisara para abalar os inimigos. A partir daquele medo destruiria os traidores. Toda a glória que almejara durante a vida estava ali, no campo de batalha. Desceu o lábaro com força, cravando-o no chão, e pegou o arco. Na aljava, escolheu nove flechas, prendeu quatro entre os dedos e cinco em pequenas fissuras em sua mão mecânica. Os projéteis se apoiavam nas duas cordas da arma.

– O arqueiro de nove flechas – falou Diren, maravilhado com a cena. A pose de Kadriatus era impecável, seu braço estava firme, apesar da força para segurar as flechas. Era como a estátua de um arqueiro.

Estava na hora da *Kabalah* mostrar porque era o exército mais temido, não só do Quinto Império, mas de toda Nordara. Não haveria perdão. Eles não recuariam, não desistiram. Os Legisladores haviam matado seu regente e conspurcado seu sonho. Era hora da revanche.

– Esperem eles atacarem – disse Kadriatus enquanto mais soldados apareciam nas ruas. – Deixem que venham para a morte. Defenderemos nosso povo, sem distinção. *ggoyim, bnei shoah,* defenderemos todos os homens livres de Nordara e além.

Um ruído alto repercutiu nas fileiras da *Kabalah*. As baionetas estavam engatilhadas. Canos se projetavam de sua frente.

A *Kabalah* e o Império estavam prontos para matar e morrer por seus ideais. Estariam os Legisladores prontos também?

Era fabuloso ver o espetáculo da guerra de longe. Mas de perto, os olhos de Kadriatus se assustavam e o suor pingava do rosto de Diren. Eles só teriam uma chance, depois correriam para o Templo e seriam facilmente sitiados. Sua resistência agora só tinha como finalidade retardar o ataque. Depois disso não sabiam o que fazer.

– Olhem para mim! Olhem para mim, Filhos de Shoah! Estes homens não são nossos irmãos. Estes homens não são o exército de Ahsverus. Estes homens são traidores mesquinhos, ratos que não podem nos vencer em combate direto. Estes homens são filhos dos Legisladores, Arautos da Mentira, assassinos covardes que mataram nosso povo e chacinaram as próprias famílias em busca de poder. Eles não podem nos derrubar, seus poros exalam covardia – Disse Kadriatus, sem se mover.

–Estão vindo – falou Diren. Ele sacou duas espadas curtas e se posicionou também.

Kadriatus notou a fileira inimiga se mover. Respirou fundo.

– É agora. Preparar para o choque! Só disparem depois de mim!

A fileira de Cavaleiros legisladores gritou e avançou. Kadriatus esperou o máximo que pôde, sabia que era um exemplo para aqueles convencionais e se errasse, terminaria a guerra de um jeito trágico. Seus nove disparos deveriam ser perfeitos para definirem qual lado venceria.

E assim eles foram.

As nove flechas atingiram a primeira fileira de cavaleiros, fazendo-os tombar, e impediram que o ataque prosseguisse. Os convencionais atiraram logo em seguida, interrompendo a Onda de inimigos.

– Avançar! – berrou Kadriatus, preparando mais nove flechas. Depois delas, só lhe restaria a espada.

– Avançar! – gritou Diren ao seu lado.

A quarta Onda veio atrás dos cavaleiros, achando que iam massacrar os rebeldes. Eles não esperavam cair numa armadilha tão cruel quanto a sua: a *Kabalah* impedia-os de avançar e os separava da cavalaria, que acabara cercada pelos convencionais.

– Nós podemos derrotá-los! Separem as Ondas! – gritou Kadriatus. Ele avançou, e dez soldados vieram atrás, Albert entre eles. O homem se tornara seu braço direito. Enxergavam a vitória onde só havia derrota. Empolgados, destruíram a frágil barreira que os Legisladores ergueram para si e pisotearam os inimigos.

A situação estava caótica. Fugitivos apareciam nas ruas, soldados perdidos caíam no meio da contenda, pessoas corriam a esmo. Kadriatus e seus aliados estavam cercados. Lutavam como feras no meio do círculo de cavaleiros, arqueiros e matadores da última Onda.

– Temos que recuar! – gritou. Ele via a derrota, apesar da superioridade de seus companheiros. A batalha pendia para os Filhos de Shoah, mas o número de inimigos era grande demais. Era uma questão de tempo até romperem a defesa. Largou o arco e passou a usar a espada.

Uma corneta soou. Os Cavaleiros e os Chacais recuaram. Os soldados imperiais que estavam entre eles passaram incólumes. Havia algo de estranho naquela fuga, Kadriatus notou. Se tentassem um pouco mais eles poderiam ter chegado ao portão do Templo.

Ao ver seus companheiros se reunirem e fecharem a formação, Kadriatus sentiu um calafrio. Estremeceu e rezou para que fosse só nervosismo. Sua experiência lhe dizia que os inimigos ludibriavam-nos, mas não conseguia achar a armadilha.

– Recuar! – gritou, percebendo o estranho movimento nas fileiras inimigas. Os Cavaleiros se aprontavam para atacar, mas não faziam isso direito. Havia espaços perigosos entre eles. Um exército que se mostrara tão bem controlado até então perderia a carga daquele jeito.

– Recuar! – gritou novamente, mas não foi ouvido. A armadilha estava pronta e ele nada podia fazer. – Recuar, recuar! – insistiu.

Diren estava distante do *kiy*. Entusiasmado pelo combate não ouviu os gritos dele nem viu a estranha formação dos Legisladores. No fim da rua surgiu um grupo de soldados, as Vespas. Alguns dos convencionais olharam com admiração para as armas rústicas. Nenhum exército usava aquelas coisas; eram velhas, fracas e não podiam feri-los. Mas algo no olhar dos soldados de preto fez os Filhos de Shoah tremerem.

– Preparar! – ordenou o homem a frente da linha inimiga: Edgar. Kadriatus e Diren não acreditavam que ele liderava o exército, mas seu antigo aliado estava lá, pronto para destruí-los.

– Abrir círculo! – Kadriatus berrou em resposta, pois não podia se deixar levar pelo adversário. Os soldados se separaram, deixando um lugar vago ao centro. Isso tornaria o ataque dos arqueiros menos eficaz, mas tiraria quaisquer chances de defesa contra a cavalaria.

– Não! – gritou Diren, percebendo a estratégia – Deixem a formação cerrada! – os corpos e os cavalos não permitiam que ele corresse. Havia barulho demais para que seus aliados o ouvissem, para seu desespero seus companheiros também haviam parado e não sabiam o que fazer. – Me acompanhem! – gritou ele, tentando tirar os amigos daquela selvageria.

– Retorno! – gritou Edgar, para surpresa dos aliados de Kadriatus. Os arqueiros baixaram as armas e os Cavaleiros dispararam num trote aberto e desorganizado. Isso seria o suficiente para quebrar a defesa dos convencionais.

– Saiam da rua! – ordenou Diren saltando com Albert para dentro de uma carruagem tombada.

Kadriatus achou que não poderiam ser vencidos por aquela carga, mais fraca devido às pesadas baixas infligidas ao exército de ocupação. Todavia, atrás dos cavaleiros, uma centena de arcos foi retesada e as flechas chegaram antes, atingindo seus companheiros em pontos estratégicos e acabando com sua proteção.

A manobra havia sido calculada, os cavaleiros só retornaram para distrair os defensores; os arqueiros aproveitaram este movimento para forçá-los a se separar. Assim, a carga da cavalaria teria tempo de se reunir até atingir o alvo novamente e derrubá-lo. As flechas separariam a fileira até que o ataque batesse de frente com os protetores do Templo de Shoah.

Os convencionais correram para se unir. Alguns foram pegos no meio do caminho e jogados contra os aliados. Outros resistiram, mas foram pisoteados e caíram. Empurrando o soldado de trás num dominó humano, o lado esquerdo da fileira ruiu e o centro veio junto, só os últimos homens da barreira esquerda escaparam.

Kadriatus tentou se juntar aos companheiros, mas uma flecha atingiu sua perna. Outra acertou seu ombro. A corneta dos Legisladores soou de novo e mais uma tempestade de flechas caiu sobre eles, virou um alvo fácil jogado no chão. Tateou a procura da espada, porém não a encontrou. Uma flecha atravessou sua manopla. Ele teve dificuldades em mexer os dedos, provavelmente o projétil havia quebrado suas engrenagens. Só teve tempo de correr junto com os sobreviventes de volta para o templo. Ouviu uma risada no percurso, Edgar vencera.

– Isto é a *Kabalah*! Covardia e medo! A mentira dos *bnei shoah* termina hoje! – Edgar declarou.

O Obelisco começou a rachar, como um gigantesco ovo de casca quebrada. O dragão rugiu de novo. As paredes e os corações tremeram em resposta. Lascas caíram do obelisco até um buraco se formar. Dele surgiu uma cauda com um ferrão, que ficou balançando ameaçadoramente.

Edgar contabilizou as perdas. Mesmo em maior número seu exército estava em clara desvantagem com relação ao de Kadriatus. Inspirou o ar da noite. O Templo de Shoah o desafiava com muros altos e torres de vigia. Não ia demorar muito para que a *Kabalah* se reunisse e formasse uma resistência contra o Novo Império.

– Recuem – ordenou Edgar. – Eles não têm para onde ir, a não ser para a Eternidade.

Sehn parou no limite da cidade e observou o rastro de destruição dos Legisladores. Sentiu vergonha do Império. Via seus irmãos presos como ratos covardes atrás do Templo de Shoah. Na época de seu pai uma guerra similar tinha acontecido e os soldados avançaram pelas ruas arrancando os Legisladores de suas camas e enforcando-os nas praças.

– Ridículo – sussurrou para si mesmo. – Fantoches destruídos por seus mestres, sem saber o quão poderosos são – um calafrio o fez se lembrar de Tesla. Uma sensação estranha. Sabia o que estava por vir, sabia que o segredo guardado em seu coração sobre os *bnei shoah* colocaria fim àquela gente num piscar de olhos. Mas também sabia que seus irmãos não mais existiram depois disso.

Mais importante que a morte ou a vida era a verdade, mas não teria coragem de contá-la a seus irmãos. A fábrica não existia mais, os tonéis estavam quebrados e as ruínas do prédio já eram ocupadas por bichos das montanhas.

Sehn enfiou a mão dentro da camisa e puxou o dragão. Era tão parecido com o torque que Kherlakain lhe dera. Se contasse a verdade, destruiria quaisquer relações entre os *bnei shoah* e os *ggoyim*. Se a ocultasse, poderia existir uma chance de viverem em paz. Precisava silenciar Edgar para isso, destruir os Legisladores de tal modo que eles nunca mais voltassem.

Sehn puxou as duas espadas e as cravou no chão. Ajoelhou-se e começou a rezar. A espadasserra rugiu e destruiu o chão ao seu redor, girou e ficou com o cabo virado para Sehn. A espadarco vibrou, provocando um silvar baixo, depois tombou da mesma forma. *mashiyrra* e *arur* estavam prontos. Sehn embainhou as armas.

Na cidade, Edgar notou a presença do inimigo. Um formigamento invadiu seu corpo; uma emoção forte, parecida com a angústia e a tristeza, invadiu seus pensamentos. Sabia que Tesla estava morto e Sehn vivia.

– Chegou a hora – disse a ninguém. – Você voltou para mim, Namid.

Os Escolhidos caminharam rumo a seus destinos.

Aquilo não era uma rua, era o *Sheol*. Pensava Dante enquanto guiava o carro como um louco através de tiros, entulho, corpos e batalhas. Viu um aeronavio se arrebentar contra uma casa, um jipe pegando fogo com os passageiros dentro e dois autômatos serem feitos em pedaços ao tentaram salvar seus donos.

Distraído, quase atropelou dois sujeitos que atravessaram a rua repentinamente. Apesar das explosões e do caos, nada se comparava ao embate entre os irmãos Hawthorn no banco de trás.

– O que você estava pensando? Você poderia ter morrido! – berrou Maya, chorosa.

– Não é da sua conta, some da minha vida. Agora que resolvi fazer alguma coisa, você vem querer me punir? – retrucou Lukas.

– Lukas, por Shoah, matar os soldados não vai trazer Andrea de volta!

– E se trouxer? Hã?

– Você não pode estar falando sério, Luk.

– Se você acha. Mas eu descobri um jeito, Maya. Aqueles sonhos... eles eram mensagens de um amigo me dizendo como salvar a Andrea – Dante olhou pelo retrovisor, acompanhando o relato, um calafrio percorreu sua espinha. Lembrou-se de quando Tesla tentara ressuscitar a mãe. Poucos sabiam que Beatrix não havia gerado o menino e que ele era, na verdade, fruto de uma traição de Dante.

– Maya, eu quero justiça! Esses homens têm que pagar pelo que fizeram. Você não gostaria de se vingar de Edgar pelo que ele fez a Sehn? Quantos pais e mães não tiveram seus filhos mortos por convencionais bêbados que abusaram de seu poder?

– Como você pode dizer isso, Lukas? Olhe no que você se transformou. Fala de mortes, mas fez o que? Destruiu a vida dos soldados que mataram Andrea e de inocentes. Não era isso o que você estava fazendo? – eles estavam chegando ao centro, bastava atravessar a ponte e se reuniriam aos demais. Dante pensava numa estratégia, mas com a cidade sitiada, não conseguiria tirar os Hawthorn dali sem ajuda.

– Era.

– Me deixe ajudá-lo... – implorou Maya.

– E se eu não quiser ser ajudado? Eu fiz minha escolha. Me tornei um espectro, um caçador. Agora sei o que é viver e morrer por alguma coisa. Eu serei aquilo que o mundo exigiu de mim. Uma inspiração para que o homem comum lute contra seu destino.

– Por favor, não deixe essa raiva tirar o melhor de você.

Meneando a cabeça, Lukas puxou Maya para um abraço carinhoso, mas com uma das mãos, disfarçadamente, abriu a porta do carro. Antes que ela percebesse, ele a empurrou para trás e se jogou do veículo. Dante freou bruscamente, mas estava em cima da ponte e não conseguiu voltar a tempo. Maya correu para fora, mas o irmão não estava mais à vista.

– Lukas!

Dante ficou sem saber o que fazer. Precisava dos dois irmãos para protegê-los, mas não podia se arriscar a ir atrás de Lukas e perder Maya. Pelo menos, eles eram imortais, até que a alma de Namid fosse destruída. Seria melhor levá-la à salvação do que se arriscar. Maya, triste, se deixou conduzir de volta para o carro.

– Me escute, você não pode fazer nada por ele agora. Vamos encontrar os meus amigos, depois voltamos e o salvamos também – falou Dante, sem conseguir que ela expresasse alguma reação. Ele sentiu uma pontada de arrependimento. Fracassara em mais uma missão.

Entraram no carro e partiram. Dante já podia ver a rua que dava acesso ao templo. Quando estivessem mais perto não conseguiriam avançar com o carro. Estava preocupado com os Legisladores. Se os notassem rápido demais, eles não teriam chance e precisariam da ajuda dos soldados imperiais.

– Quando eu mandar você correr... – começou a falar, mas um baque no teto do carro o fez silenciar. Maya despertou do transe, preocupada com o som.

– Que foi isso? – perguntou.

Uma forte mão arrancou a porta do carro e a puxou. Dante tentou sair, mas foi atingido por um golpe que quase quebrou seus dentes. Tonto, rolou, na esperança de que o adversário não o atingisse mais uma vez. A figura caiu onde ele estava, rachando o chão. Dante ficou impressionado com a força do ataque.

Maya foi arremessada contra ele. Dante a segurou, mas o corpo quase cedeu ao impacto.

– Edgar. O Traidor – exclamou Maya. Vendo o inimigo bater as asas acima dos dois, como um deus prepotente.

– Maya Hawthorn. Ou, melhor dizendo, Maya Hadjakkis – Dante estava tão surpreso que pensou em seu estoque de piadas instantâneas e nenhuma lhe pareceu apropriada.

Edgar avançou. Maya percebeu a confiança em seus olhos de que, como muitos, subestimava as mulheres. Teve uma surpresa quando Maya gingou para a esquerda e lhe deu um murro na boca, fazendo-o se arrebentar em cima do carro.

– Olé – exclamou Dante com um sorrisinho.

Edgar se levantou, limpou as roupas.

– Essa foi boa, menina. Mas você consegue repetir? – avançou, Maya usou o mesmo truque, mas Edgar a chutou de lado enquanto voava e apoiou a mão em seu corpo, fazendo-o voltar à posição inicial. Maya sentiu uma força incrível puxá-la para o alto, depois o rosto começar a sangrar. Caiu de joelhos, o olho esquerdo quase fechado por causa do sangue que espirrava.

– Você não é digna de botar os olhos em mim – disse Edgar, a lâmina negra pingando sangue.

– Maya! – o rosto dela era uma máscara rubra. Dante se impressionou que ainda estivesse de pé. Edgar fizera um corte que ia do lado direito da testa até a boca. Talvez estivesse cega.

Dante avançou, mas Edgar o agarrou pelo braço e o jogou contra o carro. O *Yoresh* destruiu o capô com o peso do corpo e os vidros se estilhaçaram, cortando sua pele. Mesmo assim, ele teve forças para falar.

– Quem foi o idiota que deixou essa porcaria aqui? – virou-se para Edgar, depois para Maya. *Tehom* mergulhou em sua direção, desta vez havia um brilho especial em seus olhos, uma alegria quase humana.

– Que merda, você de novo.

– Morra por algo ou seja esquecido. – disse Kadriatus à frente do exército de maltrapilhos. Ele também não estava muito melhor, os cabelos pretos grudados ao rosto e as manoplas cheias de fuligem.

– Shoah está conosco, irmãos! – rosnou Diren.

Saíram do Templo em um número ridículo, se comparado ao de inimigos. Entretanto, não podiam mais se dar o luxo de esperar. Os Legisladores ainda se preparavam para o ataque, a maioria olhava para o obelisco. Uma saraivada de tiros dos convencionais desarmou completamente suas defesas. Alguém tentou gritar uma ordem, mas os homens que estavam na retaguarda debandaram, atrapalhando completamente seus planos.

Tehom sobrevoou os soldados, pronto para atacar. O obelisco explodiu violentamente e *Desdalain* se libertou. Todas as esperanças de Kadriatus desapareceram no mesmo instante.

Desdalain era um imenso escorpião, com pinças feitas de aço. Sua parte frontal era um amontoado de peças sobressalentes que lembrava uma pilha de ferro-velho. O corpo era formado por uma placa única e a cauda era um conjunto de tubos quebradiços encaixados com fios de cobre que terminava em um canhão.

– *Meu irmão desperta!* – gritou *Tehom*. Então alguma coisa bateu violentamente contra ele, jogando-o nas casas. Kadriatus não acreditou ao ver o aeronavio flutuando no ar sem velas, balões ou hélices.

– É o Beatrix! – gritou Diren. *Tehom* rugiu desafiador enquanto se recuperava. *Desdalain* correu para ajudar o dragão. A criatura nada disse, não parecia completamente desperta, notou Kadriatus.

– Talvez haja uma chance de vencê-los – disse ao companheiro de *sheyvet*.

O aeronavio despencou soltando partes de si mesmo e se remontando num imenso e complicado quebra-cabeças de madeira e aço. Duas pernas se projetaram de sua traseira, assim como dois braços do bombordo e estibordo. A carranca dobrou para dentro e deixou sair uma cabeça do peito.

Ao terminar sua transformação, o Beatrix era uma cópia de vinte metros de altura do exoesqueleto de Nadja.

– Eu vos desafio – ordenaram duas vozes femininas aos Titãs.

Motivados pela presença do aeronavio, os soldados de Kadriatus gritaram um desafio a seus inimigos. Foi um grito tão intenso, verdadeiro e corajoso, que *Desdalain* e *Tehom* hesitaram.

– Que os *mashiyrra* nos levem ao horizonte! Que os cantos dos *nabiyim* iluminem nossa vida! Que pisemos em Legisladores juntos! Que alguém pague minhas dívidas. Té mais, cara!

Kadriatus, sinceramente, quis que Dante estivesse ali. Ele sabia a última estrofe. Por que aquilo não era uma bravata de guerra, era uma canção de taverna.

Dante fez de tudo para impedir Edgar de atacar, mas o inimigo dispunha de habilidades que o tornavam quase invencível.

– Você é só um *Yoresh*. Nada além de mentiras e trapaças – disse Edgar ao aparar um golpe seu e jogá-lo no chão mais uma vez.

Não podia abandonar Maya, o sangue escorria de seu rosto em cascatas. Se não recebesse ajuda, morreria em breve. Ambos estavam desarmados, cansados e quase desistindo.

Edgar ia dar o golpe mortal em Dante quando um Titã bateu contra o prédio. Com *Tehom* subjugando-o, o Beatrix tentava escapar com golpes violentos. Dante riu da própria sorte.

– Mostra pra eles, amor! – virou-se para Maya – Corre, cacete!

Maya tentou correr, mas *Desdalain* a interceptou. O escorpião ajeitava-se para dar-lhe uma pincelada, mas, numa manobra ligeira, o Beatrix o agarrou e jogou-o contra o dragão. Os dois se embolaram e caíram em cima dos Legisladores. Um grito de júbilo ecoou do exército de Kadriatus.

– Quem é aquele? – perguntou Maya, assim que Dante se aproximou. Ela não via Edgar, provavelmente ele se afastara da briga.

– Minha esposa. Bonita, né? – respondeu Dante. Conduziu Maya de novo, temendo a possibilidade de serem pegos na batalha dos três gigantes. Cada golpe era o suficiente para tremer o chão. Os exércitos se afastaram o mais rápido que podiam e ainda assim sofreram baixas.

Socos do Beatrix batiam contra a carapaça de *Tehom*. A cauda do dragão perfurava as costas do robô. O telhado da igreja foi destruído, as paredes dos postos da milícia tombaram e a ponte foi esmagada. O prédio onde o trio de fugitivos estava desabou.

O escorpião dava a volta nos dois tentando atingir o aeronavio, mas só conseguia dar pinceladas no ar. *Desdalain* não estava completamente livre. Assim, seu poder voltava aos poucos e ele era inútil naquela batalha, até que o Messias Sombrio o libertasse completamente. Mas ele não encontrava Edgar para receber seu poder de volta.

Beatrix agarrou *Tehom* pelo pescoço. O dragão tentou se desvencilhar, mas o robô o girou e bateu contra o chão, uma, duas, três vezes. *Tehom* se soltou, agarrou o aeronavio pelo ombro e subiu com ele.

– Nós estamos perdendo força! – gritaram as vozes de Beatrix e Nadja – Ele vai nos destruir! – precisavam se desvencilhar do ataque ou não sobreviveriam. Naquela forma ela não podia se desmontar, pois os cabos do exoesqueleto de Nadja precisavam ficar sempre presos ao tubo de vida de Beatrix.

Quando achou que já tinha subido o suficiente, *Tehom* as soltou. *Desdalain* escalou um prédio e se posicionou para atacar quando o aeronavio tombasse. Mantinha a cauda erguida, com o canhão apontando para onde presumia que o alvo cairia. O corpo do Beatrix bateu com tanta força no chão que uma nuvem de poeira tomou a cidade e dezenas de casas foram destruídas. Nadja fez força para se levantar, mas o corpo não respondeu.

– Beatrix! – gritou por ajuda. Olhando para frente, viu *Tehom* descendo em sua direção e o canhão de *Desdalain* fumegando. – Beatrix!

No momento em que o dragão negro abriu a boca para cuspir contra o robô, um triciclo surgiu do nada e atingiu seu rosto, fazendo-o errar o disparo. Seu piloto girou no ar e caiu sacando as duas espadas, protegendo o aeronavio de maiores danos.

– Edgar! Eu te desafio! – gritou Sehn a plenos pulmões. *Desdalain* disparou contra ele, mas o aeronavio entrou na frente e recebeu o disparo, sem sofrer maiores danos. Beatrix voltara à consciência.

– Bom te ver – cumprimentaram Beatrix-Nadja. – Vamos acabar com um Titã hoje?

– Com certeza, *Yoresh-Da'ath*.

Tehom cuspiu de novo uma rajada de ácido, o tanque-robô não se importou. Passou pela nuvem verde acinzentada e deu-lhe um murro na boca. A cabeça do dragão entortou, e ele bateu as asas tentando voar. Entretanto, Beatrix já estava ao seu lado. O robô-aeronavio agarrou sua cauda e o puxou para baixo. Beatrix o socou novamente e agarrou seu pescoço. Debatendo-se inutilmente, *Tehom* rugiu o mais alto que pôde. *Desdalain* partiu em sua ajuda, mas Sehn o interceptou.

– Me entregue o seu Messias – ordenou. Viu duas pessoas ao seu lado, Diren e Kadriatus. A cidade silenciara. Eram só eles e os Titãs naquela luta.

– *Sepher* Hadjakkis – cumprimentaram os dois.

– *Sepher* Drachenfels, *arur* Diren – respondeu Sehn, agora que estavam juntos, não se sentiam intimidados pelo Titã. Eram a Canção do Silêncio.

Atrás deles, Beatrix jogou *Tehom* no chão e pisou em sua cauda. O dragão sentiu a coluna se partindo e as placas de aço se soltando. Rugiu novamente, desta vez de medo e dor. Com as patas, roçava o peito do robô. Beatrix torceu a cauda e apoiou o pé em sua barriga, manobrou para cima dele e agarrou sua cabeça com as duas mãos. Ficaram frente a frente, encarando-se. O robô segurou a boca de *Tehom* semiaberta. Foi só um movimento. A metade esquerda da cabeça do dragão caiu para um lado, a direita caiu para o outro.

A Fada, o Dragão e o Corvo

Triunfante, o aeronavio ergueu os restos de *Tehom* como se fossem um troféu. O exército convencional urrou animado. Pela primeira vez desde a invasão, seus corações se enchiam de coragem e eles se lembravam de que homens como eles tinham sido heróis no passado. Cada um segurou a arma com mais força e encarou *Desdalain*, desafiando-o corajosamente.

Havia uma camada de sangue sobre os paralelepípedos. Carros fechavam as ruas, impedindo a passagem. Paredes caíam sem ninguém tocar nelas, rachaduras serpenteavam em muros. O rio que levava ao mar estava caldaloso de tanta imundície. Mesmo que a luta entre Nadja-Beatrix e *Tehom* tivesse terminado, ainda pairava a sensação de perigo.

– Não o temam! – incentivou Kadriatus, sabendo que o medo era a principal arma dos titãs. Uma saraivada de tiros acertou o escorpião. Em seguida, os convencionais mudaram de posição, dando cobertura para alguns retardatários que se aproximavam. Não precisavam mais se importar com os Legisladores, a guerra tinha acabado e armas foram abandonadas no caminho. Havia mais uma luta a ser vencida, porém esta era exclusiva da Canção do Silêncio.

Desdalain atacou Diren, enquanto ele corria em sua direção. Kadriatus recuou, fazendo um sinal para seu exército. Alguns ali já o chamavam de "General Dourado", por causa das manoplas. Seguiam-no como se fosse seu próprio salvador, acatando ordens à risca. Por mais estranho que fosse, Kadriatus não se envaideceu com isso.

Sehn aproveitou a distração e, percebendo o quanto o inimigo estava fraco, decepou sua garra esquerda. Com a direita, a criatura tentou pegá-lo, mas ele saltou em cima dela e fugiu do golpe.

Kadriatus voltou para junto dos amigos com a katana. Não tinha mais o arco e uma das mãos estava ferida. Tarde demais, percebeu que atrapalharia mais do que ajudaria. *Desdalain* o atingiu com a garra, fazendo-o bater contra um muro. Diren apareceu do nada e cravou as machetes na garra, interrompendo o golpe de misericórdia.

Desdalain começou a disparar com o canhão, destruindo tudo ao seu redor. Acertou o corpo de *Tehom,* a porta do templo, os últimos Legisladores e um prédio. Mal percebeu Sehn atacando-o de novo com a espadasserra e cortando-lhe uma das pernas.

– Beatrix! – ele chamou. O aeronavio deu um pulo e caiu em cima do escorpião, imobilizando-o. Com as mãos, segurou sua cauda, mas levou um tiro e foi parar longe. Nadja viu os marcadores de Névoa no painel de controle girarem para baixo. Estava sem forças. Um alarme soou, irradiando luz vermelha em sua cabine. Ela tentou se mover, mas percebeu a fraqueza de Beatrix. O corpo mecânico tremeu e o exoesqueleto ficou pesado. Lenta, ela parou de ouvir e as imagens ficaram embaçadas. Dante viu os companheiros lutando bravamente, mas sabia que sua função era defender Maya. Ela, por sua vez, não tirava os olhos de Sehn. Seu mundo estava desmoronando e todas as certezas estavam quebradas, exceto o que sentia por ele. Viu o rapaz atacando o Titã mais uma vez e falhando.

– Eu sei que ele é bonitão, mas você tem que sair daqui – falou o capitão.

– Não. Cansei de correr – ela respondeu. Agarrou uma baioneta jogada no chão e atirou em *Desdalain.* Deu três disparos até a criatura notá-la. Restavam mais três.

– Não faça isso! – ordenou Sehn, arfando de cansaço. A amada, entretanto, lhe respondeu:

– Desculpe Sehn, mas os *ggoyim* não podem mais fugir toda vez que um problema aparece. – Maya aprendera durante toda a vida que as mulheres deveriam ser protegidas, que os *ggoyim* não eram fortes, que os *bnei shoah* eram a única proteção e que deveria se entregar nas mãos do destino, aguardando a Eternidade passivamente quando ela viesse. Estava zangada com Lukas por ele ter desistido, com Edgar pela traição e com Sehn por achar que podia resolver todos os problemas do mundo. Brava com seu povo, que recuava diante do perigo, brava consigo mesma, pois fingia ser livre enquanto era uma escrava das tradições.

Desdalain veio em sua direção, ignorando completamente a *Kabalah*. Maya se concentrou, apoiou a arma no ombro e relaxou. Ajoelhou e viu nas entranhas do inimigo seu coração pulsando como um monturo vermelho e caudaloso. Sem nem piscar, ela atirou.

– Agora! – gritaram os soldados convencionais. Uma nuvem de tiros passou ao redor de Maya, acertando *Desdalain*. O escorpião tremeu, mas continuou sua corrida.

– Não funcionou – lamentou a ruiva, vendo a gigantesca sombra da criatura assomar onde estava. O exército convencional recuou, engatilharam e atiraram de novo. Mas não eram páreo para a furiosa investida.

– *Poderia funcionar, se vocês tivessem dado sua alma a mim, Hawthorn* – Namid invadiu seus pensamentos, travando seu corpo para que ela não pudesse fugir.

– Eu não pertenço a você, nem a ninguém, maldito. Vá embora! – Maya tentou vencer a paralisia, mas era poderosa demais. Seria seu fim. Fechou os olhos e aguardou a morte. Pelo menos não faria como o irmão, entregando-se àquele mal.

A sombra de *Desdalain* parou. Nadja-Beatrix surgiu nas costas do titã, porém, o robô não exibia sinais de luta, gastara a última energia para impedir Maya de ser esmagada. A luz amarelada dos olhos apagou. A maquinaria diminuindo, o ritmo das engrenagens travando e uma linha de *Nepel* evaporando de suas frestas.

Dante tirou a garota da frente. Os dois imensos corpos tombaram. Só *Desdalain* se mexia, arrancando pedaços do aeronavio para se soltar.

– Beatrix! – Dante se desesperou vendo a esposa ser destruída aos poucos pelo inimigo, mas seu sentimento não durou muito tempo, de repente o robô ergueu uma das mãos e desceu um golpe poderoso na carapaça do escorpião gigante, rachando-a. Antes que pudesse continuar, foi jogado contra um prédio e soterrado. O motor do aeronavio estalou e morreu.

– Você não vai escapar! – nem houve tempo para o inimigo se

recuperar. Diren pulou do alto do prédio que acabara de ruir segurando Ímpeto e Tempestade, Kadriatus escorregou para baixo do titã enquanto Sehn corria. A criatura ficou sem reação, sentiu as machetes rasgando seu coração por cima, abaixou-se, caindo na lâmina de Kadriatus, tentou fugir, e a espadasserra e a espada-arco terminaram o serviço.

Um estrondo invadiu a cidade quando *Desdalain* tombou. Os Legisladores e os soldados convencionais faziam um círculo ao redor da Canção do Silêncio, ninguém ousava se mexer, não depois da demonstração de poder daquela *sheyvet*.

– Acabou – disse Kadriatus, escalando por dentro dos escombros. Por pouco ele não fora esmagado. Estava banhando de óleo, ferido e as engrenagens da mão esquerda rangiam.

– Ainda não – retrucou Sehn, ouvindo o som de asas logo atrás de si. Edgar chegara, mas ninguém estava disposto a se encarar, após tanto sofrimento. O trio ficou quieto, esperando que o traidor se pronunciasse. Aos poucos a tensão diminuiu, lembraram-se dos bons momentos do passado, das provas, dos risos. Havia um *arur* que os ajudara quando mais novos, que chamaram de amigo. Porém, havia um *nabiyim* que destestavam, alguém que tentara destruir seu mundo.

Tinham de se esforçar para lembrar que era esse *nabiyim* pousado atrás deles.

– Finalmente reunidos – disse Edgar.

Havia tanto a resolver, ainda. Sehn puxou Kadriatus, pediu que Diren o levasse para longe, mesmo sob a tentativa de protesto do *arur*.

– Esta luta sempre foi dele – emendou Kadriatus, ao perceber que Diren insistiria em ajudar. Por fim, o menino cedeu e passou pelo inimigo sem se dignar a olhá-lo. Mesmo assim, seu coração bateu um pouco mais forte. De todos, era quem sentia mais afeto pelo ex-companheiro. Talvez por ambos pertencerem à mesma *Sephirah*.

Sehn finalmente se virou, respirou fundo. Fazia tempo que não via aquele rosto familiar. Ainda sentia carinho pelo amigo, o que tornava sua raiva muito maior. Edgar não o atacaria agora, porque queria humilhá-lo na frente de todos, num duelo que pusesse à prova a *Kabalah*. Sehn queria dizer muitas coisas a ele, que o perdoava, que tudo ficaria bem, que não importava o passado. Mas tudo isso seria mentira. Só uma frase saiu de sua boca naquela hora:

– Eu, Sehn Hadjakkis, desafio você, Edgar Lachlan, para um duelo em honra ao nosso povo, nosso destino e nossa amizade. Confiro aqui os poderes a mim dados pelo sangue de fazer valer este embate como o único e verdadeiro entre os *bnei shoah* e os *ggoyim*.

– Eu, Edgar Lachlan, filho de Edward Lachlan, *arur* e *nabiyim* da *Kabalah* Imperial, aceito seu desafio... em nome de Namid Ahsverus e Tesla Wadencliff.

– Você traiu a *Kabalah*, não ouse se nomear um *arur* ou um *nabiyim*! – respondeu Sehn.

Edgar golpeou traiçoeiramente. Sehn usou o braço dracônico para se defender. A lâmina negra não surtiu efeito. Sehn atacou com a espada-arco, que vibrou ao passar rente ao adversário. Por pouco Edgar não foi atingido. Conseguiu dar uma estocada na barriga de Sehn, ferindo-o.

– É bem mais difícil quando você não sabe o que esperar, não é? – perguntou Sehn.

Há seis anos o baronato de Shoah não via um Hadjakkis lutar. Era como ver uma dança de morte e destruição. Cada golpe da espadasserra era acompanhado da espada-arco, criando um vácuo ao redor de Sehn que impedia Edgar de se aproximar. Os *arur* deixavam rastros de sangue por onde passavam. Edgar acertava raramente. Sehn, ainda assim, mantinha-se atacando.

Kadriatus se soltou de Diren e avançou para dentro do Beatrix, lá dentro pôde ver o exoesqueleto de Nadja e a amada desacordada. Desejou com todas as suas forças que Edgar sofresse, que Sehn acabasse com ele. Se imaginou destruindo o *arur* enquanto abria partes do exoesqueleto para liberar a companheira. Lágrimas misturaram-se ao sangue e ao óleo. A pele ardeu e os pulmões reclamaram. Sua coluna estalou, provavelmente o implante estava com problemas. Cambaleou, quase caindo em cima da amada. Mas conteve sua força e a abraçou, apertando um botão na lateral da armadura dela, que se abriu e soltou seu corpo. O *kiy* começou a desmaiar, antes viu Diren e Dante entre as ferragens e o apoiando mais uma vez. Teve orgulho deles, do que significavam, do que a Canção do Silêncio fora capaz para se vingar e para proteger o Império que tanto amava. Dante levou Kadriatus, enquanto Diren puxou Nadja.

Distraído tentando bolar uma estratégia, Sehn vacilou e levou uma estocada profunda na barriga. Curvou-se de dor, Edgar furou sua sequencia de golpes e o arremessou contra o chão. Sem esperar qualquer reação, ele fincou a espada no peito do *mashiyrra*.

– O último Hadjakkis morre hoje!

A cabeça de Sehn pendeu para trás e ele permaneceu imóvel. Uma fraca luz azulada se projetou de suas pápebras. Edgar arrancou a espada, triunfante. Porém, se assombrou ao ver a alma de Sehn parada ao seu lado. Fitou o corpo, sem poder acreditar no que estava acontecendo.

– Um truque que minha mãe me ensinou, Fênix Morta – disse a alma. Ela se inclinou e tocou o ferimento do corpo, curando-o. Depois desapareceu. Como um raio, Sehn contra-atacou com as duas espadas. A serra atingiu o peito de Edgar, a arco abriu sua barriga.

– Você era o meu melhor amigo...

– Você matou Tesla...

– Se eu pudesse, voltaria no tempo até aquela noite e jamais o machucaria. Eu errei e fui punido por isso com a tristeza de ver meu irmão de armas sofrer. Achava que podia ser o melhor, mas esqueci de ser alguém antes disso.

Edgar cambaleou, soltou a espada. Sehn fez o mesmo.

– Eu sou o Messias Sombrio, é meu dever libertar os Titãs.

– Você é o que você faz, Eddy. Todos nós, os oito, somos Namid. Mas você viu alguém trair os amigos para conseguir o que queria? O próprio Tesla lhe foi fiel até o último momento. Se chegamos até aqui, foi por escolhas que fizemos e erros que cometemos.

– Eu vou destruir a *Kabalah*. Vou contar a verdade.

– Não importa mais, Eddy. Não consegue entender? No fundo sempre soubemos que havia algo de errado com os *bnei shoah*, mas convivemos com isso. Nós fomos criados, mas o que fazemos de nossa vida é problema nosso, não dos *ggoyim*.

Edgar avançou para um último ataque, sem armas. Esmurrou Sehn no rosto e no estômago, jogando-o para trás. Sehn tentou aparar os golpes, mas mesmo seu braço de dragão não se provou o suficiente. Edgar era como uma força da natureza, algo que não podia ser impedido. Sehn recebeu um murro, cambaleou, mas esquivou do seguinte e ficou nas costas de Edgar. Chutou suas pernas, de modo que se ajoelhasse e segurou suas asas com toda a força. Puxou a direita, soltou o amigo, deixando-o no chão. Edgar engatinhou, mas ao sentir as mãos do adversário na asa esquerda tentou lutar. Sehn puxou a asa esquerda, estalando a coluna do amigo. – Agora você pode se juntar a Tesla na eternidade. – disse o *mashiyrra*.

Edgar tombou para frente, o rosto exibindo satisfação, virou-se e o segurou por um momento, antes de desfalecer falou, com a voz de Namid ecoando:

– Eu não te perdoo, *sepher* Hadjakkis.

Sehn, atônito, recuou. Não imaginava que Edgar pudesse carregar toda aquela raiva dentro de si. Pareceu-lhe que lutava por nada. Ouvir aquilo doeu mais que qualquer golpe.

– Nós vencemos? – perguntou Diren, confuso. Assim que viu a derrota de Edgar, Maya avançou em direção ao amado, abraçando-o.

– Eu contei os dias para voltar, Maya – Sehn retribuiu o abraço. Tomando cuidado para não machucá-la com suas escamas.

– Os dias não passavam, foi terrível – ela respondeu. Beijaram-se. A fada e o dragão se enroscaram. Depois de muito tempo, finalmente encontrariam a paz.

– Cuidado! – alertou Dante. As correntes se quebraram quando Maya empurrou Sehn para o lado, recebendo o golpe da lâmina negra de Edgar. O *arur* recuou, dizendo:

– Agora você sabe o que é perder aquilo que mais preza, Hadjakkis.

– Maya! – Sehn ignorou o adversário, debruçou-se sobre a noiva e beijando sua testa. Respirava fundo, engasgando com as lágrimas. O corpo de Maya pendia de seus braços. Recuperando o controle, Sehn a depositou no chão, não havia raiva em seu rosto, só uma espécie de dormência, algo prestes a explodir. Uma energia que percorreu seu corpo de forma lenta, cálida. Foi subindo como uma explosão, como um poder incontrolável guardado há muito tempo em sua alma.

Como um dragão.

Sehn rugiu. Asas de fogo brotaram nas costas de Edgar, que também gritou. As duas feras avançaram prontas para iniciar seu embate.

Trocaram socos poderosos, golpes que ecoavam pelas ruas de Desdalain. Os últimos Legisladores e os soldados imperiais recuaram com medo daqueles seres. Edgar fugiu ao receber vários golpes no rosto, voou por cima do adversário e o agarrou pelos ombros, batendo-o contra o solo e abrindo uma cratera no chão com a força do impacto.

Voou mais para o alto, saindo do alcance de Sehn. O líder da Canção do Silêncio travou os olhos no traidor e saiu correndo em direção a um dos poucos prédios que ainda estava de pé. No caminho pegou a espada-arco e a espadaserra. Edgar ganhou mais altura, sorrindo.

Furioso, Sehn arremessou a espada-arco contra a parede, fincando-a e transformando uma parte sua em uma plataforma. Apoiou o pé nela e deu o primeiro salto, quase alcançando a Fênix Morta – com mais raiva ainda jogou a espadasserra em outra parede, dessa vez o impulso foi tanto que ele superou o voo do inimigo, agarrando-o pelas asas sem se importar com o fogo. Apoiou o joelho nas costas do *arur* e puxou ambas as asas de uma vez, o fogo se espalhou, desenhando no céu de Desdalain um pássaro flamejante.

– Não basta destruir seu corpo, Eddy – os olhos de Sehn brilharam intensamente, depois ficaram totalmente pretos, como suas escamas. Sua alma abandonou o corpo e voou para frente de Edgar, enfiou a mão em seu peito e tirou de dentro dele a alma do *arur* e de Namid, uma forma transparente, sem traços definidos que se debatia.

– Eu nunca vou perdoá-lo, Hadjakkis – disse Namid. A alma de Sehn golpeou a alma de Namid, que tentou lutar, mas se desfez quando a energia do *mashiyrra* percorreu sua existência. A alma de Edgar abriu a boca em um terrível esgar de dor, mas se fechou em um leve sorriso.

O corpo de Sehn atacou a Fênix Morta jogando seu corpo contra o chão com toda a força que pôde reunir. Lágrimas caíram do rosto do escolhido enquanto Edgar se desfazia em cinzas no trajeto até o solo. Antes do impacto, porém, tornou-se uma esfera flamejante que explodiu em cima de Maya.

Sehn também caiu no meio das chamas. Protegeu-se, procurou pela noiva desesperadamente. Ela estava ao lado da espada de lâmina negra. Reunindo as últimas forças que lhe restavam, Sehn pegou a ruiva e a arma e correu para fora. As chamas subiram violentamente, preenchendo o céu com uma camada rubra e incandescente. Delas, a voz de Edgar projetou-se pela última vez. Sozinha.

– *Of simches*... – Sehn não pôde acreditar. As palavras eram uma benção que amigos dedicavam uns aos outros em funerais, para que as almas mortas de seus antepassados os protegessem de qualquer mal.

Finalmente encontrara o perdão.

Kidushin

EM FRENTE AO TEMPLO de Shoah estavam os restos de *Tehom* e *Desdalain* aguardando a remoção. A milícia patrulhava as ruas, na vã tentativa de encontrar Legisladores remanescentes. Mensagens de ajuda foram enviadas à capital, mas não houve resposta. O baronato perdera o contato com o restante do Império e tinha de se proteger sozinho.

Os sinos badalaram três horas da tarde. Um sol alaranjado, frio, caía sobre Desdalain. Os *ggoyim* deram o melhor de si para deixarem o templo de Shoah apresentável. Guirlandas foram colocadas nos bancos, estátuas foram limpas e os telhados sofreram alguns reparos, mas ainda tinham grandes buracos.

Em sua sala Phillip ajeitou o *kitel*, a peça branca, semelhante a uma mortalha, que deveria ficar por cima de seu terno. Ela servia para representar a pureza e lembrar ao noivo que mesmo no dia mais feliz de sua vida, ele era só um homem. Apesar disso, via-se como um perfeito cavalheiro, um *ggoyim* que em breve herdaria duas rentáveis empresas. Olhando-o calmamente, Jacques Fletcher, seu pai, e Karl Hawthorn, seu futuro sogro. Os dois conversavam em voz baixa, fazendo os últimos acertos da sociedade que em breve assinariam. O senhor Hawthorn passara os últimos dias em busca do filho, apesar de o governo ter colocado o nome de Lukas na lista de vítimas fatais não reconhecidas, e aparentava fadiga, com movimentos lerdos e cansados. Mary insistira para que o casamento acontecesse, uma vez que queria diminuir a dor pelo sumiço do filho.

A desculpa não parecia muito boa, mas o noivo não se importava.

– O que acham? – indagou Phillip, mostrando uma gravata vermelha e uma preta.

– A preta – respondeu Jacques. Phillip notou o incômodo de Karl, visível em cada ruga de seu rosto. A porta da sala abriu, Cedwardla, mãe do noivo, entrou declarando:

– Você está adorável, querido. Vamos terminar logo com isso? – seguindo as tradições, após ler o contrato de noivado, Cedwardla quebrou um prato de porcelana. Isso simbolizava que, assim como o prato não podia ser consertado, um contrato de noivado quebrado jamais se reconstruiria. Karl sempre se perguntava sobre a simbologia de sua fé, tentando fazer um paralelo entre o prato e os verdadeiros sentimentos que deveriam existir em um casal. Tendo consciência dos sentimentos da filha, começou a se arrepender de ter dado prosseguimento àquilo. Pediu a Shoah para que outro Titã despertasse e destruísse tudo. Mas não foi atendido. Bastava agora só assinar o *Ketubá*, o contrato de casamento. E Maya Hawthorn seria efetivamente Maya Fletcher.

O *Kidushin* é a consagração entre duas pessoas, cujas almas foram preparadas uma para a outra na Eternidade. É a união máxima que dois seres vivos podem ter, a expressão máxima de seus sentimentos e a confirmação de que seus destinos deveriam se cruzar. É um dos rituais mais importantes para os *ggoyim* e os *bnei shoah*, superando até o *mitzvah*. Devia ser um momento de alegria para Maya, mas ela não conseguia sorrir enquanto, em seu quarto, sozinha, colocava o véu sobre o rosto. Desde que enfrentara os titãs caíra em uma terrível apatia, nada a incomodava ou irritava. A voz de Namid sumira, assim como Sehn e a Canção do Silêncio. Essa era a pior parte, ser esquecida depois de tanta luta e saber que boa parte disso fora por sua causa.

Perdera a fada, não se lembrava dos instantes próximos à sua morte e ressureição. Ainda ostentava, com orgulho, a cicatriz abaixo do olho esquerdo. As madrinhas quiseram disfarçar o ferimento com maquiagem, mas a moça não permitiu.

– Meu esposo tem que me aceitar como sou – retrucou aos protestos das tias. Depois trancara a porta do quarto. Não queria ser importunada até a hora da cerimônia. Precisava colocar as ideias no lugar e pensar nos rumos de sua vida daqui para frente. Mal acreditava na forma que a mãe tratava o sumiço do caçula. Sentiu falta de algo. Quis saber o quê. Mas a apatia deixava a mente lerda, preguiçosa. Precisava de um abraço do irmão, que ele lhe dissesse que tudo ficaria bem. Não sabia onde ele estava, provavelmente morto, jogado em uma vala comum. Ao mesmo tempo em que pensava isso, algo no fundo de sua mente alertava que não.

Sem a fada para lhe servir de conforto, Maya voltou seus pensamentos para o altar. Phillip estava lá, esperando. Uma presença que incomodava. Apesar de salvo por Maya antes do ataque, se comportava como se fosse ele o responsável pela integridade da noiva. Ela nem conseguia ter raiva, Phillip se tornara uma marionete nas mãos dos pais e passara a acreditar naquelas fantasias.

Alguém bateu à porta. Vacilante, a ruiva abriu. Um dos robôs a aguardava, com aquele eterno e medonho riso metálico na cara:
– Está na hora, Senhora Fletcher.

Tremeu. Era assim que seria conhecida daqui pra frente. Maya Fletcher. O nome Maya Hadjakkis invadiu-lhe a mente e ela sorriu com aquilo. Saudades. Sempre. Deixou-se tomar pelo braço e foi conduzida até outra sala. O pai a esperava, com um sorriso fingido no rosto.

– Você está maravilhosa, filha. Mas eu vi uma passagem secreta no caminho, se quiser escapar... – Maya não resistiu e deu um sorriso. Dessa vez, sincero.

– Queria que ele estivesse no fim do corredor – ela respondeu. Karl sabia a quem a filha se referia. Apesar de não conhecer o noivo-fantasma, tinha apreço por ele. Sentiu uma pontada de orgulho, aquela rebeldia era sua melhor herança.

De onde estavam, ao invés da música do templo, escutavam as centenas de máquinas trabalhando na reconstrução da cidade. Caminharam até a porta dupla enquanto os sinos tocavam. De uma das janelas puderam ver *Desdalain*, Karl não disfarçou o orgulho em saber que a filha tinha parte em sua derrota.

– Foi um belo tiro, menina. – parabenizou.

Ao saírem do corredor, o barulho da rua foi suprimido pela música vibrante da Catedral de Shoah, apagando completamente as sensações anteriores. O coração dos Hawthorn bateu acelerado, impulsionado pela litania. Velas foram acesas pelos padrinhos no altar. Maya achou ter visto uma sombra em forma de pássaro deslizar na abóbada do templo e ouvir:

– *Of simches* – procurou a pessoa, mas nada viu. Provavelmente era só sua imaginação pregando-lhe uma peça.

Como se estivesse caminhando para o matadouro, Maya seguiu adiante. Parou do lado direito de Phillip, vendo, por cima de seu ombro, os futuros sogros. Do outro lado, a mãe chorava. Teve raiva dela, ainda por esconder quem Maya trazia dentro de si. Entretanto, qualquer tentativa de reagir era suprimida rapidamente. Nem ela mesma entendia essa apatia. Era como se parte dela tivesse morrido. Primeiro achou que era o fato de Namid não estar mais ali, depois entendeu que, na verdade, sentia falta de Sehn, da esperança que ele lhe transmitia e da força que dividiam, mesmo na ausência um do outro.

Entregue a Phillip, Maya não teve coragem de olhar para o noivo. Fixou-se no sacerdote, um dos únicos *kohanim* disponíveis na cidade após a destruição. Maya não se lembrava do nome dele. Algo em seus traços lembrava-lhe Sehn. Era moreno, de cabelos curtos, olhos avermelhados. Hipnotizada, só voltou a escutar quando ele perguntou abrindo o *Tenakh,* o livro sagrado:

– Você, Phillip Fletcher, trouxe a aliança, símbolo de sua ligação eterna com Maya Hawthorn?

– Sim. – Phillip puxou uma aliança dourada do bolso. Ainda não a colocou no dedo da noiva, pois deveria esperar que ela fizesse o mesmo, para que ambos consagrassem o ritual.

A voz do Sacerdote caiu como uma pedra sobre a noiva.

– E você, Maya Hawthorn, trouxe o símbolo de sua devoção a Phillip Fletcher?

Maya titubeou.

– Eu...

A verdade é que não. Preferia voltar para os titãs e enfrentá-los sem armas. Não queria aquele homem, aquela vida. Ainda sentia o calor da batalha em seu corpo, a emoção dos tiros, os reflexos aguçados incentivando-a a se mexer. Queria conhecer os amigos de Sehn, voar no Beatrix. Aprender com eles mais sobre o mundo. Queria procurar Lukas.

– Eu... – começou de novo, mas a voz não saiu. O pai a olhava. Tanto quanto ela, não queria que aquele ritual se concretizasse. Lascas do teto caíram em cima dos noivos. Uma telha quase acertou Phillip. Uma sombra tapou a luz e começou a descer lentamente.

– Sempre atrasados – o sacerdote sorriu fechando *Tenakh* com um baque surdo.

O invasor parou ao lado de Phillip, de ponta-cabeça, os *dreadlocks* angulavam estranhamente. Mesmo assim Dante mantinha o semblante calmo. Estava mastigando um canapé.

– Phoynikes, há quanto tempo! – falou de boca cheia, abrindo a mão para receber um tapa nela. O sacerdote parou o capitão com um gesto simples, deixando-o de frente à Maya.

– Quer dizer que é só a gente sumir e a senhora arranja outro? Só para constar, o idiota aí não dá conta do recado – Dante falou, apontando para o noivo. Phillip fez menção de se mexer, mas o capitão encostou o dedo em seu rosto.

– Nem pense nisso, moleque.

– Bom, nós vamos embora para não arranjar confusão. – o casco do Beatrix podia ser visto do buraco. As hélices moviam-se só para manter o aeronavio no lugar.

A porta da frente abriu repentinamente, soldados surgiram, mas ficaram sem saber o que fazer, apesar dos protestos de Mary. Reconheceram Dante imediatamente e lhe renderam uma mesura. A mãe continuou cacarejando em suas orelhas.

– Pra onde vocês vão? – perguntou Maya, se aproximando. Desvencilhou-se do noivo e ficou cara a cara com o capitão. Retirou o véu, a afronta máxima que podia cometer. Seus cabelos desceram em cascata nas costas, um grito de revolta partiu de suas tias.

– Vamos dar uma passeada na capital. Quer ir? Farhan é ótima nessa época do ano.

– Eu posso? – ela indagou, esperançosa. Pouco a pouco a vontade e a rebeldia foram reacendendo em seu peito.

– Não sei, vou perguntar. – Dante deu dois puxões na corda, outra sombra apareceu no teto da igreja e desceu, também ficando de ponta-cabeça. Os soldados, ainda incitados por Mary Hawthorn avançaram mais, só que estancaram ao ver o manto púrpura. Sehn parou onde Phillip estava, obrigando o *ggoyim* a se afastar. Os soldados inclinaram as cabeças, respeitosamente. Mary ouviu-os dizer:

– *Sepher* Hadjakkis – a expressão dos militares quase matou Mary de raiva, mas ela finalmente percebeu que já tinha perdido a filha para aquele rapaz.

– Lamento, Maya, mas só os membros da Canção do Silêncio poderão ir. – falou Sehn, fingindo alguma tristeza.

– Eu não posso ingressar na *sheyvet* agora? – ela devolveu.

– Bom, não como um soldado, apesar de tudo. O único jeito é se casando com alguém da *sheyvet*.

– Dante? – ela perguntou brincando.

– Já sou casado, lamento – o capitão respondeu. Meio que sério demais, para os padrões de Sehn.

– Acho que vai ser comigo, então. – interrompeu o *mashiyrra*. Maya respirou fundo, ignorando os protestos de Phillip e dos sogros. Achou que a mãe ia se pronunciar, mas Mary estava com uma expressão indecifrável no rosto. Seu pai a incitou com um aceno.

– Nós não temos aliança – ela reclamou.

Sehn enfiou a mão no bolso, tirando a fada e o dragão. Phoynikes não perdeu tempo.

– Sehn Hadjakkis, você acredita em Maya Hawthorn como sua legítima *ruach*?

– Sim. – ele colocou a fada no pescoço dela, dizendo. – Com esta fada tu és consagrada a mim conforme a lei de *Shoah*. Eu te consagro a mim para sempre. Eu te consagro a mim por misericórdia e em julgamento.

– Maya Hawthorn, você honra Sehn Hadjakkis como sua legítima *ruach*?

– Sim. – ela, por sua vez, colocou o dragão no pescoço dele. – Com este dragão tu és consagrado a mim conforme as leis de *Shoah*. Eu te consagro a mim para sempre. Te consagro a mim por misericórdia e em julgamento.

– Está casada – confirmou Karl Hawthorn, seguindo os protocolos. Cedwardla avançou para reclamar, mas quando foi abrir a boca, ouviu-o ordenar.

– Cale a boca.

Phoynikes pegou as tiras dos *teffilin,* deu sete voltas nos pulsos dos noivos, simbolizando sua união eterna e, em seguida, abraçou Dante. O capitão fez cara de repulsa, assoviou e sua corda foi puxada de volta ao aeronavio.

Maya virou-se uma última vez para a família. Encontrou, pela primeira vez, apoio no olhar embaraçado da mãe. Abraçou Sehn e ambos foram pescados para o céu. Um sol alaranjado se punha no horizonte, a sombra do Beatrix era imensa em cima da cidade, depois foi diminuindo conforme mergulhava além das montanhas de Hellyah, até desaparecer por completo entre as nuves.

Para trás ficaram apenas as histórias sobre a Canção do Silêncio.

Um corvo grasnou em cima do corpo destroçado de *Tehom.* Uma de suas penas se soltou e voou queimando, se desfez em frente ao olho-lanterna do dragão, que acendeu em uma débil luz avermelhada.

Um cachorrinho de bronze latiu, afungentando o pássaro. Cheirou o dragão, girou alegremente em torno de si mesmo e ergueu a pata esquerda.

Glossário

Arur – Amaldiçoados, dotados de membros monstruosos.

Bnei shoah – os filhos de Shoah, a elite social.

Cenóbio – local de treino dos filhos de Shoah.

Choref – inverno

Da'ath – os Inventores.

Esh – o Fogo Sagrado, onde são queimados os pertences de uma *Sheyvet.*

Gan – Jardim de Guerra, onde a *Kabalah* desenvolve suas habilidades.

Ggoyim – o povo livre, a maior população do Império.

Kabalah – a elite do exército.

Kavod – Dia sem Glória, decretado quando uma *sheyvet* morre ou é expulsa do Império.

Kether – o Imperador, sempre um membro da família Ahsverus.

Ketubá – o contrato de casamento, considerado sagrado no Império.

Kidushin – casamento, um dos mais importantes rituais do Império.

Kitel – uma mortalha branca usada pelos noivos no casamento. Representa pureza.

Kiy – Guarda Palaciana, os protetores do Imperador.

Kohanim – os Sacerdotes, a elite religiosa.

Lorrêm – a Infantaria. Os maiores guerreiros do Império

Maatafá – a carta sagrada, que costuma ter ordens dos *Yezirah* ou do Imperador.

Mashiyrra – os Escolhidos, guerreiros sagrados.

Mitzvah – ritual iniciático dos filhos de Shoah, que os torna cidadãos.

Nabiyim – os profetas, capazes de ver o futuro.

Nephelins – almas corrompidas que não voltam à Eternidade e enlouquecem.

Nepl – a Névoa, combustível usado no Império

Neshamah – o espírito, a ligação com a Eternidade.

Nookam – os Juízes da *Kabalah,* responsáveis pelas leis Imperiais.

Órix – um tipo de pássaro, com sangue de óleo.

Ruach – alma, aquilo que define o indivíduo.

Sepher – o líder das *Sheyvet.*

Sephiroth – *Sephirah* – Cada uma das divisões da *Kabalah.*

Sheol – o Inferno, também é o nome de um Titã.

Sheyvet – cada um dos grupos da elite do exército.

Teffilin – linhas de seda que são amarradas sete vezes no pulso dos noivos no casamento. Simboliza a união eterna.

Tenakh – o livro sagrado dos *bnei shoah* e dos *ggoyim.*

Yezirah – os líderes da *Kabalah.* Um para cada *Sephirah.*

Yom-shishi – o último dia da semana.

Yoresh – os Espíões. Mestres do disfarce. Furtivos, assassinos.

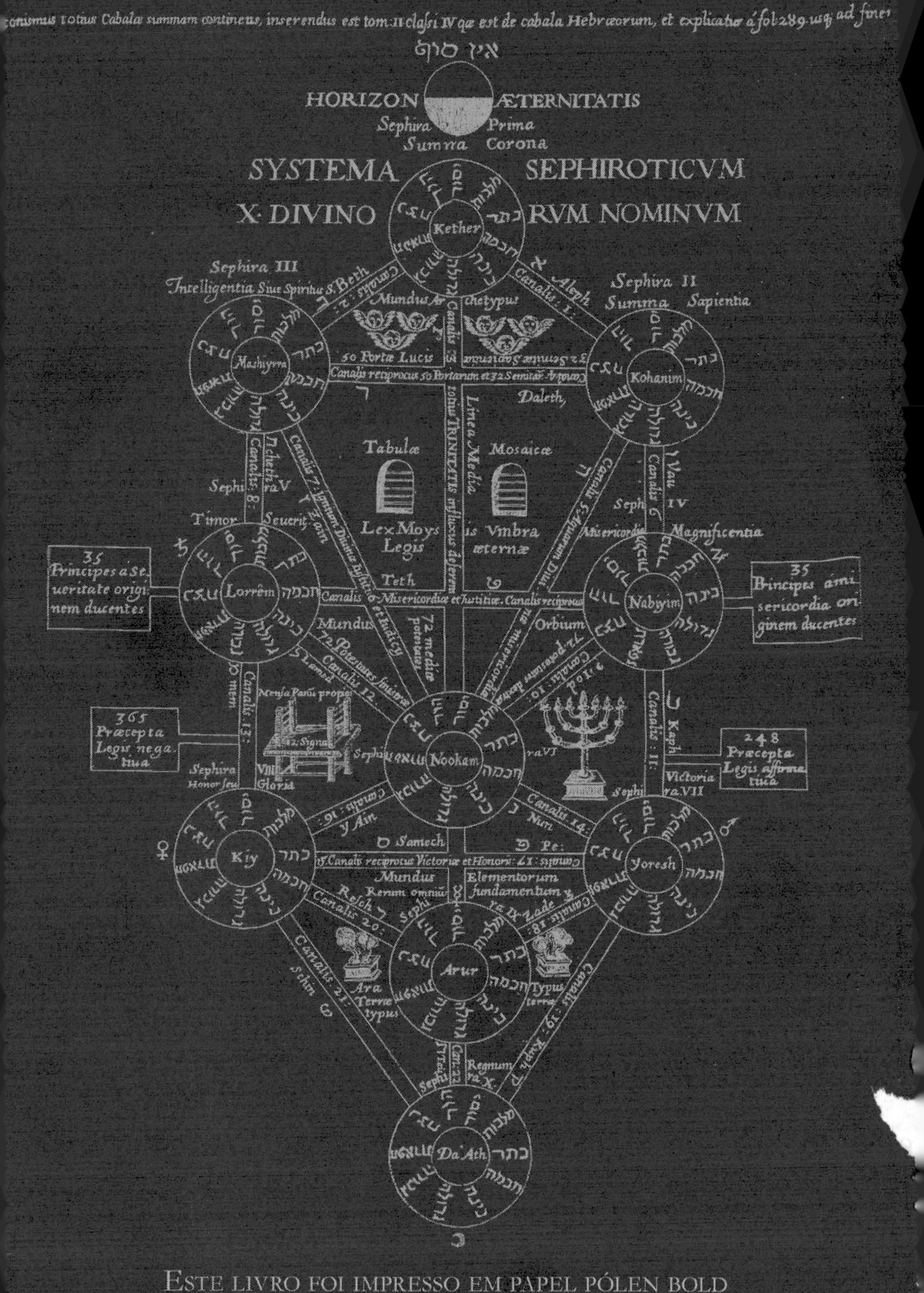

ESTE LIVRO FOI IMPRESSO EM PAPEL PÓLEN BOLD
NA IBEP GRÁFICA EM FEVEREIRO DE 2011.